GOBOOKS & SITAK GROUP ©

漫時光 007

長公主 三

墨書白　著

高寶書版集團

◆目錄◆

第六十一章 勾引

「既然公主開口，」裴禮賢掙扎了片刻，終於出聲，「那麼我也沒什麼好擔憂的。」

「那明日我就讓人過來清點財務，搬入公主府中。」李蓉直接道。

「殿下，」一聽這話，眾人就急了，「您是要讓文宣和家裡人分家嗎？」

李蓉沉默下來，裴文宣笑道：「這當然不是，殿下過來，也只是清點財務，接管倉庫鑰匙。文宣是裴家人，自然是不會離開裴家的，只是殿下身分尊貴，陪殿下暫住公主府中。」

裴文宣這番話說下來，眾人才安下心來。

裴文宣轉過頭去，看向裴玄清，恭敬道：「祖父，若大家無異議，那就這麼定了。過往文宣思慮不周，與族人沒有經常走往，讓大家誤以為文宣心中無家，日後文宣也會經常回來，探望祖父，照看宗親。同姓之人，血濃於水，再沒有比這更堅固的關係了，還望日後，諸位族親與文宣，互相照拂，一同前行才是。」

「文宣有這個心思，祖父甚是欣慰，你也長大了。這事，」裴玄清看向裴禮賢，「就這麼定了吧？」

裴禮賢行了個禮，算是應下來。

事情解決了，溫氏終於撐不住，整個人軟了下去，李蓉一把扶住她，壓低了聲音警告：

「撐著！」

溫氏含淚看了李蓉一眼，又勉強站了起來。

裴文宣和所有人寒暄著，一一送走了其他人，等大堂只剩下他們本族幾個人之後，李蓉扶著溫氏，同裴文宣道：「婆婆身體不適，我先帶她走了。」

裴文宣應了一聲，恭敬行禮：「謝過公主。」

李蓉點點頭，便扶著溫氏走出去。

裴文宣在大堂裡坐了一會兒，同裴玄清等人說了會兒家常，裴玄清坐了這麼久也累了，隨便說了幾句，便也離開。

大堂裡最後就剩下裴禮賢和裴文宣，裴禮賢朝著裴文宣點了點頭，只道：「文宣你先回去吧，我不送了。」說著，裴禮賢便打算離開。

裴文宣叫住裴禮賢：「二叔。」

裴禮賢頓住步子，裴文宣走上前來，和裴禮賢並肩站在門口，聲音平和：「父親曾對我說過，一個家族從來不是一個人所造就，這個家族的未來，在於傳承而非鬥爭。」

裴禮賢沒有說話，裴文宣慢慢道：「我記得小時候，二叔也帶我放過風箏，我並非天生反骨，二叔不妨多信任我一些。」

裴禮賢聽著裴文宣的話，他轉過頭來。

他記得裴文宣小時候的模樣，沒想到一轉眼，這個人就這麼大了，比他高，比他年輕，也比他有未來。

裴禮賢靜靜看著裴文宣，許久後，他緩聲道：「你不恨我嗎？」

「實話說，那取決於，二叔後面做什麼。」裴文宣說著，看向裴禮賢：「但我相信，二叔心裡，多少還是有幾分家人，想讓裴家更好的。」

裴文宣說完，輕輕一笑，行禮道：「文宣先退下了，改日再來探望二叔。」

說完，裴文宣便起身離開，出了裴家大門。

李蓉安置好受驚的溫氏，已經在馬車裡候著他，裴文宣上來之後，李蓉斜靠在桌邊翻著書：「和你二叔聊了聊？」

「嗯。」裴文宣應聲，隨後問了聲，「我娘怎樣？」

「出來就抖，現在在後面馬車上由人伺候著睡下了。」

「沒事吧？」

「能有什麼事啊？」李蓉笑道，「你娘可熬死了不少人呢。」

裴文宣得了這話，倒是徹底放心了。他這娘整天哭哭啼啼、病懨懨的，倒的確命比其他好幾位長輩長。

裴文宣坐下來，李蓉見他姿態順暢，忍不住道：「你傷好了？」

「哪兒這麼快？」裴文宣笑了，「我又不是什麼猛將，傷口自然還在。」

「今個兒沒又碰著吧？」李蓉說著，又有些不放心，放下書招手道，「我瞧瞧。」

裴文宣動作一頓，下意識想拒絕，但話到嘴邊，他又想起什麼，笑道：「的確有些疼，妳幫我看看傷口裂了沒。」說著，裴文宣便背對著李蓉，抬手寬衣解帶。

他姿態優雅，衣服從肩頭緩緩滑落，像是帷幕徐徐拉開，李蓉被他這麼做作脫衣的模樣吸引，頗有些奇怪道：「你這衣服是卡住了嗎？」

裴文宣：「……」

李蓉抬起扇子，壓下了裴文宣背上的衣服，抬眼看過去，肉眼沒看見傷口有沁血的地方，便道：「應當沒多事，回去讓人給你換個藥，我看也快好了。」

「嗯。」裴文宣面色平靜，一面想著什麼，一面抬手慢慢拉上衣服。

李蓉思緒放在其他地方，緩聲道：「明日我去清點你那邊的財產，我怕裴禮賢不會那麼簡單讓我們拿到錢。」

「剩多少算多少吧。」裴文宣淡道：「他是個聰明人，錢註定是守不住了，他不會在這些小事上為難妳。明日妳隨便讓個人去點就可以，重點是把地契拿回來，我父親的產業多在外地，到時候讓拓跋燕去一一收回來。」

自從把拓跋燕收歸帳下，這人商業才能非凡，兩個人倒是用得順手，只是李蓉沒想到裴文宣連父親遺產都會交給拓跋燕打理，畢竟歸根到底，拓跋燕還是她的人。

李蓉奇怪打量他，裴文宣緩過神來，抬眼看她，輕笑道：「殿下瞧我做什麼？」

「話說，」李蓉小心翼翼道，「你讓拓跋燕去管你父親的財產交接，你放心啊？」

她沒明說，裴文宣聽出她的意思來，他頓了頓，也不知道怎麼的，心裡還是有那麼幾分酸澀。

這種關鍵問題上，他便知道，李蓉心裡和他分得清楚，她終究還是有其他心思，從來沒想過會和他走到頭，連意外走到頭的想法都沒有。

但這本也是他們的約定，李蓉這麼想也無可厚非，他只能作無事一般笑起來，緩聲道：「殿下如今與我一體，我沒什麼不放心的。」

「那未來……」

「未來的事，未來說吧。」

裴文宣打斷她，李蓉越發狐疑：「裴文宣，這不像你啊。」

「嗯？」裴文宣端了茶，漫不經心回了一聲。

李蓉張合著小扇：「你就不打算打算未來？你這人心眼兒比蜂窩都多，一點未來都不想，怕就是想的是不便告知我的，我心裡害怕呀。」

「殿下多慮了。」裴文宣聽李蓉這麼說，知道自己太過反常也不好，他慢慢道，「未來不是沒想過，只是文宣如今設想的未來，都是與殿下在一起的。」

李蓉頓住端杯子的動作，但來不及反應，裴文宣便又道：「我與殿下這麼多年，哪怕不是夫妻，也是親人。這一世，文宣並不想和殿下分道揚鑣。」

像是平面起風，風吹心池乍然泛起波瀾，又迅速歸為平靜。

李蓉覺得有些尷尬，暗罵自己多想，輕咳了一聲道：「你說的是。」

「所以裴夫人這個稱呼，」裴文宣抬起頭來，輕笑看向李蓉，「殿下怕是一時半會兒都得擔著了。」

「小事。」李蓉大氣揮手，「一個稱呼而已。」

「殿下果然是成大事者不拘小節。」裴文宣輕聲誇讚，李蓉輕吹著茶葉，頗為受用。她正準備回應自謙，就聽裴文宣啟齒輕喚：「夫人。」

他這兩字像是在舌尖打了轉，出口便帶了幾分難言的旖旎溫柔，李蓉手輕輕一顫，隨後就聽裴文宣大笑起來：「殿下還是不習慣呀。」

「說笑了，」李蓉擺手，「我不在意的。」

裴文宣含笑不言，倒也沒有多加糾纏，反而道：「不過殿下如今不打算從蘇容卿那裡拿名單了吧？」

「你若能從裴家拿到名單，我自然不找蘇容卿拿這份名單。」李蓉小扇輕敲著手心：「其實你說的，我覺得也不無道理，感情還是能簡單就簡單些。找他拿名單可以，不找更好，你覺得呢？」

「我自然是贊成殿下的。」裴文宣抓了一小把瓜子，低頭嗑著瓜子，彷彿是閒聊一般漫不經心道，「那接下來殿下打算按著上官雅的說法，去接近蘇容卿嗎？」

「隨緣吧。」李蓉嘆了口氣，「這事尷尬。你我還成著婚，我去接近他，總覺得有些不妥。可接近晚了，又怕等和離的時候，他成親了。」

「殿下喜歡他嗎？」

裴文宣垂著眼眸，嗑著瓜子，神色看不出喜怒，完全就是個好友聊天的樣子。

李蓉想了想，緩聲道：「大約覺得遺憾。」

「喜歡，談不上。不喜歡，又有留念。你說的……」

「妳當我什麼都沒說過。」裴文宣迅速打斷她，認真道，「我前些時候腦子進了水，有關蘇容卿的話一律不作數，妳別放心上。」

「可我覺得你說得有道理。」李蓉皺起眉頭，有些不解裴文宣突如其來的改變。

裴文宣將沒嗑的瓜子扔進果盤，抬頭輕笑：「我說什麼話沒道理？」

李蓉看著裴文宣的笑容，直覺告訴她情況有點不對頭。

她正要說話，就看裴文宣「嘶」了一聲，李蓉忙道：「怎麼了？」

「好像是傷口裂開了。」裴文宣皺起眉頭：「我方才本想靠著牆好睡一會兒，結果一動……」

「你想睡？」李蓉瞧了瞧路：「也沒多久了，忍一忍？」

「有些累。」裴文宣苦笑，「不瞞殿下，今日和家裡談話，如果不是殿下在，我都談不下去。」

「都是家人。」李蓉點點頭，倒也理解裴文宣的苦處。

裴文宣垂下眼眸，似是有幾分哀傷：「家中紛亂至此，近來又受傷，未曾得過片刻安歇……」

「那你想怎樣？」李蓉見他說了半天，直接打斷他，「讓我給你讓位置躺下去？」

「怎敢？」裴文宣搖頭，他瞧著李蓉，有了幾分不好意思：「微臣就是想問問，殿下能不能借我肩膀靠一靠？」

「就這點事，你早說啊。」李蓉笑起來，坐到裴文宣身邊，拍了拍自己肩膀道：「你靠吧。」

「殿下真好。」裴文宣誇著李蓉，便靠了過去。

李蓉感覺裴文宣依靠著自己，不由得道：「你這樣舒服嗎？」

「舒服。」裴文宣果斷道：「殿下也可以靠我試試？」

「不必了。」李蓉奇怪看了一眼他的姿勢，他個子高，要靠著她，怎麼看難度都不比靠牆小。

只是裴文宣自己覺得沒問題，那就當他沒問題。

裴文宣靜靜靠著李蓉，過了一會兒後，裴文宣突然道：「殿下，妳後來和蘇容卿像戀人一樣相處過嗎？」

「嗯？」李蓉有些奇怪：「你是指什麼？」

「就是……」裴文宣想了想，緩聲道，「不是公主和面首的關係，而是戀人的關係。」

「我有些聽不懂，這兩者的關係，有什麼具體區別？」李蓉想了想，說道。

裴文宣瞧著李蓉放在桌面的手，溫和道：「比如說，如果是戀人，這種時候，他就會拉住妳。」

裴文宣說著，伸手握住她的手，而後將溫熱的五指交叉插入她的指縫。

他的動作很慢，男人略帶砂感的手輕輕觸碰過的地方，便有一種無聲的酥麻順著指尖一路而上。

他緩慢與她交握，而後微曲關節，和她十指相扣。

「像這樣。」他聲音低啞，輕拂在她耳邊。

李蓉抬眼看向裴文宣，裴文宣靠著她，低垂著眉眼，目光都落在他們交握的手上，他沒有放手，也沒有進一步動作。

李蓉克制著所有情緒和欲念，她想抽手，可又不知道為什麼，身體卻就停在那裡。

她有些貪戀這種十指交握所帶來的感覺。

無論是身體，還是內心。

她有那麼片刻恍惚覺得，這個男人在勾引她。

只是她還來不及細想，就聽外面傳來侍衛帶了幾分急促的聲音：「殿下，出事了。」

李蓉聽到這話，立刻冷眼抬頭，她一把抽開手，捲起簾子，冷聲道：「怎麼了？」

「羅倦死了。」侍衛站在車簾外，他似乎也是剛拿到這個消息，急著送過來，整個人都在喘息。

「荀川大人追查了許久才發現，羅大人以及其他證人，都死了。」

第六十二章　守護

李蓉聽到這消息便是一驚，隨後冷聲道：「荀川在何處？」

「在城郊長亭。」

「即刻過去。」李蓉吩咐了這一聲，隨後便吩咐馬車轉了方向，而後坐回馬車。

她似是氣急了，捏緊了扇子，臉色難看得緊，裴文宣給她倒了杯茶，安撫道：「羅倦這麼久不見人，也不意外，殿下消消氣吧。」

「他們簡直是放肆！」李蓉怒喝出聲：「明知我已在追查此事，還敢將人直接殺了，他們是當我吃素的嗎？」

「正是知道您在追查此事，」裴文宣平靜道：「所以人，他們才非殺不可。」

李蓉沒說話，她抬眼看向裴文宣，裴文宣神色冷靜得可怕：「您的督查司若成功建立，對於世家來說威脅太大了。他們會不惜一切代價在這時候將您逼退。這一場仗，您贏了，日後督查司的位置就穩住；您若是輸了，日後無論是太子殿下還是陛下，想要再建一隊與世家抗衡的人馬，就難了。當然，」裴文宣緩聲道，「殿下與我的前程，也完了。」

裴文宣說得十分平和，彷彿在說一件無關緊要的事，李蓉在他話語裡慢慢平復下來。

這樣的交鋒並不新鮮，她前世經歷過無數次，然而她已經很多年，沒有和裴文宣這樣一起，同生共死的綁在一起了。

她不由得看著裴文宣，打量著眼前二十出頭的青年——裴文宣靠在桌邊，正看著窗外人來人往，似是在思索什麼。

裴文宣察覺李蓉的眼神，轉過頭來，看向李蓉，見李蓉注視著他，他不由得一笑：「殿下看我做什麼？」

「我就是想起來，」李蓉笑起來，「咱們好像是頭一次，像現在一樣做事。」

「成婚頭一年，咱們感情倒也算不錯，」李蓉扇子敲著手心，轉頭看向窗外，帶了幾分懷念，「但那時候還小，朝堂之事懵懵懂懂，也沒遇到過這樣的大事。」

「後來遇到事了，你我已經是經常吵架的時候，唯一一次被你感動，也是在牢裡。我當時以為你會放棄我和川兒，投奔柔妃。」李蓉說著，不由得又看過去，笑道：「當時怎麼不跑呢？」

裴文宣沉默，李蓉不甚在意，接著又道：「後來咱們關係說不上好，一面防備，一面幫忙，從沒像現在這樣融洽。」

「如果我同妳說，我從沒想過放棄妳呢？」裴文宣突然開口。

李蓉詫異抬頭，就看裴文宣平靜看著她：「上一世妳我的盟約，我從未違背。」

所以那一年，李川廢太子，李蓉入獄，他身居高位，想的也從不是投靠他人。

他下意識的，哪怕和李蓉爭執了多年，卻也在第一時間，毫不猶豫選擇去牢獄裡，看著那人許下承諾，讓她等他回來。

李蓉說不出話，她睫毛微顫，裴文宣笑起來：「我們經過這麼多考驗，這輩子妳信我，不是理所應當嗎？」

「畢竟除了我，」裴文宣認真開口，「沒有任何人能保證，無論任何情況，一世不會背叛殿下。」

聽著這些話，李蓉輕笑，她溫和道：「我不信承諾的。」

「我知道。」裴文宣也笑，「我也就是隨口一說。」

「那日後還是不要說了。」李蓉嘆了口氣，「你說了，我又想當真，可我心裡又知道，這些話當不得真，想起來難受，倒不如從沒聽過。」

「是我不會說話，」裴文宣道歉也快，「煩擾了殿下。」

兩人隨意聊著，便到了城郊。

馬車剛停，李蓉便立刻跳了下來，長亭邊上站了幾個人，李蓉領著裴文宣急急走過去，忙道：「人呢？」

「殿下隨我們來。」

那人應了一聲，便領著往旁邊林子裡進去，李蓉跟著人走了沒片刻，就看見一批人圍著一個地方站著，荀川戴著面具站在邊上，捏著拳頭。

李蓉走上前去，冷聲道：「怎麼回事？」

她一靠近，就聞到一股惡臭，還沒回頭，裴文宣就上前一步，擋住李蓉的視線：「殿下不必看了。」

「讓開！」李蓉一把推開裴文宣，就看見十幾具挖出來的屍首。

李蓉看那滿地屍首，扭過頭去看向旁邊荀川：「驗過屍了？」

「驗過了。」荀川開口，啞聲道，「也確認過身分，是所有涉案證人。」

「全死了？」

李蓉不可思議開口，荀川點頭：「全死了，一個沒留。這些時日我挨著查過去，都發現他們在同一天先後離京，離京之前給家裡留了大筆銀錢，說是要回西北。我沿途追過去，發現他們根本沒有留宿過任何驛站、路上茶館，我在他們最後一次出現的地方仔細打聽，不斷縮小範圍，最後找到了這裡來。」

李蓉沒說話，她沉默片刻，開口道：「把屍體處理乾淨，放到義莊去。你們怎麼找到這裡的？」

「不遠處長亭有一位書生，那日剛好在長亭送別友人，遇到有一批人驅趕著一批人進了林子，形跡可疑，我從茶館老闆那裡打聽了他能找到的客人的行蹤，找到了這位書生。」

「人呢？」

「已經看管好了。」

李蓉聽到這些話，放下心來，她想了想，隨後道：「讓人順著書生的供詞繼續追查下去，再去找太子殿下。」李蓉抿了抿唇，「讓他給我找個人，想辦法讓我進刑部見一次秦大人。」

聽到這話，荀川僵了僵。

他抬眼看向李蓉，他雖然什麼都沒說，李蓉卻也理解了他的意思。

「你跟我去，只是……」

李蓉開口，還沒說完，荀川便打斷她：「卑職明白，殿下不必擔心。」

秦真真已經一頭撞死在公主府前，欺君枉法，誰都擔不起這個責任。

李蓉應了一聲，荀川便讓人去安排。

李蓉在邊上站了一會兒，她靜靜看著屍體，過了一會兒後，她才轉身道：「走吧。」

裴文宣陪著她，跟在她身後，一起上了馬車。

上馬車後，李蓉閉上眼睛，沒片刻就聞見鼻尖有了一股香味繚繞而來，才發現是裴文宣從抽屜裡取了香爐，將熏香點燃。

李蓉笑起來：「你還有這閒情雅致？」

「妳慣來見不得這些，」裴文宣聲音平和，「這香安神。」

裴文宣說完，蓋上香爐，而後他坐到李蓉身邊來，李蓉還沒來得及反應，這人就已經撩起袖子，穿過她頸後，將手搭在她的肩上，而後用另一隻手將她的頭按在他的肩頭。

這樣的姿勢彷彿是將她和外界徹底隔絕了一般，她鼻尖只有熏香的味道混雜著他身上淺淡的香味，這些味道和他的溫度將一切隔絕開來，給她構建了一個異常溫暖平和的世界。

「閉上眼睛，」裴文宣開口，溫和道，「什麼都別想，我陪著妳。」

「裴文宣，」李蓉如他所言閉上眼睛，嘴上卻還是道，「我又不是第一次見人的屍體，你不必如此照顧。」

「我記得康平十年，有一次妳和我一起去刑部。」李蓉靠著裴文宣，聽他徐徐說著往事，「妳看著犯人行刑，我看見妳手在抖，妳為了不讓人發現，就把手藏在袖子裡，曲著放在扶手上，妳保持那個姿勢，保持了一個下午。」

「我不記得了。」

「然後妳出來，就吐了，蘇容卿站在妳邊上，一直安撫妳，給妳端茶倒水。」

李蓉不說話了，她靜靜聽著，隨後就聽裴文宣道：「那天回來的時候，我一直想，我該拉著妳，該點上熏香，該和妳說說話，或許妳就會好很多了。」

「上一世許多事，我沒做好，也沒做到。」裴文宣說著，低頭看向李蓉：「這一世，如果我有什麼沒做好的地方，殿下記得和我說。」

李蓉靜靜靠著，聽著他的心跳。

裴文宣疑惑：「殿下？」

「很好了。」她開口，沒有多說。

她想著裴文宣的話，從前世那些遙遠的回憶裡，終於尋找出裴文宣說的那些點滴。只是尋找出來之後，難免就想到了當年的蘇容卿。

她突然意識到了蘇容卿和裴文宣的區別，蘇容卿對她盡心盡力，但也恭敬有禮，在蘇容卿眼裡，她彷彿天生冰冷強大，所以他從來沒想過她會害怕，也從未想過她需要偶爾有人的攙扶。

蘇容卿永遠只會站在她身後，像影子一樣，回頭就在，卻咫尺天涯。

她對蘇容卿的感情，和當年的裴文宣不一樣，她一直以為是因為她遇見蘇容卿太晚，所以難有少年心動。

此刻她才明白，那是因為，裴文宣對他的好，毫無保留，真心實意。

是夜空下不經意偷親的一個吻，是床榻上十指交扣笑著說未來，是她哪怕輕輕一個動作，他就能知道她真正要的是什麼，而蘇容卿對她的好，永遠是遙遙相望。

陪伴十幾年，從不曾逾越半分，哪怕偶爾一個吻，也冰涼又絕望。

李蓉閉著眼睛，不敢多想，裴文宣抱著懷裡的人，緩聲道：「本不想讓妳看這些，可妳又得看。然後我給妳調些安神香，妳隨時帶著，遇到這種時候，要帶我來。」

「上一世便就罷了，這輩子，我一直陪著殿下，不會讓殿下受半點委屈。」

裴文宣說著，不見李蓉回應，他低頭看過去，見李蓉似是睡著了一般。

他見她平靜靠著自己睡著，不由得笑了。

他看了一會兒，想親一親她的額頭，又怕她醒了，最終猶豫了片刻，只低下頭，輕輕吻在她的髮絲上。

李蓉靠著他一路睡到入城，入城之後，兩人便直奔刑部。

到刑部之後已經是入夜，他們在馬車裡用膳，吃過飯沒多久，李川的人便傳信過來，說已經安排好了。

李川畢竟在朝中扎根多年，能用的人比李蓉多得多。李川安排好人後，李蓉便立刻下馬車，她領著人到了刑部門口，就見一個人穿著黑袍，已經等在那裡。

李蓉頗有些意外，她心中有幾分猜測，急忙上前去，對方轉過身來，在夜色中露出他尚顯稚嫩的面容。

「阿姐，」李川看向李蓉，認真道，「我陪妳一起進去。」

第六十三章　舊事

李蓉沒想到李川會親自來，她皺起眉頭，壓低了聲道：「你來做什麼？這是你當來的地方嗎？」

「先別說了。」裴文宣從後面走來，側身擋在姐弟面前，看著周遭道，「人多眼雜，先進去再說。」

李蓉知道裴文宣說得有理，轉身走上前去，低聲道：「進吧。」

一行人直接進了牢獄，一個侍從在前面引路，對方不敢回頭，似乎是知道來的是誰，他畢恭畢敬把人送到了牢房裡，隨後同李蓉低聲道：「殿下，時間不能太長，兩刻鐘後就要換班，您盡快。」說完，那侍從便退了下去。

李蓉抬眼看見牢獄裡的人，那老者在短暫惶恐之後，旋即認出來人，急道：「殿下！是平樂殿下和太子殿下嗎？」

「秦大人。」李蓉上前去，行了個禮。她看著雙手握在門欄前的人，老者囚衣染血，身上的衣衫因為行刑變得破爛不堪，李蓉心有不忍，但面上還是保持了平靜道：「秦家的案子如今我由來審，您知道嗎？」

秦朗愣了愣，隨後緩聲道：「真真是不是找了妳？」

李蓉抿緊了唇，點了點頭，老者嘆了口氣：「還好她出去了，不然我如何面對九泉之下的山兒和沙場的臨兒啊。」

秦山是秦臨和秦真真的父親，和妻子一起去的早，秦朗作為他的父親，便將撫養兩個孫兒的責任放在了自己身上。

秦朗說著，才想起來：「殿下，真真如今還好吧？」

李蓉聽著，下意識看了一眼旁邊的荀川。

荀川戴著面具，靜靜看著面前的老者，眼中帶了幾分不忍。

但她沒說話，李蓉便也沒出聲，低聲道：「時間不多，秦大人，還請您將整個案子從頭到尾說一遍吧。」

「殿下要我從什麼地方開始說呢？」老者苦笑。

李蓉平靜道：「黃平縣吧。」

荀川從旁邊取了椅子，放在李蓉身後，而後她又取了一張椅子放在李川身後。

裴文宣站在李蓉身後，荀川就站在李川身後。

李蓉輕敲著扇子，慢慢道：「此案起於御史臺溫平接到檢舉信，說你受到楊家賄賂，指使秦風當年在黃平縣一戰中故意棄城，而後以你的副將羅倦口供作為證據確認此事，又有院中黃金和楊烈的書信作為輔證。我本來是想找到羅倦去問全程，可如今他死了。」

秦朗愣在原地，他不可置信開口：「羅倦死了？」

「是。」李蓉平靜道，「當年參與過黃平縣一戰的將領，如今都死了。」

秦朗臉色瞬間變得煞白，他身體晃了晃，裴文宣先一步過去，伸手探入牢中，扶住秦朗，忙道：「叔公勿憂，殿下還在審案，還有翻盤的餘地。您只需要把當初發生過的事情，明明白白，據實已告即可。」

「據實已告……」秦朗雙唇顫抖著，「又……又有什麼用呢？黃平縣那件事，他們不可能讓我們翻案的。」

「你說就是了。」李蓉直接開口道，「我和太子都坐在這裡，別浪費時間。」

「叔公，」裴文宣凝視著秦朗，「您還有一家老小，但凡有一點活下來的機會，您都要抓住。」

「你說的是。」秦朗深吸了一口氣，緩聲道：「黃平縣一戰，當時我城守兵三千，敵軍攻城三千，我兒秦風為主將，楊烈本打算讓我們守城五日，但兵敗不敵，只能讓人先護送百姓退出城外，之後棄城離開。」

「你們守城，他們攻城，兵力相當，按理不該輸。」李蓉直接提醒他，「為什麼輸了？」

秦朗聽著這些話，沉默片刻後，他苦笑起來：「是我讓風兒走的。」

「為何？」

李蓉繼續追問，秦朗抿緊了唇，許久之後，他抬起眼來，靜靜注視著李蓉：「因為沒有人了。」

李蓉有些詫異，她聽不大明白，只能是重複了一遍：「沒有人？」

「對。」秦朗深吸了一口氣，「戰前三個月，糧餉一直不足，三千人的口糧，運輸過來大半都是沙子。將士沒有東西可以吃，只能每一日把米和沙子分開，煮成米粥喝。而那些米許多還是陳米，等開戰之時，說是三千人，實際許多士兵早已病倒，能戰者不足兩千。加上軍餉遲遲未到，若再堅持下去，當真是一點糧食都沒有了。」

「怎麼會沒糧呢？」李川皺起眉頭，「你沒有同楊烈說過嗎？」

「說過。」秦朗苦笑，「可又有什麼用呢？朝廷給的軍餉就那麼點，層層劃分下來，優先給一等世家，隨後才是我們這些普通世家。西北十六城，誰伸手要糧？」

「可黃平縣是在前線！」李川有些怒了：「楊烈連這點自覺都沒有嗎！」

秦朗沒說話，李蓉直接道：「這些你上報了嗎？」

「我後來上書寫過說明，應該在行軍日誌後面。」

「我查過兵部的行軍日誌。」李蓉皺起眉頭，「並沒有。」

秦朗輕聲笑了，聲音沙啞：「殿下，怎麼可能有呢？那是……」秦朗聲音裡帶了幾分哽咽，「世家的兵部啊。」

所有人沒有說話。

李蓉緩了一會兒後，開口道：「你把當年所有相關人員的名單給我一份。」

說著，裴文宣將紙筆遞給秦朗，秦朗顫抖著手，一筆一劃寫下名字。

這人已經老了，他在沙場征戰一輩子，一輩子沒低過頭，卻在這大夏牢獄之中，佝僂了脊梁。

李川不由自主捏緊了拳頭，便就是這時，他感覺有什麼滴落在肩頭，他詫異回過頭去，就看見站在他身後這個人，一直盯著牢裡的秦朗，淚落無聲。

李川愣了愣，他覺得面前青年依稀有幾分熟悉，又想不起來在哪裡見過。他靜靜瞧著，沒了一會兒，就聽秦朗道：「殿下，寫好了。」

李蓉從秦朗手中接過寫了當年之事的名單，她看了一眼上面的名字，沉默不言。

秦朗盤腿坐在牢裡，嘆了口氣：「殿下，您還年輕，先回去吧。」

李蓉握著名單，她看著牢房裡受過刑罰之後，還帶了幾分風骨的老人。

她看了很久，抬起手來，朝著裡面人深深鞠躬。

外面傳來腳步聲，裴文宣道：「應當是來人了。」

李蓉點了點頭，李川重新戴上帽子，遮住自己的面容。

侍從提著燈，小聲道：「二位殿下得走了。」

李蓉應了一聲，吩咐道：「人看管好了，千萬不能有閃失。」

侍從應聲，李蓉正準備出去，就聽秦朗叫住她：「殿下。」

李蓉回頭，看見老者猶豫著道：「真真，到底如何了？」

李蓉沒說話，她看著老者擔憂又期盼的眼神，許久後，她開口道：「她過得很好，你不必擔心。」

秦朗放下心來，朝著李蓉叩首，李蓉面無表情回頭，領著人走了出去。

等出了大門，李蓉立刻同荀川道：「調些人手，無論如何，今夜將秦家人從刑部直接調出來，有任何問題，讓他們找我。」

荀川恭敬出聲，轉身便去領馬，馳入夜色。

等荀川離開，李川才收回眼神，皺著眉頭道：「方才那人，我總覺得有熟悉，是姐姐新的手下嗎？」

李蓉頓了頓，隨後應了一聲：「你先回宮吧，別讓人發現你插手了。」

「姐……」

李川猶豫著開口，李蓉立刻便知道他的意思，她抬起眼來，平靜道：「這是我手裡的事，我有我的分寸。」

李川沉默著，片刻後，他行禮道：「我先退了。」說完之後，李川便自己跟隨著侍從回了馬車。

他走之前，他頓了頓，終於才道：「姐，秦家人得活著。」

「我知道。」李蓉冷聲道：「你走吧。」

李川點了點頭，終於離開。

等李川走後，裴文宣站在李蓉身後，輕聲道：「殿下，回府麼？」

李蓉沒有說話，她靜靜看著長街，片刻後，她緩聲道：「我以為我老了。」

裴文宣站在她身後，一言不發。

李蓉笑起來：「可如今我才知道，人不管什麼時候，心裡總有那麼點過不去的坎。」

「殿下打算做什麼呢？」

李蓉沒說話，她雙手放在身前，緩緩閉上眼睛。

許久後，她開口出聲：「裴文宣。」

「請殿下吩咐。」裴文宣躬身行禮。

李蓉低聲道：「你拿督查司和我的權杖，沿著當年軍餉到黃平鎮的路線，一路過去，謄抄所有縣衙當時軍餉過境時的糧草紀錄。」

「我等著你。」李蓉抬眼，靜靜看著他。

裴文宣凝視著李蓉的眼睛，那一刻他突然覺得，這個人彷彿是把生死交給了自己。

「今晚我提審秦朗的事情，他們不會不知道，秦朗把名單寫出來了，怕是凶多吉少。我讓荀川護住秦家人，明日朝堂，我會自請禁足。」

「二十日後，是秦家人問斬之日，你必須在那之前，把這份單子拿回來。」

「做得到嗎？」

裴文宣沒說話，他看著李蓉，輕笑起來：「為殿下所驅，萬死而不辭。」

「路上可能不太平。」李蓉輕笑：「你小心些。」

裴文宣知道李蓉的不太平指的是什麼，他若出華京，還想去沿途查糧庫的帳，這豈止是不太平，全然是送命的事。

但裴文宣面色從容，廣袖一張，雙手在前，躬身道：「微臣這就出發。」

李蓉應了一聲，裴文宣轉過身去。

李蓉看著他行遠的背影，突然叫了一聲：「裴文宣。」

裴文宣雙手攏在袖中，側身回頭，青年藍衣白衫，慣如古井的眼裡落了燈火星辰。

李蓉瞧著他，好久後，她笑起來。

「我等你回來。」

第六十四章　朝爭（一）

裴文宣微微一愣，他看著眼前紅衣宮裝的姑娘，不知道怎麼的，就從那人的眼神裡，看出了幾分難言的溫柔。

這樣的溫柔，是年輕的李蓉從來沒有過的，站在他面前的李蓉，有著經歷歲月的醇香，哪怕是露出柔情的片刻，也有著少年難及的堅韌沉穩。

裴文宣心弦微動，他輕笑起來：「那我回來了，殿下有賞嗎？」

「這時候了，你還同我討賞？」

「殿下知道微臣……」裴文宣垂下眼眸，溫和道，「慣來是不吃虧的。」

「好。」李蓉也笑起來，「辦好了，有賞。」

「多謝殿下。」裴文宣抬手行禮，隨後他抬眼看向李蓉，瞧了許久後，李蓉正想催他，就見這人三步作兩步上前，將她一把攬入懷裡。

「好好的，別擔心我。」

「你這老狐狸，」李蓉被他攬在懷裡，頭枕在他肩頭，「我有什麼好擔心。」

「那就好。」裴文宣放開她，整理著她的衣衫，用目光仔細掃過她的眉梢、眼睛、鼻子、嘴唇，每一份細節都沒放過，直到最後，才道，「那我走了。」

說完之後，他才是終於放手，這次他似乎是沒敢回頭，急急就離開了。

等裴文宣走了許久，李蓉才緩過神來，她感覺似乎是接近冬日了，夜風都冷了許多。

她深吸了一口氣，才轉過身去，上了馬車。

當天半夜，荀川便將秦家人帶回了公主府，李蓉讓人將秦家人安置下來，隨後將整個督查司的人手和公主衛隊，全部調回了公主府守在門口。

秦家人在牢獄中受了諸多刑罰，尤其是秦朗，被折磨得奄奄一息，一家人讓大夫逐一看過，折騰了許久。

整個公主府上下一夜燈明，李蓉也沒有睡下，她在書房裡想了一會兒後，讓人將荀川叫了過來。

荀川剛剛看著大夫看完秦朗的身體，面具之下的神色有幾分疲憊，他進屋來，朝著李蓉行禮。

李蓉一面看著手裡的情報，一面抬手讓他坐下，頭也沒抬道：「秦大人怎麼樣？」

「還好。」荀川坐下來，聲音有些啞，「命保住了，但是後續估計還得養。他畢竟年紀大了。」

「你是他帶大的吧？」李蓉說著，放下了手中的情報，抬眼看向荀川，「沒想過和他說你的事嗎？」

「暫時先不說這麼多吧。」荀川聲音很淡，「說了，他不會讓我在外面做事。只要告訴他我還活著，他老人家別擔心就好。」

李蓉沉吟片刻，點了點頭，倒也沒有多問，抬手將秦朗寫的名單交給荀川，低聲道：「這份名單你拿著，明日之後我或許會被困在宮裡，到時候你有兩份職責，第一，保護好秦家人，絕對不讓任何人，把他們帶離公主府半步。」

「是。」

「第二，你找上官雅，從這份名單裡清出合適的人選來，拿到當年黃平縣軍餉貪墨的證人口供。」

「明白。」

「就這樣吧。」李蓉抬眼，看見外面不知何時下起的小雨，頗有些疲憊道，「是不是要天亮了？」

話沒說完，外面就傳來了兵馬之聲。

荀川抬手握住了劍，李蓉一把按住她的劍，平靜道：「勿驚，會有人來。」

荀川聽李蓉的話，慢慢冷靜下來，李蓉收回手，看著長廊上被風吹得搖晃的燈籠，只道：「倒茶吧。」

荀川定了定心神，抬手給李蓉倒茶。

李蓉聽著茶聲涓涓而下，聽著外面一片混亂。

片刻後，靜蘭進屋來，冷聲道：「殿下，刑部侍郎蘇容卿領兵圍府，前來討要欽犯。」

李蓉沒說話，她抬手握了旁邊的茶杯，氣定神閒喝了一口，隨後看向荀川，只道：「如果你死了，記得把焚屍粉倒在臉上。」

荀川明白李蓉的意思，他是「已死」之人，如果屍體再出現在其他地方，會給李蓉帶來麻煩。

他恭敬道：「是。」

李蓉沉默片刻，隨後道：「你也別想著自己提前毀了臉，如果你這樣做，就不必待在督查司了。」

荀川僵了僵，終於還是道：「是。」

李蓉沒有再多說，她換上一身金線繡牡丹大紅宮裝，戴上金色步搖，隨後領著人從長廊一路出去。

大門方才打開，寒風夾雨撲面而來，大門之外，蘇容卿一身素衣，手執紙傘，領著一干士兵陳兵在外，平靜看著李蓉。

兩人一人門裡，一人門外，寒風吹得大門前燈籠搖搖擺擺，李蓉輕笑起來：「蘇侍郎好大的官威，天還沒亮就領著這麼多人站在公主府前，是本宮觸犯了什麼律法嗎？這也當是大理寺來才是，不知蘇侍郎是尋了什麼理由來的呢？」

「殿下，」蘇容卿聲音很穩，「現下把秦家人交出來，妳劫囚一事我當沒發生過。」

「劫囚？」李蓉笑了，「秦氏案本就是我督查司審辦的案子，本宮覺得本宮要的人有生命之危，特意提審看管，有什麼不對？」

「殿下就算要提審囚犯，也該按照律例，由相關官員審批通過。」蘇容卿聲音漸冷：「殿下，您還是把人交出來，您得想清楚——」蘇容卿抬眼，雨水順著傘墜落成簾，讓傘簾之後蘇容卿的面容有幾分模糊。

李蓉從未見過這個人用這樣的眼神看她，他似是警告一般開口：「督查司，還沒建起來。」

督查司沒有任何拿得出手的功績，誰都服氣不了，李明再怎麼扶持，她也步履維艱，如今犯此大錯，李明怕是要徹底震怒了。

李蓉瞧著他，許久後，她笑起來：「你威脅我。」

蘇容卿不言，他只是看著李蓉。

李蓉不知道怎麼的，竟就笑著重複了一遍：「你竟然威脅我？」

蘇容卿抿了抿唇，緩聲道：「殿下，我是為您好。」

「你不是為我好。」李蓉緩聲開口，肯定出聲，「你是為了你背後的蘇家，為了你身後的世家權力。蘇容卿，其實人有私心沒什麼，不必如此冠冕堂皇。」

說著，李蓉提步往外，靜蘭立刻撐起傘來，送著李蓉往門口馬車走去。

李蓉昂首而行，慢慢道：「蘇大人也不必威脅我，你想告狀，這就告去，早朝馬上要開始了，本宮大殿之上，等著蘇大人。」

李蓉說著，和蘇容卿擦肩而過。

蘇容卿不自覺捏緊了拳頭，在她離開前一刻，他驟然開口：「您怎麼就不信呢？」

李蓉轉過頭去，看向不遠處的蘇容卿，他身子微微顫抖，似乎在竭力控制著自己的情緒，艱難出聲道：「殿下為什麼，一定要把每一個人的好心，當成惡意呢？如今殿下在做的事情，百害而無一利，殿下您在求什麼？」

「我也不知道。」李蓉苦笑：「或許，就是求個心安吧？」

蘇容卿愣了愣，李蓉走到他身前來，蘇容卿撐著傘，李蓉站在他面前，大雨順著傘面而下，為他們單獨隔絕出一個小世界。

李蓉仰頭看他，那一刻時光彷彿突然再沒了邊界，前世今生融雜，蘇容卿眼神有片刻恍惚，李蓉笑著出聲：「蘇大人，我以前曾經以為，我們是一路人，可我想了很多年，我才發現，其實並不是。」

「你可以為了家族拋棄一切，包括良心、道義、你的人生，未來有一天，或許你會成為和楊烈一樣的人，他也曾少年熱血，最後為了家族昌盛，賣國求榮。」

「而我不行。」

「我這樣做，我一生，在這裡，」李蓉抬起手，放在自己胸前，聲音平和，「都難以安寧。我不能違背我的道義，我今日無法看著秦家因為黨爭滿門敗落，如果有一天，你蘇家面臨不公，」李蓉看著蘇容卿逐漸震驚的神色，緩慢笑起來，「我也不會坐視不理。」

「其實你說的對，如果只是為權勢，我今日做這些，沒有太大利益。我應該同世家綁在一起，不該建督查司，也不該查秦氏案。可是我要權勢，不僅僅只是因為想要當人上人。」

「我還想要，我能活在我想要的世界裡。」

蘇容卿愣愣看著她，李蓉知道他不能理解，她抬起手來，溫柔拂開他肩上落著的枯葉，枯葉沾染了雨水，只剩殘片，應當是被狂風捲席而來，拍落在這人肩頭。

她放低了聲：「所以，蘇大人不必勸我，也無須攔我。你勸不了，攔不住。太子與我不是一道，你放心輔佐他就是，我的路，我自己走。若蘇大人不同意，」李蓉抬眼，笑起來，「儘管放馬過來就是。」

說完，李蓉便轉過身，疾步上了馬車。

李蓉上馬車之後，便閉上了眼睛養眠。

而這時候，裴文宣已經領著人出了城外。

他拿了督查司的權杖和公主權杖，帶了精英暗衛一路疾行，剛出城外不久，暗衛便上前同他道：「大人，有人跟著。」

裴文宣看了周邊一眼，想了片刻後，他低聲道：「去找個客棧，先落腳休息。」

「休息？」暗衛有些詫異。

裴文宣應聲，「嗯，去吧。」

裴文宣定了主意，所有人只能跟隨，一夥兒人找了個客棧歇下，剛進客棧房間，裴文宣便找了一個和自己身形相近的暗衛，而後讓另一個人去周邊一個懸崖邊上準備一根繩子綁在大樹邊上。

等一切準備就緒，天也亮了，此時雲破日出，夜雨初停，裴文宣的人馬再次啟程，這次裴文宣的隊伍換了馬車，裴文宣坐在馬車裡，往遠方行去。

皇宮之中，隨著一聲「入殿」的傳唱之聲，臣子統一身著黑衣赤邊，手持笏板，往大殿方向魚貫而入。

李蓉走在最前方，她身後臣子都悄悄打量著她，等進入大殿之後，李蓉優雅站到李明邊上，剛剛開朝，李明便直接點了李蓉的名字：「平樂。」

李蓉出列，隨後就聽李明壓著怒氣道：「朕昨夜接到摺子，說妳夜闖刑部，劫了秦家一家人？」

李蓉聽著李明的話，便跪了下去，李明抬手就拿著手邊的摺子劈頭蓋臉砸了過去，怒道：「怎麼，去刑部鬧事還鬧上癮了？上次沒罰妳，妳當朕真允妳這麼目無法紀、為所欲為嗎？朕是讓妳去查案的，不是讓妳去耍橫，妳給朕一個理由，這麼大半夜把秦家人劫了是為什麼！」

「稟告陛下。」李蓉叩首，恭敬道，「秦氏案既然歸兒臣管，秦家人本就該由兒臣看管，兒臣之前莫要說提審秦家人，連見都見不到，為了弄清案情真相，只能迫不得已，鬧出劫囚一事。」

「那妳不把人放回去？」

李明皺起眉頭，李蓉平靜道：「如今按照秦大人的供述，兒臣不敢。」

「殿下這是什麼意思？」刑部尚書謝蘭清帶了幾分譏諷開口：「是說我刑部要謀害秦大人不成？」

「有這個擔憂。」

李蓉直接回應，謝蘭清被氣得笑起來：「好，好的很，既然話說到這份上，陛下，微臣有一言，就不得不說了。」

李明緊皺著眉頭，緩聲道：「謝愛卿，平樂年少，口無遮攔，你別放在心上。」

「陛下，」謝蘭清神色悲切，「您既然明知殿下年少，又怎能將朝堂視作兒戲，把秦氏案如此關鍵之事，交給平樂殿下？」

「謝愛卿……」

「陛下，您愛女心切，微臣可以理解，可將這樣大的權力交給平樂殿下，無異於給孩童以利刃，是會傷人的。您看平樂殿下查秦氏案至今，荒唐事做過多少？擅闖刑部，毆打刑部官員，硬闖臣子府邸，毆打臣子家奴，如今甚至劫囚，簡直是目無法紀、枉顧王法！平樂殿下不僅不知悔改，還將其過失之行越演越烈，陛下，若再不阻攔加以懲戒，恐生大錯啊！」

說著，謝蘭清便跪了下去，朝堂上一片應和之聲，紛紛跟著跪下，只喊著要將李蓉「削去封地，嚴加懲戒」。

整個朝堂群情激湧，謝蘭清情到激動之處，大聲道：「陛下，若陛下堅持偏袒平樂殿下，老臣今日就掛冠歸去，以免日後見殿下作惡於朝堂之上，心生悲涼，還請陛下應允！」

謝蘭清說著，便將頭上髮冠取下，放在了身邊。

他身邊的臣子紛紛將頭上髮冠取下，學著謝蘭清的模樣，也將髮冠放在了身側。

李明抬眼看向面前一直沉默著的女兒，許久後，他終於道：「平樂，妳也聽到了，惹了這麼大的禍，妳可查出什麼東西來？」

「尚未。」李蓉叩首在地上，冷靜道：「兒臣查案之後，發現證人全部遇害，證據大多銷毀，兒臣如今還追查，請陛下給些時間。」

「證人全死了？」李明震驚開口，反問了一句：「竟然全死了？」

第六十五章 朝爭（二）

「是。」李蓉跪著，鎮定出聲，「在城郊，被人集體屠殺之後棄屍荒野，兒臣苦查許久才終於把人的屍體找了出來。父皇，如今證人都已經沒了，還要把秦家人放在刑部，兒臣不放心。」

「所以殿下的意思是，如今證人已經全都死了，口供再無推翻的可能，人證、物證都在，秦氏的罪，改不了了。」謝蘭清慢慢開口：「秦氏的罪改不了，殿下又堅信秦家人無罪，所以現在得把秦家人保護好。那請問殿下，您到底是為什麼堅信秦家人無罪呢？您現在，拿到任何證據了嗎？」

「任何一個案子，」李蓉聲音平靜，「證人都被人殺了，這個案子沒有問題嗎？」

「這人是誰殺的呢？」謝蘭清提高了聲音，似是在提醒什麼。

李蓉回過頭去，冷眼看著謝蘭清，謝蘭清笑了笑，「殿下，說句大不敬的話，證人都死了，可能是案子有問題，也可能是案子沒問題。」

謝蘭清沒有說完，但李蓉已經明瞭他的意思，一個年輕的朝官似是疑惑，小聲道：「怎麼會是案子沒問題呢？」

旋即另一個朝官便笑起來，聲音不大不小，似是私下議論，卻又剛好讓大家聽到：「張大人就不懂了，一個案子的證人全死了，看上去必然是有問題，但萬一其實是沒問題，有些人堅持想讓這個案子不能判呢？」

人死了，一切都成了懸念，如果李蓉堅持，那就是在沒有任何證據的情況下，將案子無限期的推遲下去。

「所以殿下，證人死了，證明不了什麼。就算證人死了，證物還在，楊烈的信是真的，他們收受賄賂的黃金也是從秦家找出來的，這些證物御史臺、刑部、大理寺紛紛都檢驗過，殿下是覺得，三司都在欺瞞您嗎？」謝蘭清說著，冷笑起來：「殿下，您剛成婚，還是不要參與朝堂之事，回去做些女子當做之事，繡花讀經，修身養性才是。」

謝蘭清說完，朝堂群臣都小聲附和。

李蓉跪在地上，假作未曾聞聲。

這天下對女子都是如此，哪怕身為天驕，若有一日行事出了差錯，身分就是原罪。

李蓉年少聽這些話，便覺激憤，常常想證明些什麼，而如今聽這些話，縱使不平，卻也冷靜，她只道：「既然三司都覺得沒問題，為何我去取卷宗，調證據，提審囚犯，都如此困難呢？」

「殿下說笑了，」謝蘭清平靜道，「刑部慣來是按照規章制度辦事，不會刻意為難任何人。」

「謝大人不虧是兩朝元老，穩坐刑部的尚書大人。」李蓉說著，她單手撐在自己膝蓋之上，緩緩起身，謝蘭清皺起眉頭，就看李蓉轉過身來，抬眼看向謝蘭清，平靜道，「一張巧嘴糊弄人心，事做不好，嘴皮子倒是利索得很。」

「殿下這是被老臣說中心事，惱羞成怒了？」

「怒，我當然怒，本宮如何不怒！」李蓉大喝出聲，「你堂堂刑部尚書，面對疑點重重之案，不思如何查案，不思還原真相，只想著玩弄權術，視人命如草芥，你讓本宮如何不怒！」

「本宮建督查司，你們這些人，」李蓉抬手，一一指向朝堂眾臣，「日思夜想如何奪權，如何讓本宮知難而退，本宮調卷宗，刑部左右為難，你推我、我推你，跑一個下午拿不到一個審批，本宮不強闖，如何拿到卷宗？」

「刑部的證據，至今仍在推脫，不肯將證據交給我看，本宮怎麼知道真假？」

「你口口聲聲說流程、說章法，如果人人辦案流程都是連主審官拿證據都要走一個月，我看你們刑部也不必要了，重建吧！」

「就你們這批連證人都保護不好，只知道為難辦事人的酒囊飯袋，本宮叫你一聲大人都是給你臉，你還真要本宮把你的臉扯下來踩才是嗎？」

李蓉一通大吼，謝蘭清面色發沉，刑部一位官員站出來，大聲道：「殿下，這裡是大殿，不是您撒潑的地方，您……」

「退下！」李蓉朝那官員怒喝出聲，「你算個什麼東西，敢這樣同本宮說話？」

「你們要做什麼，本宮清楚。」李蓉環顧四周：「可本宮今日也要告訴你們，你們可能會冤死的秦家人，他們不僅僅是幾個朝臣，不僅僅是幾條人命，他們還是邊境的高牆，我大夏的脊梁！你們今日毀掉的是大夏的江山，大夏的未來！本宮今日在此，絕對不可能為此讓步。」

「但秦氏有罪，」謝蘭清神色鎮定，「殿下拿不出證據，他就是有罪。」

「他有沒有罪，你我都清楚！」李蓉聲音怒喝出聲，「謝蘭清，諸多事本宮不在朝堂提，我就問你們一句，你們對得起自己的良心嗎？就算邊疆百姓哭號之聲你們聽不到，秦二姑娘在我公主府前留下的鮮血，你們看不到嗎？你們今日欺辱秦家，不過就是因為秦家寒門出身，無權無勢好欺負罷了！可你們想過沒有，秦家今日若如此含冤而去，日後邊境還有誰肯效忠？而日後這朝堂之上，是不是只要是寒門出身，就可以忍你們如此羞辱？」

「殿下說得太過了，」右相蘇閔之皺起眉頭，「審案定刑，講的是證據，殿下已有立場，如此情緒用事，又何談公正？」

蘇閔之這話說得不錯，老臣眼中到都是贊同，可他們未曾注意到，年輕朝臣之中，卻隱有鬆動。

這樣訴諸於情的陳詞，李蓉自然不是說給這些老狐狸聽，只是這朝堂之上，不僅有浸淫權術已久的政客，還有對這天下心懷擔憂的臣子，不僅有百年高門，還有那些經營遊走於下位的寒門士子。

李蓉一番提醒之後，見目的達到，她目光才回到蘇閔之身上來，平靜道：「是，蘇相說的是，凡事是該講證據，那如今證人集體被殺，是不是能證明，此案存疑？」

「有關聯，但並不能絕對證明。」蘇閔之平靜道，「殿下，您已經查了這麼久了，秦家人這個案子，本來早該定案，是您堅持翻案，如今您也沒查出個什麼來，不可能為了您內心之中的相信，把這個案子一拖再拖。還請殿下將秦家人還回刑部，還權於陛下，應賞應罰，按律處置。」

「蘇相擔心的，是本宮藉以查案之名，拖延秦家人的死期，那我們不如各退一步。」李蓉盯著蘇閔之，「本宮不推遲秦家處刑時間，可秦家處刑之前，他們需得在公主府由本宮之人保護，任何人不得提審。而本宮的人也能繼續審查此案，若在任何時候，查出秦家有冤的證據，皆可翻案。」

蘇閔之得了這話，有片刻猶豫，謝蘭清卻是斷然道：「不行，陛下已經給過殿下諸多機會，殿下卻在我刑部多番鬧事，今日所商討的，根本不該是秦家案，而是殿下屢闖刑部如何處置一事。」

「擅闖刑部的責任我擔著！」李蓉高喝，「我就問秦家人你們敢不敢放在我這裡，秦家案你們敢不敢讓我查！既然說證人之死證明不了秦家案有問題，你們怕我查什麼！」

「微臣不是怕殿下查案，」謝蘭清寸步不讓，「微臣是怕殿下鬧事！」

「那你想怎樣？」李蓉盯著謝蘭清：「秦家我必須查。」

「殿下也必須罰。」謝蘭清回以李蓉，冷聲道：「微臣乃刑部尚書，不能容忍有人如此踐踏王法，哪怕殿下貴為公主，也該遵守天子之綱。」

「好。」李蓉點頭道，「謝大人，那我如你所願。」

李蓉說著，廣袖一張，轉身就朝著李明叩首，揚聲道：「陛下，兒臣擅闖刑部，為兒臣之錯，願自請杖責三十，北燕塔誦經一月。」

李蓉說完，謝蘭清露出滿意神色，旋即聽李蓉道：「但刑部之人辦事不利，對關鍵證人不多加保護，紀錄行蹤，間接導致證人全部死於他人之手，此為一罪。」

「藐視父皇權位，父皇授予兒臣督查司司主一職，刑部卻不肯聽從聖旨安排，全力協助辦案，反而藉以規章之名對兒臣多加刁難，此為二罪。」

「如今明知證人全死，此案有疑，卻懶職怠政，不肯深查，此為三罪。」

「謝大人乃刑部尚書，掌管刑部，刑部如今上下卻弊端百出，謝大人難辭其咎，兒臣願領罰，但整頓刑部，勢在必行。此三罪雖集中於秦氏案，卻能管中窺豹，知刑部平日辦案風格，此乃危害社稷之事，還請父皇上下嚴查，絕不姑息！」

李蓉一句一句陳述下去，刑部之人臉色漸漸難看起來，李蓉叩首在地上，平靜道：「而秦氏案，兒臣既然插手，便不會放下，請父皇再給兒臣二十日……」

「不可……」

朝臣紛紛嚷嚷出聲，還未說完，就聽李蓉一聲大喝：「二十日後，若兒臣當真查不出什麼，便足以證明秦氏案並無冤屈，是兒臣胡鬧，兒臣自願領罰，願被逐出華京，自回封地，再不入京！」

自回封地，再不入京。

這對於一個公主來說，便是澈底被驅逐出權力中心，一生再沒有回頭路可走，相當於是一種變相的削貶流放。

所有人沉默下來，上官旭皺了皺眉頭，有了幾分不忍：「殿下……」

「求父皇恩准！」李蓉跪在地上，大喝出聲。

李明看著跪在地上的女兒，神色莫測，許久後，他終於出聲，聲音中帶了幾分暗啞：「既然平樂公主願以逐出華京為賭，朕就給妳一個將功贖罪的機會。只是妳冒犯刑部在前，為防止妳再惹事，查案期間，妳便在北燕塔內禁足，抄抄佛經，修生養性吧。杖責就免了，畢竟是個姑娘家，三十杖下去，這不是要妳的命嗎？」

李明說著，抬頭看向謝蘭清，頗有些疲憊道：「謝愛卿，您看如何？」

謝蘭清皺著眉頭，李明提醒道：「其實平樂有些話說得也不無道理，刑部這些年做事是有些太過古板了。」

李明這話便是一種變相的威脅，謝蘭清如果繼續說下去，他便要開始藉著理由，發落刑部。

謝蘭清聽明白李明的話，恭敬道：「微臣只是臣子，此事應當由大家一致商議，陛下決定。」

李明點了點頭，抬眼看向眾人：「你們覺得呢？」

沒有任何人說話，李蓉跪在地上，靜靜叩首不言。

許久之後，一個含笑的聲音從下方傳來，高聲道：「陛下，微臣以為，如此再好不過了。」

這話讓所有人集體看過去，李蓉也偷偷側目，看向發言之人。

卻見發言之人站在朝堂後方，竟是一個不入流的小官。那人生得極為年輕，眉眼似乎是天生帶笑，便多了幾分風流味道，與那一身官服格格不入，在這朝堂上扎眼得很。

李蓉瞧了片刻，便認出來人，隨後就聽禮部尚書顧子道低喝了一聲：「崔玉郎，你發什麼瘋？」

年輕官員手持笏板，笑意盈盈：「顧大人，微臣說的是心裡話呀。您看，殿下該罰的也罰了，秦家人行刑時間也沒推遲，殿下身為公主，用一身前途求保一個將門，有何不可呢？若秦家人有罪，殿下也沒耽擱什麼，若秦家人無罪，那殿下可就是積了大功德啊。這樣有利無害的事，不是極好的嗎？」崔玉郎說著，笑著跪下去，叩首道：「陛下，臣認為公主所言甚是，請陛下開恩，納公主所言。」

崔玉郎開口之後，沒多久，一個年輕官員走出來，閉眼就跪了下去：「求陛下開恩，納公主所言。」

而後三三兩兩，便有幾個官員走出來，人數雖然不多，但跪在那大殿之上，便彷彿有了一種無聲的力量。

李明看著那些人，許久後，他看向一直站在旁邊的李川：「太子覺得呢？」

「兒臣……」李川似是為難，許久後，他終於道：「兒臣全聽父皇的。」

「既然如此，就依公主所言吧。」李明淡道：「今日起，平樂公主禁足於北燕塔，抄佛經一百篇，為太后祈福，彰顯孝意，下朝後就直接過去，需要的東西讓下人去拿。而秦家人行刑日期不變，暫由公主看管。刑部上下整頓，精簡流程，精簡之後整個辦案流程給朕遞個摺子。」

「是。」謝蘭清恭敬行禮。

李明處理完這些事，又詢問了一些其他政事，終於宣布下朝。

等下朝之後，李蓉便將目光投向人群中正和旁邊人談笑風生走出去的崔玉郎，她猶豫了片刻，沒有上前，只是轉頭看向朝著她走來的李川。

李川看上去神色不太好，李蓉看了一眼他身後的上官旭，便知應當是上官旭讓李川來找她的。李川如今還要和世家虛與委蛇，李蓉如今既然站在世家對面，李川得在世家面前擺明態度。

於是李川剛走到面前，李蓉就冷了臉，直接道：「你不必同我多說什麼，道不同、不相為謀，算了吧。」

「阿姐，」李川皺起眉頭，「妳太過了。」

姐弟倆的話引來尚未離開的臣子的圍觀，李蓉冷笑：「是我太過，還是他們太過？該罰的罰了，我走了，太子自便。」

李蓉說完，便直接離開，李川緊皺眉頭，似要說什麼，最後也說不出來。

李蓉剛走出門口，許多臣子便圍了上來，苦著臉道：「殿下，公主任性也有個度，她這是要做什麼！」

「各位，我會好好勸她，但她畢竟是我姐……」李川說著，露出為難之色來，「也是以前寵得太過，等私下裡找到時機，孤會好好同她說的。她畢竟，」李川壓低了聲，「也是上官家的公主。」

聽到這些話，眾人稍稍鎮定，嘆息道：「也盼殿下自己能轉過彎吧。若當真鬧到逐出華京……」說著，說話的大臣搖搖頭，嘆息著離開。

這些大臣與李川的談話，李蓉不需要聽，也猜個八九不離十。

她是建設督查司最好的人選，不是因為她有多少能耐，而是她是上官家的公主，太子的姐姐。

這是她的護身符，她今日做的事，若是換一個人來做，世家哪裡肯這麼容易饒過她？不過就是相信著她最終還是會看在太子的面上收住手，看在上官家的面子上不敢動手。

這就是李明肯啟用她的原因，但也是李明不肯完完全全幫她，始終在後面觀察她、考驗她的原因。

李蓉想著朝堂上的一切，朝著北燕塔走去。

北燕塔是李明年輕時專門為她母后修建的一座觀星之處，後來帝后二人都很少去那裡，久而久之就荒廢了，再後來就因偏遠清淨，變成了宮中慣用的禁足之地。

李蓉吩咐了靜梅自己要帶的東西，絮絮叨叨到了塔前。北燕塔是這皇宮最高的建築，高門長身，銅鈴懸簷，李蓉抬頭仰望了片刻，便領著人走了進去。

她一路循著階梯爬向高處，等到了頂樓，便到了她日常居住之所，侍從替她推開房門，她剛入大門，就看見李明坐在裡面，正低頭飲茶。

李蓉頓了片刻，隨後露出詫異的表情來，不由得道：「父皇？」

李明正坐在桌前泡茶，平淡道：「進來吧。」

李蓉沒有說話，她提裙而入，恭敬跪在李明邊上，李明親自給她倒了茶，緩聲道：「朕已經好幾年沒來過北燕塔了。」

李蓉不敢接話，李明聲音裡帶了幾分懷念：「修建這塔的時候，妳母后才懷上妳，朕初為人父，很是高興。那時候我和妳母后感情很好，那年她生辰，朕不知道她喜歡什麼，總見她看天，便以為她喜歡看星星，於是登基第一年，興師動眾，修了這個北燕塔。」

小火上煮著水，發出微弱的沸水聲，似乎剛剛滾起，李明轉過頭去，看著遠處打開的窗戶。

這個屋子裡的窗戶都開得很大，打開的時候，外面的天空便像畫一樣。

李明緩聲道：「有時候朕也會希望，自己能一直像那時候那樣，什麼都不想，什麼都不懂，可能就會過得很好。至少，朕和自己的妻子應該恩愛非常，和妳、川兒，」李明轉過頭來，看向李蓉，他瞧著她，好久後，緩聲道，「應該感情都不錯，朕會是個好父親。」

「父皇一直很好。」

李蓉開口安慰，李明擺手，笑道：「朕什麼人自己心裡清楚，不必妳說。」

李明說著，他停頓了一會兒，過了許久，他才道：「妳是個聰明的孩子，比川兒要聰明。」

「父皇，川兒只是還小。」

「妳也年少。」李明輕笑，「但妳看得比他透澈多了，若妳是個男兒身就好了。」

李蓉沒說話。

其實她並沒有比李川聰明多少，如果有的話，她只是因為走過了一世，提前知道了一世的結局。

上一世她和李川一樣，他們一起選擇了一條看似更好走的路，澈底依賴著其他人，然後隨著年歲增長，李川變成下一個李明，往復循環。

「朕以前一直以為，妳只是有些聰明，和妳母后並無不同。妳幫朕平了楊家，不過是為了自己的婚事，建督查司，也只是因裴文宣慫恿，想掌握更多權力，但今日朕突然覺得，其實妳比朕想像得更好。蓉兒，」李明嘆了口氣，「許多事，朕逼不得已，我不求妳不怪我，但求若一日，我百年歸天，妳能知道，其實朕心裡，也希望妳和川兒能過得好。」

李蓉靜靜看著李明，其實李明如今不滿四十歲，可他看上去卻像一個年過半百的老人。

他時日無多了。

李蓉清楚知道，上一世，李明要死在兩年後的冬天。

她以往覺得自己對李明的感情早已經淡了，可如今看著這個人同她道歉，她明知其實權力在這個人心裡，遠在她之上，她卻還是覺得有說不出的酸澀湧上來。

「父皇為什麼如今同我說這些呢？」李蓉苦笑：「以往您都不說的。」

「以往不說，是怕有一日妳心裡難過。」李明神色平淡，「以前朕不知道妳最後會做什麼，如果最後，妳和川兒送朕走了呢？說這些話，你們記在心裡，日後難受一輩子，何必呢。但今日不同了，」李明笑起來，他看向李蓉，「朕高興得很。」

「父皇能和兒臣坦誠相待，」李蓉笑起來，「兒臣也很高興。」

「妳心裡沒芥蒂就好。」李明嘆了口氣，「今日朝堂，朕不能偏袒妳太過，若讓世家覺得朕鐵了心要辦他們，我怕他們要做太過激進的謀算。」

「我明白。」李蓉緩聲道，「世家盤根錯節，不是一朝之弊，還是得循序漸進。而且兒臣的確莽撞，當罰。」

「妳怎麼不是個小子呢？」李明頗有幾分遺憾。

李蓉不免笑了，「父皇，其實川兒很好，您多瞭解一下他，便知道了。」

「他很好。」李明聲音有些淡，「就是和朕太像了。繼續走下去，朕怕他就是下一個朕，或許還不如呢。」李明笑著，又想起什麼，擺手道：「不過他還小，看以後吧。他畢竟是太子，不犯大錯，朕也不會如何。」

「兒臣知道。」李蓉知道李明是怕她多心，便道，「父皇只是希望川兒能做得更好罷了。」

李明應了一聲，他沒有多說，緩了一會兒後，他慢慢道：「朝堂之上，妳也看到了。朕為何與妳母后爭執，想必妳也清楚。日後……」李明猶豫了片刻，終於還是道，「我們父女齊心，勿生芥蒂。」

「父皇放心，」李蓉平靜道，「兒臣心裡，是有大夏的。」

李明笑起來，抬手拍了拍她的肩，隨後想起什麼來：「裴文宣出京了？」

「是。」李蓉冷靜道，「父皇放心，他會回來。」她抬眼，暗示道：「帶父皇想要的東西回來。」

「好。」李明擊掌，大笑起來，他喝了口茶，高興道，「暢快。」

「好了。」李明站起來，環顧四周，「妳在這裡好好休養，有什麼需要的就讓人同福來說一聲，朕同妳一起，等裴文宣回來。」

李蓉站起身，恭敬行禮：「恭送父皇。」

李明點了點頭，頗為歡喜走了出去。

等李明走出去後，李蓉坐了下來，她端著茶輕抿了一口。

李明說的話，她是不信的。

她太清楚李明這個人，他對她也好，李川也好，都有感情，但是權勢面前，感情不值一提，他今日的安撫，一方面是因為對她投靠他之事確定的歡喜，另一方面，則是他終於確定她可用，特意培養感情罷了。

李蓉握著杯子，心裡有點冷，又有些酸。

她不知道為什麼，突然特別想裴文宣，她感覺裴文宣好像就坐在她對面，清俊的面容上帶了幾分笑意，詢問著她：「殿下，您在煩憂什麼呢？」

想著裴文宣的語氣，她不由自主就笑了。

她剛倒好茶，門口就傳來吱呀的開門聲。

李蓉抬起頭來，就看上官玥身著宮服站在門口。

李蓉愣了愣，隨後笑起來：「母后。」

上官玥看上去有些疲憊，她站在門口，看著李蓉不動。

李蓉想了片刻，緩聲道：「母后不進來坐坐嗎？」

「蓉兒，」上官玥低啞著聲，「妳知錯了嗎？」

「我做錯什麼了呢？」李蓉聲音平和：「我擋住你們的路，還是我奪了你們的權？」

上官玥沒說話，李蓉見她久不出聲，提醒道：「母后進來坐坐吧，也好說話。」

「不了。」上官玥聲音哽咽，她似乎是知道自己話語開口，會失去什麼，可她是說了，

「我來，就是轉告妳舅舅一句話。」

「裴文宣死了。」

李蓉動作僵住，飛鳥鳴叫著從窗口飛過，她不可思議緩緩抬頭，看向門口的女人。

上官玥故作鎮定，似乎與平日高坐在上的模樣並無什麼不同。

「每一件違背洪流的事，都是要付出代價的。」

「蓉兒，以後，」上官玥說得極為艱難，「別任性了。」

第六十六章　求婚

「妳說，」李蓉看著上官玥，忍不住笑起來，不可置信道，「他死了？」

「對。」上官玥冷著聲，「我來告訴妳的便就是這件事，妳好好反省吧。」

上官玥說完，便轉身想要離開，李蓉叫住她，淡道：「你們動手的嗎？」

上官玥頓住步子，好久後，她緩聲道：「這件事，我們不動手，會有其他人動手。」

「是你們嗎？」

李蓉固執只問，上官玥沉默片刻，終於才道：「不是。」

「蓉兒，」上官玥似乎有些撐不住，她疲憊出聲，「母親沒有妳想的這麼……」

「母后。」李蓉取了杯子，倒了茶，緩聲道，「其實妳的立場，我明白。於妳而言，從妳嫁入宮中那一刻，妳所代表的就是上官家，如果上官家出了事，也就代表著妳出事，妳與上官家的關係，比我和川兒，都要密切太多。這是妳的立場，妳永遠都不能站到上官氏的對面。」

「妳難道不是嗎？」上官玥猛地回頭，她盯著李蓉，她站在高門前，風吹得她頭上金色步搖隨廣袖一起輕輕搖晃，周邊銅鈴叮鈴作響。

她看著李蓉，壓低了聲：「妳以為我不知道妳和川兒在想什麼，可你們配嗎？打壓世家，分化朝臣，那是君主才要想的事！妳和川兒現在算什麼？你們不是皇帝，你們是世家！你們只有依靠著世家才能走到皇帝的位置上，而那個位置，只有川兒能坐。妳在做什麼？」

上官玥走進來，她壓迫看著李蓉：「妳一個公主，今日，妳對於李明來說是世家之人，來日，妳對於李川來說，也是世家之人。妳可以站到上官氏對面嗎？」

「妳和我一樣，不可以。上官氏完了，妳什麼都沒有。」

李蓉不說話，她喝著茶。

好久後，她突然道：「這個北燕塔，是父皇當年修給妳的。」

上官玥微微一愣，李蓉給自己倒茶，緩聲道：「你們曾經也很好，只是後來，妳一心想著上官家，父皇一心想著自己的權勢，你們越走越遠，連這座塔的由來都忘了。」

「我以前也同母親一樣作想，」李蓉抬手給上官玥倒茶，讓上官玥坐下，她神態太過從容，反而顯得上官玥更像個年輕人。上官玥看著面前的女兒，聽李蓉緩聲道：「同世家綁在一起，穩定局勢，穩穩輔佐川兒成為皇帝，然後我同世家一起，輔佐川兒。」

「有我在，如果阿雅也嫁給了川兒，川兒的姐姐、川兒的妻子，都是上官家的人，川兒無論如何，都不會對母族下手，未來，我們齊心合力，川兒會是一個很好的帝王。」

「這樣不好嗎？」上官玥皺起眉頭，頗有幾分憤怒道，「上官家是你們的母族，你們連母族都懷疑嗎？」

李蓉平靜道：「可這是我們所想。」

「我們想像之中，一個家族所有人都會和我們一樣，有分寸，知進退。可實際上，一個家族太大，就會有許多妳意想不到的旁枝末節，上官家越昌盛，基石越穩，那些旁枝就會在你們不知道的地方，瘋狂生長。」

「他們不會告訴妳，等出事之後，妳若不幫，那又不行。就像這一次，秦家案背後到底發生過什麼，您知道嗎，舅舅清楚嗎？而走到這一步，你們能在這時候處理相關的人嗎？如果這時候你們處理任何支持你們的人，無論什麼原因，妳也好，舅舅也好，都會被這些人所吞噬。」

上官玥沒有說話，一時之間，她有些不敢應聲。

李蓉也沒逼她，她移開目光，緩聲道：「今日帝王是父皇，來日帝王是川兒，如果按照母后所說的路繼續下去，未來我與阿雅便是母后的位置，而川兒，便是今日之父皇。這樣的未來，」李蓉苦笑，「不可悲嗎？」

「大道理，朝堂上講得多了，什麼為國為民，大家心裡都清楚。說到底，人活一輩子，首先不過是想自己過得好，想家人好好的。在此之後，有些道義和原則，也就差不多了。可母后，」李蓉抬眼看上官玥，「妳過得好嗎？」

上官玥沒有說話，她努力想要鎮定，想要如同平日一樣，高傲冷淡，可是在觸及李蓉溫柔中帶了幾許平和的眼神時，上官玥便愣住了。

李蓉嘆了口氣，緩聲道：「母后，上官家需要一把刀鞘，不然早晚有一日，要麼它傷了川兒，要麼他被川兒所折。」

「我今日所作所為，並非想與世家對立，也絕不是要站在父皇這一邊，想要傷害您和舅舅。」李蓉聲音溫和，認真道，「恰恰相反的是，我只是希望我的家人，都能過得好。」
「我希望川兒能選擇自己喜歡的人，自己想要的人生，他只要盡了自己作為太子和君主的責任，他就可以像人一樣活著。」
「我希望舅舅和阿雅這些族人，能在我所看到的年歲裡，平安終老，不受風雨。」
「我希望大夏百姓能夠安穩過日子，希望我所在的國家，能平穩昌盛。」
「我甚至還希望，有朝一日，您和父皇能夠重新回到這座北燕塔來，一起看看星星，說說心裡話。」
李蓉說著，忍不住笑了：「我知道我的希望都很奢侈，可這其實就是我終其一生，想要做的事情。而我想要做這些事情的第一步，」李蓉認真看著上官玥，「就是上官家的權力，不能成為會傷我和川兒的刀。您說了，它是我們依靠的母族，上官家需要由川兒所帶來的權力，這個權力由我們給它，就必須由我們控制。」
「這就是川兒不肯和阿雅成婚的理由？」上官玥皺起眉頭，似是明白過來。
李蓉平靜道，「這是一塊試金石。婚事在朝堂之中或許算不上一件大事，可如果川兒連這件事都無法掌控，那這就是一件大事。」
「而且，若川兒和阿雅成婚，那川兒在陛下那裡，便絕對不能繼承皇位了。」
「母后。」李蓉說到這裡，也有些累了，她抬眼看向上官玥，「我與舅舅的事，妳不必管了。您只要明白，我心裡……」李蓉伸出手，有些生澀抓住上官玥的手。
打從她成年以後，就少有這樣類似於撒嬌的孩童舉動，上官玥輕輕一顫，就聽李蓉道：

「母后和家人，一直很重要，就是了。」

上官玥沒說話，她低垂著頭，好久之後，她抬起頭來，苦笑道：「妳和妳父皇，真的太像了。」

李蓉迷茫抬眼，上官玥低啞道：「你們總是把感情和權勢混雜在一起，許多時候，我都不明白，你們說的是真話，還是假話。」

「妳在朝堂上說，妳為了大夏江山，妳此刻對我說，妳是為了家人，妳說的話真真假假，我都不敢信了。」

李蓉沒有說話，上官玥站起身來，低啞道：「其他也不多說，我先回去了。裴文宣死了，妳也不必太過難過，日後會再為妳另行擇婿。」

李蓉垂下眼眸，沒有多說，上官玥似是想說什麼，最終還是沒有開口，她轉過身去，徑直出門。

李蓉一個人坐在原地，靜蘭上前來，遲疑著道：「殿下，駙馬出事，我們要不要……」

「去找素服來，」李蓉平靜道，「換上吧。」

「如今未見屍首，」靜蘭急道，「先去找人才是，殿下切勿太過傷悲……」

「他不會死。」

李蓉肯定開口，靜蘭愣了愣，就見李蓉神色裡滿是篤信：「妳不知道他是什麼人，他怎麼可能死？」

靜梅聽到這話，一時有些慌了，她不敢開口，就轉頭看靜蘭。

靜蘭猶豫了片刻，終於才道：「殿下，人還沒回來，去找找吧。」

李蓉應了一聲，沒有多話。片刻後，她道：「妳們下去吧，我自己再緩緩。」

旁人只當她是悲傷太過，便退了下去。

等人都下去後，李蓉靜靜坐了許久，終於起身，坐到書桌邊上。

她拿出紙來，想寫點什麼，她也不知道該寫什麼，就隨意寫著，許久之後，等她反應回來時，才看見那紙頁之上，密密麻麻，全是裴文宣的名字。

李蓉靜靜看著裴文宣的名字，看了許久。

她突然發現，自己有好多話想和他說。

她想和他說一說自己的母親，也想和他說一說自己的父親。

她有許多話，都在放心裡，這世上唯一一個能讓她說出口的人，只有裴文宣。

因為其他人不明白，她也說不出口。

只有裴文宣，她覺得只要自己開口了，告訴他，他就能懂。

他一定能知道，她說的每一句話，都是真的。

可惜他不在。

李蓉想著，抬起頭來，看向窗外屋簷上的銅鈴。

它在風中發出清脆的聲響，似如招人魂魄而歸。

「裴文宣啊……」

她輕聲呢喃。

那天晚上，華京又下了雨。

細雨連綿，而這時候，有一個人，穿著青衣，戴著斗笠，披雨疾馳於泥道，而後於天明之前，敲響了華京與黃平縣之間第一座城池的大門。

士兵紛紛探出頭來，就聽那人拿出權杖，在城門之下，揚聲開口：「監察御史裴文宣，奉太子之命前來查糧！」

聽到這話，守城之人趕緊打開城門，對過裴文宣的身分文牒之後，忙將人引進了縣衙。

知府聽聞來使，慌忙起身，裴文宣將查帳的來意說明後，知府猶豫了片刻，小聲道：「裴大人，微臣不是信不過裴大人，可裴大人既然說是太子查帳，敢問可有信物？」

這知府本就是支持太子的世家子弟，如果當真是李川要查，他倒也不會推辭，裴文宣低聲道：「此事本是太子私下所為，我為御史臺之人，需要做點事。」

裴文宣暗示著對方，他在御史臺裡，為太子做事，若要扳倒其他人，自然需要一些證據。

「這事不宜張揚，太子的令我不能帶，但是公主的令，」裴文宣說著，將李蓉的權杖拿出來，露給知府看過，「大人不會不認吧？」

知府有幾分猶豫，裴文宣笑起來：「平樂殿下乃太子長姐，大人總不會以為，平樂殿下會害了太子吧？」

「不敢。」知府說著，他想了片刻，裴文宣乃李蓉駙馬，算太子的姐夫，他把關係一順便低頭道，「駙馬請隨下官來。」

裴文宣查閱了不過半個時辰，就將當年黃平縣前後運輸的糧草紀錄謄抄下來，而後迅速離開，去往下一個地方。

這時候天已經亮了起來，上官雅坐著馬車，搖著團扇，笑意盈盈步入了聚賢茶樓。

剛剛推門進入包間，就看一個戴著面具的青年坐在房間裡，對方坐在小桌之後，抬眼看向上官雅。

上官雅持著團扇輕笑，抬手關上房間大門，柔聲道：「就知道殿下會讓你來找我。」她走到桌邊，優雅坐下，抬眼道：「說吧，要我做什麼？」

「這份名單是秦朗寫的，黃平縣當年兵敗一案，是因前線糧草不足所致，這些都是當年相關官員，殿下要他們的口供。」

上官雅轉著扇子，她一一掃過名單上的名字，緩聲道：「名單上大的官員咱們動不了，只能挑幾個。」上官雅抬起手指，點了幾個名字：「就這幾個吧。」

「殿下讓我聽妳安排。」

荀川平靜出聲，上官雅輕笑：「她可真會偷懶。」

上官雅想了片刻，隨後道：「從這個田中開始吧，他只是一個七品小官，在兵部掌管看守帳目之事，生來膽小。」

上官雅說著，便笑起來：「你找個時間，把他抓來打暈綁好，然後隨便找個姑娘，裝成被殺的樣子放在床上。」

「妳要陷害他？」荀川皺起眉頭。

上官雅低笑：「說笑了，就嚇唬嚇唬他。到時候我同你一起過去，當場把口供錄了，再承諾幫他遮掩殺人一事，有這個當把柄，日後方便許多。」

「那其他人呢？」

「人都有弱點，」上官雅劃過那些人的名字，眼中帶了冷意，「還有十九天，一個一個安排了就是。」

華京內風雲翻湧之時，李蓉在北燕塔中，倒有了難得的清淨。

外界盛傳裴文宣出了事，她也沒有回應，她只是打聽了裴文宣的去向，而後就讓人替裴文宣告假，讓人去裴文宣墜崖的地方四處尋找，而後穿上了一身素衣。

所有人都當她是因為裴文宣之死受了刺激，李川特意來安慰她，被她讓人攔在了外面。

她自己把自己關在屋中，每日除了上官雅和荀川那邊傳來的消息，其他都不理會，只靜靜抄著經文。

她一生鮮少有這樣閒暇的時光，什麼都不需要幹，只需要一遍一遍抄寫經文，她抄著抄著，就聽靜梅有些詫異道：「殿下，您這字，怎麼這麼像駙馬的？」

李蓉動作頓了頓，靜梅慌忙跪下去，忙道：「是奴婢失言，還請殿下責罰。」

「妳說錯什麼了？」李蓉笑起來，溫和道：「退下吧。」

靜梅跪在地上，許久後，她猶豫著道：「殿下，駙馬去了，您也不必……」

「他沒死。」

李蓉打斷她，靜梅大著膽子道：「殿下，已經十日了。」

「我說了，」李蓉肯定出聲，「他沒死。如果妳再敢說他死了，」李蓉抬起頭來，看向跪在地上的人，神色平靜，「就自己去領罰。」

靜梅咬著唇，終於叩首道：「是。」

說完之後，靜梅退了下去。

李蓉自己坐在桌邊，許久後，她重新抽了一張紙，落筆寫上裴文宣的名字，而後她開始寫信。

這是她最近開始養成的習慣。

她每日與裴文宣說話嘮叨慣了，如今裴文宣不在身邊，她一時失了說話的人，便開始給裴文宣寫信。

今日是第九封，她還是有許多話說。

裴文宣，見信安好。

今日他們又同我說你死了。

我知此事絕不可能，以你的聰明，出城之後，必然就已經開始準備，此事怕是你一手策劃，畢竟死了的人，才最是安全。

可也奇怪，這些話，他們同我說一次，我心裡就緊一次。

我不由得想，還好之前，我們一起走。

若我走在你後面，想必，也不是什麼好日子。

你活著，總是沒有那麼寂寞的。

佛經抄了一百零七遍。

信寫到第十九封，終於到了秦家問斬的前一夜。而在這一夜，邊疆的秦臨和秦風終於也被押送入京，他們剛到華京，荀川便去接了他們，將他們送入公主府。

秦臨被關入房間之前，他突然詢問荀川：「敢問大人，您可知我小妹秦真真，如今如何？」

荀川動作頓了頓，片刻後，他緩聲道：「她很好，你不必擔心。」

秦臨聽到這話，終於才放下心來。

這一夜誰都睡不著，華京世家大族半夜燈火通明，北燕塔上，李蓉也是獨守天明。

所有人都在等一個結果。

等著秦家的結果，也等著李蓉的結局。

第二日天剛亮，刑部便領著人到了公主府，而蘇容卿也來了北燕塔。

對於他的來到，所有人都有些意外，他展袖行禮，而後恭敬開口：「微臣蘇容卿，求見殿下。」

沒有人應聲，許久後，大門緩緩打開，靜蘭站在門後，行禮道：「公子請。」

蘇容卿隨著靜蘭一路攀過階梯往上，到了塔頂，便看見李蓉正在裡面抄經。

她穿著白紗藍邊繪白梅的長袍，長髮散在身後，是少有素淨模樣，看上去有些清寡，卻多了幾分出世的仙意。

蘇容卿站在門口凝視了片刻，而後抬起手來，行禮道：「殿下。」

「今日秦家行刑，你不觀刑，來這裡做什麼？」

「聽聞今日殿下要準備離京，」蘇容卿平靜開口，「微臣特意過來看看。」

李蓉動作頓了頓，她抬眼看向蘇容卿，蘇容卿站在門口，神色是一貫的平靜。

李蓉看了他片刻，放下筆來，吩咐人道：「既然來了，便把棋桌端上來，喝杯茶吧。」

靜蘭應聲，李蓉站起身來，領著蘇容卿坐到棋桌面前。

兩人一起坐下後，李蓉緩聲道：「我沒想到，蘇大人會這麼早來給本宮送行，不知道蘇大人是哪裡來的消息，」李蓉抬眼看向蘇容卿，笑道，「篤定本宮一定會輸呢？」

「那個人已經死了。」蘇容卿平緩出聲：「殿下手下的人收集的證據，殿下不能拿出來。」

「為什麼不能呢？」

李蓉輕笑，蘇容卿率先拿了棋子放在棋盤上，緩聲道：「因為殿下不敢。那份名單上的人太多，若殿下真的拿出來了，怕是華京都出不去。」

李蓉神色平靜，過了好久後，她緩聲道：「你知道有哪些人。」

「知道。」

「我以為，」李蓉想了想，笑起來，「蘇大人是不會容忍這事的。」

「貪墨軍餉，這件事，無論是我、我父親或者是上官大人，都不能容忍。」

蘇容卿緩慢出聲，李蓉垂眸看他走棋，聽他用毫無情緒的聲音道：「可這件事不該殿下處理，而是我們內部來做，這件事如果是殿下來做，等於我們給自己多架了一把刀。所以我們不可能把這個權力，交給殿下。」

「你把這話這麼清楚的告訴我，」李蓉落著棋子，頗有幾分不解，「就不擔心我生氣嗎？」

「我不說，殿下就不知道嗎？」

蘇容卿回得迅速，李蓉想了想，笑了一聲：「也是。」

「所以呢，」李蓉似笑非笑看向對方，「今日蘇大人來，是來同本宮炫耀的？本宮輸給了你們，督查司建不起來，日後陛下也再難有理由建第二個督查司，蘇大人滿意了？」

蘇容卿動作頓住，好久之後，他緩慢抬眼，看向對面墨髮散披在身前，眉宇盡是嘲弄的女子。

他凝視著她，眼中似有無數情緒翻湧，最後又歸為一片冷靜。

「微臣有一惑，想請殿下解答。」

「你說。」

「殿下與世家為敵，」蘇容卿放輕了聲音，「是為了裴大人嗎？」

李蓉得了這話，微微一愣。

此時秦家人被一一推上法場，被人壓著跪下。

法場之外，荀川混在人群之中，手提長劍，靜靜看著法場上的場景。

一個青年身著青衣，駕馬從城門外長驅而入，打馬疾馳穿過長街，衝入宮城。

「蘇大人為何有如此一問？」

李蓉緩了片刻，才反應過來，頗有幾分奇怪。

蘇容卿看著她，只道：「因為我想同殿下商量一件事。」

「蘇大人直言。」

「如今朝堂世家惱怒於殿下，要驅逐殿下出華京，微臣有一良策，可免殿下受難。」

「哦？」

李蓉有些奇怪，蘇容卿垂下眼眸，冷靜道：「微臣願求娶殿下。」

李蓉怔在原地，蘇容卿抬眼：「不知殿下可否應允？」

蘇容卿的表情很平靜，可是在他出口那一刻，李蓉卻清晰從他身上感知出一種難言的、克制的、極大翻湧著的情緒。

李蓉說不清那是什麼，她只是愣愣看著他，蘇容卿盯著她的眼睛，兩人都沒說話，而後外面傳來急促的腳步聲。

「殿下，」靜蘭少有失態，喘著粗氣衝進來，「駙馬，駙馬回京了！」

第六十七章　回歸

李蓉聽到這話，下意識就站起身來，隨後又想起如今她被禁足，根本出不去，她深吸了一口氣，只同靜蘭道：「讓人出去打聽著情況，時刻回來同我彙報。讓人盯著大殿，一旦大殿傳出赦免秦氏的消息，立刻讓所有督查司的人清掃御道，讓傳令使者通行趕到法場。」

靜蘭應了一聲，便退了下去。

李蓉站在原地，緩了片刻，轉過頭去看向垂眸看著棋盤的蘇容卿，她走回原位，坐下來道：「蘇大人，駙馬已經回來了。」

「嗯。」蘇容卿輕聲道：「微臣聽到了。」

「方才那些話……」

「殿下就當微臣沒說過吧。」蘇容卿神色很鎮定，李蓉點點頭。

依照蘇容卿的性格，會說那些話，也無非是因為裴文宣死了。

裴文宣死了，他又想留下她……

可他為什麼留下她？留下一個已經失去權勢、明顯和太子決裂的公主？

李蓉思索著，有些難以理解，她抬眼看了蘇容卿一眼，心裡記掛著裴文宣回來之事。

蘇容卿看出她心不在焉，只道：「裴大人既然回來了，自然不會白白回來，殿下不用擔心太多。」蘇容卿將棋子扣到棋盤上，緩聲道：「殿下不如給個薄面，把這盤棋下完吧。」

李蓉沒說話，她靜靜看著蘇容卿，今日的蘇容卿與平日有許多區別，更像是她記憶中醉酒後有幾分放縱的蘇容卿。

少了幾分規矩，多了些許失常。

李蓉猶豫片刻，走回棋盤面前，抬手道：「請。」

李蓉和蘇容卿在高塔對弈時，裴文宣駕馬揚鞭，一路疾馳入宮，而後翻身下馬，朝著大殿狂奔而去，疾呼出聲：「陛下，秦氏蒙冤，刀下留人！」

此刻早朝剛剛開始，裴文宣的大呼之聲從大殿外一路傳來，所有人回頭看去，便見青年一身青衣，衣角染泥，手中握著一卷紙頁，從大殿外疾步而來。

「裴文宣？」

李明看見來人，震驚出聲，在場官員面色各異。

裴文宣喘著粗氣，跪下行禮：「見過陛下，陛下萬歲萬歲萬萬歲。」

「你……」李明不可置信出聲，那句「你不是死了嗎」沒出口，他就想起來李蓉替裴文宣告了病假。他忍了片刻，才改口道，「你不是還病著嗎？」

「稟告陛下，」裴文宣恭敬道，「殿下應當同陛下說過，微臣表面稱病，實際是暗中出京，徹查秦氏一案。微臣出京之後，察覺有人跟蹤，為掩人耳目，故作墜崖，才得以順利前往西北，徹查秦氏一案。如今微臣已拿到秦氏蒙冤證據，還請陛下立刻讓人前往法場，讓行刑官刀下留人。」

李明聽到這話，立刻反應過來，急道：「快，去刑場，將秦家人留下來！」

太監得令，立刻趕了出去。幾個老臣皺起眉頭，給後方的太監一個眼神，在簾後站著的太監便悄無聲息退了下去。

傳令太監得了令，從宮中出宮，剛剛走出宮門不久，便見一波殺手直撲而來。

太監驚得駕馬疾退，眼見一支羽箭飛來，太監避無可避，震驚睜大了眼，這時一把刀從旁側猛地衝出來，一刀劈開羽箭，一把抓住太監扔到自己馬上，急道：「大人，卑職奉督查司之命，特來保護大人，還是大人隨我過來。」

那侍衛領著太監從人群中一路廝殺而過，巷子裡密密麻麻全是殺手，這些人與督查司的人糾纏在一起，在巷子中廝殺成一片。

傳令太監被阻攔在路上時，另一隊人馬卻是快速出宮，一路直奔法場，提前到了法場之上，尋到了一個侍衛，他在侍衛耳邊耳語了幾句，侍衛便立刻上前，找到監斬官，低聲說了些什麼。

監斬官皺了皺眉頭，猶豫了片刻，終於還是點點頭。

「時辰已到，」監斬官突然伸手取了圈了「斬」字的權杖，抬手扔到地上，「斬……」

話沒說完，就聽人群中傳來一聲沙啞的大喝聲：「大人，時辰還沒到。」

監斬官沒想到有人竟然如此和他公然叫板，他咬了咬牙，怒道：「斬立決！」

行刑之人似是也知道時辰不對，他猶豫著，監斬官見行刑之人不動，猛地拍了桌子：「你愣著做什麼，本官讓你斬！」

行刑之人得了上司發怒，也不敢再拖延，抬手將最邊上秦臨背後的牌子取掉，揚起大刀，刀落片刻，人群中一個青年猛地衝了出來，一腳將他踹開了去，隨後抬手一劍劃開秦臨的繩子，同時扔了一把劍過去。

「劫囚了！」

士兵瞬間反應過來，急急衝了上來。

荀川低聲說了句「救人」之後，便抬腳踹開衝上來的士兵，提劍擋在秦家老小身前，怒道：「時辰還沒到，你們竟敢提前斬人，好大的膽子！」

「給我抓起來！」監斬官見得場面亂起來，一時也慌了，大聲道：「目無法紀，這是劫囚！把他們攔住，統統攔住！」

監斬官大喝著，士兵朝著高臺之上就衝了過去，荀川攔人，秦臨跌跌撞撞去救人，兩人配合著，護著秦家一家人，在行刑臺上鬧了個雞飛狗跳。

就在這時，一個太監被人護在身後，駕馬疾馳而來，手握聖旨，大喊出聲：「留人！刀下留人！」

華京兩處刀光劍影，北燕塔上，倒呈現出一種意外的安寧。

「蘇大人今日很有興致。」李蓉落下棋子，聽著外面銅鈴在風中的響聲，緩聲道，「竟然願意陪著本宮這麼下棋。」

「陪殿下下棋，微臣任何時候，都是願意的。」蘇容卿看著棋盤，說得自然，「而且，微臣想著，殿下該有許多問題想問微臣，故而特意留下。」

「蘇大人說得是。」李蓉笑起來，「本宮的確有許多問題，想同蘇大人討教。」

「殿下請說。」

「方才蘇大人說的話，其實我不明白。」李蓉和蘇容卿交替落著棋子，「蘇大人為什麼想要娶我呢？就算裴文宣死了，我也是再嫁之身，而且如今我和太子早已決裂，蘇大人娶我也無甚意義，為何這麼大費周章，娶一個二嫁的女子。」

蘇容卿沒有說話，李蓉思索著道：「蘇大人與我相識之初，就有投靠太子之意，這麼費盡心思保下我，是還想藉我與太子維繫關係？可蘇家為何這麼看重與太子的關係？太子性格溫和，不需要……」

「殿下。」蘇容卿打斷她，「您一定要把每件事，都與權勢掛鉤嗎？」

李蓉撚子的動作頓住。

蘇容卿抬起眼眸，靜靜注視著李蓉：「我不願與殿下為敵，我希望殿下過得好，這麼簡單的理由，不可以嗎？」

李蓉愣愣看著蘇容卿，外面鳥雀飛過，從北燕塔上，一路掠到大殿。

大殿之上，裴文宣將自己沿路查過的帳目遞交過去，以及黃平縣當年百姓對那一戰紀錄的口供也遞交了過去。

「陛下，微臣走訪了軍餉沿路過的縣衙，並將當年每個縣衙的糧草紀錄都謄抄了下來，當年黃平縣按照兵部紀錄，一共有士兵三千，開戰之前，撥糧一萬石供一月口糧，可實際上到達黃平縣時，糧草不足三千石。糧草到達每一個縣城都少一分，在幾個大縣，更是刮分所剩無幾。這些縣城記帳，每個縣城得到的糧食數量都比上一個縣城所報應得要少，核對之後，每個縣城報其他縣城所應得口糧總數有誤，但是每個縣城實際領到的糧食紀錄倒和黃平縣的紀錄能對上。可見黃平縣得糧三千石的資料為真，兵部紀錄的一萬石，怕是有誤。」

「除了糧食的紀錄，微臣還尋訪了當地士兵和百姓，錄下當年一戰的口供。當年一戰，士兵開戰之前便已經饑病過半，根本無力迎戰。在那種情況下，秦家還能保城中百姓提前撤退，並無太大傷亡，不僅不該罰，還應當賞賜，以免寒了邊關將士之心。」

「微臣懇請陛下，」裴文宣跪在地上，揚聲開口，「徹查當年黃平縣貪汙軍餉一事。」

裴文宣剛剛開口，兵部侍郎便急跳出來，大聲道：「誣陷！這是赤裸裸的誣陷！」

「是不是誣陷，」裴文宣抬起頭來，激昂出聲，「一查便知！」

「陛下，」裴文宣叩首在地上，大聲道，「還請徹查刑部、兵部、戶部、御史臺，還秦家一個清白，給邊關戰士一份公道！」

李明沒說話，眾人也都沉默不言。

裴文宣帶回來的證據太多、太實，此時此刻，沒有任何人想在這時候出頭。可證據多，牽扯的人也多。當年參與過的人，在漫長的沉寂中，見無人發聲，終於忍不住衝了出去。

御史臺溫平首當其衝，怒道：「裴文宣，你什麼意思？刑部、兵部、戶部、御史臺，你是說整個朝廷聯合起來欺上瞞下要陷害秦家嗎？他秦家哪裡來這麼大的面子？還有你，身為監察御史，不在其職，欺君枉法出京去，偽造一堆證據回來欺瞞聖上，你以為聖上會被你所欺騙嗎？」

「對。」溫平起了頭，其他官員忙出列來，慌道，「你查帳？你一個監察御史，哪裡來的職權查這麼多縣城的帳目？別人憑什麼給你？你這些帳目到底哪裡來的，還不從實交代！」

「陛下。」溫平轉頭看向李明，跪下身道，「裴文宣怠忽職守、欺君枉法，他父親裴禮之與秦家乃世交，如今為了徇私，他竟然不惜偽造證據，還望陛下明察治罪！」

說著，許多人跟著溫平跪下，急道：「陛下，還望明察！」

李明不說話，裴文宣跪在地上，沉默不言。

其實在場所有人都知道，這樣的證據面前，李明要不要查下去，根本不是證據的問題，而是李明能不能查、想不想查的問題。

世家是懸在李明頭頂的一把劍，他逼得太狠，劍或許就會落下來。

世家賭的就是李明的怕，而李明的確也怕。

他如今只是想要平衡世家，但只是平衡，而非澈底的撼動。

他如今不敢，也不能。

而裴文宣給他這份摺子，是足以把這把劍的繩子割斷，讓它落下來的一份摺子。

裴文宣跪在地上，等著李明的決定，李明久不出聲，就聽裴文宣道：「陛下。」

「邊疆士兵，守的不僅是邊疆，還是大夏的山河。」

這是暗示，提醒著李明，如果處理不好邊疆之事，所動搖的，是大夏的根基。

李明握著裴文宣的摺子，許久後，他終於道：「裴愛卿一路辛苦，此案事關重大，朕再想想吧。你也累了，先下去休息吧。」

「是。」

裴文宣恭敬行禮，起身之後，正打算離開，就聽李明道：「平樂如今在北燕塔禁足，你去接她，一起回去吧。」

裴文宣微微一愣，隨後垂下眼眸，恭敬道：「是。」

裴文宣往北燕塔趕過去時，蘇容卿和李蓉的棋還未下完。

蘇容卿說完那句「不可以嗎」之後，便靜靜看著李蓉，不再多說。

尋常人說完這句話，看著對方，目的是等待回應，可他看著李蓉，卻當真只是看著。

李蓉從他的眼神裡感覺不到任何渴求。

那目光包含著諸多複雜的情緒，可無論包含著什麼，卻都失了這一份對她回應的期盼。

似乎他只是說給她聽，而她回應與否，都不重要。

甚至於，她的回答，都顯得多餘。

「蘇大人……」李蓉斟酌著，想要開口，然而不等她說點什麼緩解氣氛，蘇容卿就打斷了她。

「殿下。」他的手放在棋盒裡，他似乎有幾分疲憊，轉了話題道，「我方才胡言亂語，殿下別放在心上。殿下與世家聯合，輔佐太子登基，這是您最好的路。督查司您建起來，也要有個尺度，權勢之爭都是刀光劍影，您務必小心。」

李蓉沒說話，蘇容卿站起身來，語氣平穩：「這局棋，微臣輸了，也不打擾殿下，這就離開了。」

李蓉垂著眼眸，看著那其實根本未分勝負的棋面。

蘇容卿轉身走出去，還未到門口，李蓉便突然叫住他：「蘇容卿。」

蘇容卿停下步子，李蓉看著棋盤上黑白分明的棋子，她想說些什麼。

她想問他，他是不是喜歡她。

想問他，他希望她過得好，不想與她為敵，到底是什麼意思。

可話到嘴邊，她又覺得有無數問題在後面。

如果他真的有心，為什麼當初不求親？

以蘇家的權勢，如果他真的豁出性命迎娶她，未必不可呢？

如果他當真喜歡她，他當真有這個心思……

那他還是眼睜睜看她嫁給裴文宣，便可見這份感情了。

一份在家族面前連提及都不敢的情誼，問與不問，答與不答，又有什麼意義？

諸多問題迎面而來，李蓉突然失去了勇氣。

她驟然洩氣，擺了擺手：「你走吧。」

蘇容卿沒說話，他站了一會兒，終是離開。

裴文宣聽聞李蓉在北燕塔，衣服都沒換，便急急往北燕塔趕了過去。

剛入北燕塔的院子，就看見蘇容卿從裡面走了出來。

裴文宣微微一愣，隨後便反應過來，蘇容卿應當是來看李蓉的。

裴文宣皺起眉頭，蘇容卿見到裴文宣，也停下了步子。

兩人注視著對方，片刻後，裴文宣先笑起來，行禮道：「蘇侍郎。」

「裴御史。」

「蘇侍郎今日未上早朝？」裴文宣寒暄著，不經意看了一眼北燕塔：「來北燕塔閒逛，倒很有雅興。」

「我有事找殿下。」蘇容卿平淡開口。

裴文宣笑起來：「想必是急事。」

蘇容卿沒說話，風輕輕拂過周邊枯草，蘇容卿盯著裴文宣的眼睛，許久之後，他突然出聲：「你怕我什麼？」

「我怕你？」裴文宣挑眉，「蘇侍郎大白天說什麼胡話？」

「你怕我見殿下。」蘇容卿徑直開口。

裴文宣神色驟冷：「蘇侍郎慎言。」

「不是麼？」蘇容卿雙手攏在袖中，淡道：「如果不是因為陛下忌憚外戚，你一輩子，連公主的衣角都碰不到，你以為，公主身邊之人，輪得到你？」

「裴御史，你是不是很好奇我和殿下說什麼，」蘇容卿往裴文宣的方向靠了過去，他附在裴文宣耳邊，輕聲道，「我同殿下說了，」蘇容卿放低了聲音，「我願意娶她。」

裴文宣聽著，驟然睜大眼睛。

「可惜你回來了。」蘇容卿聲音裡帶了幾分冷意：「但如果你還要拉著殿下和世家做對，還要把殿下置於這樣的險境，裴文宣，你不會一直有這麼好的運氣。」說著，蘇容卿抬手，輕拍在裴文宣肩頭：「好自為之。」

蘇容卿說完，便從容離開。

裴文宣靜靜站在原地，他感覺十月的天氣，的確是有些冷了。

他突然想見到李蓉，那麼迫切的，期盼的，想要見到她。

可是一想到見她，他又無端生出了幾分害怕、惶恐。

怕她開口就告訴他蘇容卿向她求親，開口就告訴他她要答應蘇容卿。

怕他們一見面，她就讓他知道，其實這段感情裡，他已經被早早拋下了。

上一世如此，這一次亦然。

這種惶恐讓他站在原地，久久不敢動彈。

李蓉坐在高塔上，她喝茶緩了片刻，就聽靜蘭高興出聲：「殿下，駙馬在塔下了。」

李蓉聽到這話，瞬間笑了起來，她忙站起身來，走到窗邊，果然就見裴文宣站在塔下，不知發著什麼呆。

「這傻子。」李蓉抿唇罵了一聲，隨後便提著裙沿著樓梯，一路小跑了下去。

她跑到一樓時，忍不住有些小喘，還要故作鎮定同看門之人道：「駙馬來接我了，開門。」

守門的士兵自然知道李蓉禁足這事就是做做樣子，早朝的消息已經往北燕塔過了好幾道，這些士兵忙給李蓉開了門。

朱紅色的大門隨著打開的動作發出「吱呀」之聲，裴文宣聞聲回頭，就看見朱紅大門一寸一寸打開，露出大門後那一抹纖細的身影。

她穿了白紗藍邊印白梅廣袖寬裙，長髮散披，只有一小部分頭髮被一根玉簪半挽，看上去清麗出塵，似如仙人落凡。

她笑意盈盈瞧著他，眼裡還帶了幾分調笑，整個人落在他心裡，融化開去，讓他整顆心都變得柔軟起來。

無論任何情緒，沮喪慌張，不安惶恐，都在見到那個人笑容那一瞬間，統統都忘卻了，他就呆呆瞧著她，彷彿見到仙人的凡人。

李蓉看著面前的裴文宣，青年一身青色布衣，面上也長了鬍渣，看上去應當是他人生少有的狼狽時刻，卻不知道怎麼的，反而更添幾分真實，觸動人心。

李蓉笑著瞧著他，然後在觸及他身上的泥濘、紅腫的手掌、臉上的傷口之時，忍不住緩緩收了笑容。

有一種無聲的心疼在她心裡蔓延開去，她突然有些想抱抱他，卻又覺得顯得太過失態。她啞聲叫了一句：「裴文宣。」

那一刻，青年似乎是被驚醒一般，不等李蓉說任何話語，他疾步上前，將人一把攬進了懷裡。

李蓉微微一愣，隨後就聽裴文宣似是慶幸，低啞叫了一聲：「蓉蓉。」

「我回來了，我接妳回家。」

第六十八章　君恩

李蓉被他抱著，內心緩緩定了下來。

旁邊人都笑著等著他們，李蓉緩了一會兒，見裴文宣還不鬆手，她輕咳了一聲，小聲提醒道：「該回了。」

裴文宣聽到這話，緊緊抱了她一下，這才緩緩鬆開，隨後同李蓉道：「方才冒犯殿下，還望殿下見諒。」

「你我客氣什麼。」李蓉將他上下一打量，隨後笑道，「趕緊回去吧，臭死了。」

裴文宣聽到這話，頓時有些耳熱。以前李蓉埋汰他，他倒也不覺得什麼，但現下李蓉埋汰他，他便不由自主有幾分拘束起來，恨不得趕緊把自己搓個乾乾淨淨，再在熏香裡滾上一圈，體體面面出現在李蓉面前，沒有半點瑕疵。

裴文宣不由自主離李蓉遠了些，故作鎮定道：「嗯，先回去吧。」

李明提前讓人傳了話，李蓉跟著裴文宣倒是一路暢通無阻出了宮。

李蓉大概問了一下裴文宣路上的情況，裴文宣一一答了，李蓉點著頭，面上也看不出喜怒，等到末了，才終於問了一句：「你自己沒受傷吧？」

裴文宣聽到這話，便笑起來，語調都不由自主柔和了許多：「沒有，妳放心。我一路都很順利。」

「倒也是。」李蓉思索著後續的事，緩聲道，「你向來聰明。」

兩人說著，裴文宣送著李蓉上了馬車，等李蓉上了馬車，她見裴文宣沒打算進來，便捲起簾子，看向馬車外的青年：「怎的不上來？」

「微臣儀態有失，去後面的馬車就好。」裴文宣笑了笑：「免得熏到殿下。」

李蓉聽到這話，挑起眉頭：「我以為你恨不得熏死我。」

「殿下說笑了。」裴文宣有幾分尷尬，覺得李蓉這嘴也太刻薄了些。

李蓉笑起來：「上來吧，我都不介意，你介意什麼？還有許多事要問呢。」

裴文宣得了李蓉的話，也不好再拘著，只能上了馬車，又刻意離李蓉遠了些。

李蓉見他坐得遠遠的，頗有些無奈，命令道：「坐過來。」

「殿下……」

「不然我坐過去。」

裴文宣語塞，猶豫片刻，終於是坐到李蓉邊上。

他故作鎮定，李蓉看出他拘謹來，不由得道：「你出門一趟，是被人嚇破膽了怎麼的？見我慫成這樣？」

「我不是慫，」裴文宣下意識就道，「我只是覺得……」

「臭唄。」李蓉截斷了他的話。

她總提這個，裴文宣也有些生氣，他有幾分忍不住，徑直道：「您不臭，您出去二十天一路趕路，您試試。」

李蓉笑起來，用扇子戳他道：「我才不呢，這種事就你去。」

裴文宣見李蓉笑了，心裡又軟幾分，隨後就聽李蓉緩聲道：「咱們倆什麼狼狽樣沒見過，你還同我裝什麼呢？」

「我總是希望，」裴文宣垂下眼眸，「殿下能多看看最好的我。」

李蓉手動作頓了頓。她抬眼看裴文宣，便見裴文宣垂著眼眸，看著手裡的茶杯，清正的面容上瞧不出喜怒，方才一句話說得漫不經心，沒有半點旖旎。

李蓉覺得裴文宣這人也是本事，向來能把撩動人心的話說得一派中正，都分不清他是慣來口無遮攔，還是有心意在他處。

如果是個十七、八歲的小姑娘，日日聽他這麼若有似無的暗示，怕早就想歪了過去。

好在李蓉自覺是個極有自知之明的人，向來不把這種事往好的地方想。

畢竟人生最大的錯覺之一，便是有人喜歡自己。

裴文宣在這種事情向來沒什麼分寸，李蓉也不放在心上，只道：「如今你既然帶著證據回來，世家裡的人應當都急了。」

「嗯。」裴文宣跟著李蓉的話道，「這就是分化世家的機會，不一會兒，上官大人怕是會來找殿下。」

「我之前已經讓母親轉告過他我的態度，其實我的態度，想必舅舅已經清楚，如今我們只需要把軍餉的案子查下去，其他什麼都不用管。上官家的想法，」李蓉小扇敲著手心，

「就看阿雅的本事了。」

裴文宣應了一聲，兩人沉默著，各自懷揣著各自的心思。

正事談完，其實他們本有許多其他可以談的，可是話到嘴邊，似乎又因為想說的太多，一下子便不知如何開口，最後李蓉便乾脆放棄，只道：「你也累了，休息一會兒，回去到了屋裡，我處理些其他事，你先睡一覺再說。」

裴文宣聽著李蓉的話，也不知道怎麼的，就有些失落。

他面上不顯，應了一聲，便從旁邊自己取了一個毯子，靠在了小桌上，趴著睡過去。

從華京到西北，他花了二十天時間打了個來回，還要一路查帳、錄口供，幾乎是沒有任何歇息的時間。

他在桌上一靠，哪怕想得再多，也忍不住睡過去。

等他平穩的呼吸聲在馬車裡響起來，李蓉終於才側目看過去，這麼一看，她就有些移不開目光。

這個人瘦了許多，面上還有了鬍渣，和他之前在華京裡貴公子的模樣截然不同。

她靜靜看了一會兒，時間便過的飛快，等她反應過來，已經到了公主府。

李蓉推了裴文宣，裴文宣迷迷糊糊醒過來，李蓉提醒他道：「你先回去休息，我得看看秦家人去。」

「我同妳一起……」裴文宣話剛出口，又想起什麼，覺得有幾分不妥，只道：「那我先回去休息。」

李蓉知道裴文宣是介意什麼，她覺得有些好笑，但她的確也覺得裴文宣需要休息，便道：「去吧。」

裴文宣同她一起下了馬車，李蓉便直接去找秦家人，裴文宣跟著侍從往後院過去，走了幾步，他終於還是忍不住，回頭叫住李蓉：「殿下。」

李蓉轉過頭，看裴文宣站在長廊盡頭，他抿了抿唇，只道：「殿下不多問幾句嗎？」

李蓉愣了愣，裴文宣見她反應不過來，他擺手道：「殿下先忙吧，我去休息。」

說完也不得李蓉回話，便直接離開。

李蓉被裴文宣的反應搞得有些茫然，她在原地站了片刻，聽到旁邊靜蘭提醒：「殿下，秦家人都安置好了。」

她這才反應過來，點了點頭，便收了心神往院子裡行去。

她到了安置秦家人的院子，秦家人都聚在大堂裡，才到門口，就聽見女子哭啼之聲和安慰之聲交織在一起。

李蓉走進院子裡去，荀川走上前來，先對李蓉行禮道：「殿下。」

「你還好吧？」李蓉打量了他片刻，見她神色如常，便笑起來：「我聽說，你今日劫了法場。」

「今日監斬官提前斬首，」荀川抿唇，「我才……」

「幹得好。」李蓉抬手拍上他的肩，打斷了他的自責，笑道，「就缺你這樣敢和世家對著幹、有氣魄的人。」

「殿下……」

荀川有幾分不安，李蓉收了手，安撫道，「我說真的，你別擔心，我對你不說反話。」

她知道他聽不懂。

荀川安心了幾分，李蓉同他一起進去，小聲道：「家裡人如何？」

「都很好。」荀川輕聲道，「聽到駙馬今日殿上為秦氏澄清冤屈，秦氏上下都十分感激公主和駙馬。」

兩人說著，便走進大堂，見到李蓉，秦朗激動上前來，便要跪下：「殿下……」

「秦大人。」李蓉趕忙伸手扶住他，「您身上有傷，先好好休息。」

「殿下，秦家一家上下為殿下所救，殿下對秦氏恩同再造，老朽……」秦朗說著，聲音哽咽。

李蓉看了荀川一眼，荀川上前來，扶著秦朗坐下，用刻意變化過的沙啞聲道，「秦大人坐下說吧。」

秦朗點著頭，坐到了位置上，李蓉也坐到他身邊去，同他聊了一會兒。

大難不死的秦家人都很激動，紛紛上前要跪拜李蓉，只有秦臨一直靜靜站在一邊，等到最後，他看出李蓉有幾分疲憊，便上前道：「殿下，如今秦家人都已安好，殿下若是累了，可先另作安排，等改日微臣再帶家中老小，特意謝過殿下。」

李蓉本也只是來看看秦家人的情況，確認無事後，便順著秦臨的話下了臺階，起身道：「那你們好好休息，本宮先行離開。」

秦臨應了一聲，親自送著李蓉離開。

路上秦臨一言不發，李蓉頗有幾分奇怪，不由得笑起來：「我以為這麼大的事，秦大人至少會給本宮道一聲謝。」

「感謝二字，從來都沒有什麼意義。」

秦臨停下步子，李蓉轉頭瞧他，不由得挑起眉頭。

秦臨神色平靜，「微臣能還給殿下的，只有西北的權力。」

李蓉沒說話，她靜靜注視著秦臨。

秦臨抬眼看向李蓉：「這才是殿下最想要的，不是麼？」

「秦將軍對自己的能力，倒很有信心。」

「不是我對自己有信心，是殿下對我有信心。否則當初便不會逼著太子三顧茅廬，來九幽山請在下了。」秦臨說著，看了看天色，抬手道：「殿下請吧，後續應當還有許多事，殿下不要耽擱了。」說完，秦臨便行了個禮，轉身離開。

李蓉在原地站了片刻，輕笑了一聲，轉身出了門。

照看完秦家人，下午李蓉便徑直去找了上官雅。

上官雅和荀川將他們這些時日的口供都交給了她，又將近來他們做的事都說了一遍，李蓉掌握所有消息後，同上官雅商量了一下接下來的事：「妳父親應當很快就會想著來找我，但軍餉案我肯定是要查到底的，妳要想辦法說服他，讓他藉著這個機會整頓上官家。他要出面整頓，肯定不方便，到時候妳就可以主動請纓，讓上官家內部自查。」

「這樣一來，我在上官家，便成了說話的人。」上官雅笑起來，「我甚至可以和父親商量好，就讓我作為上官家的代言人，來和殿下交涉。」

「對。」李蓉應下聲來，又和上官雅商量了一下細節，等商量完後，李蓉看了看天色，便道，「我先回去了。」

「這麼早？」上官雅有些詫異，「要不一起吃個飯吧。」

「不必了。」李蓉擺手，「裴文宣今個兒剛回來，我早些回去，還有事要商量。」

「這樣。」上官雅點頭道，「行，那咱們改日再約。」

李蓉點了點頭，便走了出去。

荀川還有些細節要和上官雅確認，等李蓉走了，上官雅還看著李蓉走的方向若有所思，荀川不由得道：「妳想什麼呢？」

「不是，我就是在想……」上官雅轉過頭來，「你說，殿下到底喜歡蘇大人多一點，還是駙馬多一點啊？」

荀川皺起眉頭：「這是妳該想的嗎？」

「整天想正經事啊，讓人頭疼，」上官雅嘆了口氣，「看看殿下熱鬧多好啊。」

荀川一時語塞，只道：「管好自己就好了。」說著，他提醒道：「趕緊把事幹完，免得不小心再遇到蘇容華。」

上官雅一聽這人就倒吸了口涼氣。她不知道為什麼，總哪兒都容易「偶遇」蘇容華，她想想就害怕，忍不住道：「荀川，你能不能幫我一個忙？」

「不幫。」荀川果斷拒絕。

上官雅卻還是道，「你把他打一頓吧？」

「再不幹正事，我就把妳打一頓。」荀川翻著桌上的紙頁，說得一本正經。

上官雅嘆了口氣，抬手拍在腦袋上，「啊，說什麼朋友肝膽相照，古人果然欺我。」

李蓉和上官雅告別，回去之後，裴文宣也剛起。

他睡了一天，精神好了許多，剛換好衣服，就聽外面李蓉回府的聲音。

他有些意外李蓉回來得這麼早，但還是先起身來，去門口接了李蓉。

李蓉見裴文宣站在門口，便笑起來：「沒再多睡一會兒？」

「睡一天了。」裴文宣笑起來，同李蓉一起到了飯廳。

李蓉看出他笑容不見眼底，不由得道：「見你氣色不好，怕是還沒睡夠吧？」

「睡夠了，還沒緩過來而已。」裴文宣說著，和李蓉一起坐下。

李蓉點了點頭，看著下人布菜，一面拿起筷子，一面同裴文宣說今日的行程，把自己和上官雅那邊交流的資訊說了一遍，又把明日的打算說了一遍。

裴文宣靜靜聽著，神色也看不出喜怒，只是根據李蓉說的話，穩穩當當應著。

這樣的氛圍讓李蓉感覺有幾分尷尬，等兩人吃了飯，裴文宣也沒留下，和李蓉告退之後便自己先行離開，去了書房。

裴文宣告了二十多天病假，公務堆積如山，他一頭栽進書房之後便不出來，李蓉自己在房裡等了一會兒，見他不回來，便也起身來，搬了摺子來批。

兩人誰都不說話，自己各自在一個房間裡批著摺子。

等到了半夜裡，靜蘭和靜梅不由得有些急了。

靜梅壓低了聲音，同靜蘭道：「妳說兩個人也奇怪，好不容易回來見了，怎麼就這樣了呢？」

靜蘭沒說話，過了一會兒後，她嘆息道：「我去請駙馬。」

說著，靜蘭便到了裴文宣的書房門口，童業守在門前，他打著盹，幾乎是要睡了。

靜蘭上前去，叫醒了童業，小聲道：「駙馬還不去睡嗎？」

童業搖了搖頭，打著哈欠道：「駙馬今晚怕是不睡了，靜蘭姐姐妳過來做什麼？是殿下有吩咐嗎？」

靜蘭沒說話，她想了想，小聲道：「你去同駙馬說一聲，說殿下最近身體不好，現在還沒睡，讓他勸勸。」

童業詫異地「呀」了一聲，清醒過來，忙道：「您等等，我去同駙馬說。駙馬最在意殿下不過了。」

童業便趕緊去了房間裡，跪到地上道：「公子，不好了，您去勸勸吧。」

裴文宣抬眼，皺起眉頭：「勸什麼？」

「公主不睡覺，」童業嘆了口氣，「聽說殿下最近身體不好，今天又忙著政務，您去看看吧。」

聽到這話，裴文宣立刻站了起來，憋了一天的氣終於找到一個發洩點，將手中筆猛地一摔，怒道：「胡鬧！」說著，裴文宣便直接朝著房間疾步趕了回去。

李蓉正專心致志批著今日來督查司的述職文書，剛剛批完一張，就聽門被人驟然推開，冷風從門外湧慣而入，李蓉詫異抬頭，就看裴文宣大步走進來，一句話不說，將她手下的摺子徑直抽走，又將她的筆扔到了一旁。

李蓉茫然抬頭看著他，裴文宣雙手攏在袖中，冷著臉居高臨下看著李蓉：「睡覺。」

靜蘭趕緊關上大門，李蓉看了一眼那些跑得飛快的下人，又看了一眼氣勢洶洶的裴文宣，遲疑了片刻後，她緩緩道：「那……就睡吧？」

裴文宣一言不發，轉過身去開始脫外衣，李蓉站在一旁看著他發火，瞧了片刻後，她實在沒忍住笑出聲來。

裴文宣動作僵住，背對著李蓉，冷著聲道：「妳笑什麼。」

「憋了一天，總算給你找個理由來吵架了。」李蓉笑著靠在旁邊柱子上，瞧著整個人僵在原地的裴文宣，「可把裴御史憋壞了吧？」

裴文宣沒說話，他把衣服掛上，轉身去鋪床。

李蓉走到他身後，看著他生氣的模樣，倒覺得話好說了許多，軟了調子道：「你今個兒的話我聽著呢，你是不是生氣我不夠關心你？是我對你放心，我知道你的本事通天，哪兒能這麼容易遭了道，所以就沒多問，不是不擔心你。你不知道，聽著你出事了，我心裡也是不放心的呀。」

裴文宣把床單鋪好，被子鋪開，又站起身去洗臉。

李蓉跟在他身後，接著道：「你先生氣，你先冷臉，我再想說軟話，也不好說了。唉，我說裴文宣，你想清楚一點，我可是公主，成婚之前宮裡沒有派人教你規矩嗎？你怎麼脾氣這麼大啊？」

裴文宣不說話，開門把水潑出去，「砰」一下又關上，所有人都被嚇了一跳。

李蓉咽了咽口水，念在裴文宣立了大功，她決定不和他計較，輕咳了一聲道：「算了、算了，今天我服個軟，你到底在生什麼氣，你不如主動說說？」

裴文宣不說話了，他背對著李蓉，過了一會兒後，他才道：「妳是不是還有事沒告訴我？」

「沒告訴你的事太多了，我都不知道該說哪一樁。」李蓉坦蕩道：「不過你若有想知道的，我都可以告訴你啊。」

裴文宣聽著李蓉的話，他也不知道怎麼的，突然就失掉了所有力氣。

他突然覺得自己失態，無理取鬧。

其實李蓉沒做錯什麼，是他自己忐忑不安，是他自己在意蘇容卿的話。

他心裡有結，於是李蓉的任何一點細節，都會被無限放大。

可這些話他不能說，他不想把自己面對蘇容卿那份狼狽讓李蓉看到。

他深吸了一口氣，搖頭道：「是微臣自己有問題，睡吧。」說著，他同李蓉道：「殿下先去床上，微臣熄燈。」

李蓉應了一聲，脫了外衣，便去了床上，裴文宣熄燈回來，睡在外側。

兩人在夜裡睜著眼睛，都沒睡下。

過了一會兒後，李蓉緩聲開口：「你不在的時候，大家都以為你死了。」

裴文宣沒說話，李蓉接著道：「但我知道你沒有。」

「殿下一直很放心我。」裴文宣淡道：「多謝殿下信任。」

「也不僅僅是放心。」

黑夜滋生人諸多勇氣，李蓉側過身，看著對面平躺著的青年。

他已經梳洗過了，又恢復了華京裡平日那副貴公子的模樣。

李蓉靜靜瞧著他，小聲開口：「是因為我還會害怕。」

裴文宣聽到這話，詫異轉頭，便看見姑娘將手枕在頭下，側著身子瞧他，笑道：「要你真死了，我都不知道該怎麼辦，所以不管信不信你，我都得當你活著。」

李蓉說這些話，看著裴文宣驚愕的眼神，她有幾分不好意思笑起來：「你看，說這些多尷尬，所以我不愛說。」

裴文宣沒說話，他注視著李蓉，那目光太過直接，像火一樣灼燒著李蓉。

李蓉也不知道怎麼，就覺得臉上熱起來，她目光挪移開去，翻了個身，背對著裴文宣，小聲道：「你別這麼看我，怪丟人的。」

聽著這話，裴文宣輕笑出聲，那一聲笑帶了幾分啞，和裴文宣似如清泉擊玉的聲線混合，聽得李蓉耳根發熱。

裴文宣伸手拉她，柔聲道：「讓我看看。」

李蓉推他，不想回頭，裴文宣便加重了幾分力道，湊了過來，柔聲道：「殿下，讓我看看。」

李蓉知道自己臉紅，雖然是在夜裡，也不知道怎麼，就有幾分心虛。

她和裴文宣推攘起來，裴文宣將她翻過來，李蓉便抬手捣了臉，輕踹著他。

裴文宣將她壓住，抬手去撓她胳肢窩，李蓉忍不住笑起來，裴文宣便趁機將她的手按在了兩側，讓她露出臉來。

裴文宣怕傷著她，都得控制著力道，於是等澈底制住李蓉的時候，他自己也費了不少力。

兩個人都喘著粗氣，裴文宣壓著她，頭髮散落在兩側，輕輕撫在她臉上，帶了些許癢。

李蓉瞧著那個俊美公子，那人一動不動注視著她，一雙眼彷彿是有了實質，悄無聲息間，便讓人想起上一世種種糾纏。

有些事情，若是沒發生過，還沒有什麼。

但若是發生過，總是會在某一點提示下，瞬間映入腦海。

李蓉不由自主呼吸快了幾分，而裴文宣明顯察覺她的變化，他眸色變暗，抬起骨節分明的手，輕落在她的臉上，而後用手背輕輕滑過她的面頰。

他的手有些涼，肌膚觸碰之間，便有一種難言的酥麻一路流竄而上，一路在李蓉腦海中炸開。

「殿下……」他輕輕叫她名字的時候，聲音多了幾分平日難有的喑啞，「您心裡有微臣，微臣甚是歡喜。」

李蓉沒說話，她心跳快了幾分，隨後她就看見裴文宣輕輕俯身。

「願獻人間喜樂，」他的唇落在李蓉唇上，十指劃入李蓉十指，而後帶著甘甜與灼熱翻江倒海，含糊應聲，「以報君恩。」

第六十九章　來日

李蓉是記得裴文宣的青澀的。

雖然很多年了，可她還是記得，他們兩個人第一次接吻時，裴文宣小心翼翼又慌張無措的模樣。

最開始的時候，只是唇和唇輕輕碰一下，只覺得有些軟，倒也沒有什麼其他感覺，沒有傳聞中那麼神祕。

到後來時，莽撞又笨拙，多了幾分欲望，但李蓉也沒有覺得有多快樂，只是夫妻之間，剛剛成了婚，應付著過。

只是她的應付落在裴文宣眼裡，而這個人又向來是個好學生，為她學了梳妝畫眉，這事也不會落下，於是每日夜裡便換著法子，不斷認真問著她：「殿下以為如何呢？」

這事想來好笑，但是他不恥下問，倒真給他試出路來。

他會為李蓉畫十幾種妝容，他也能憑一個吻，給李蓉送上人間極致的歡愉。

蘇容卿吻過她，在漫長的偎依裡，他履行著一個枕邊人能給的職責。

只是他的吻從來拘謹又克制，就像他這個人、他這份感情，讓人能夠始終保持著清醒，所有的感覺，也不過是人生而有之的感覺。

而裴文宣給予的歡喜，是本身欲望之外，他再另外給予，任憑是再強悍的理智，都能化作柔思纏指。

他吻上來的片刻，李蓉起初還有幾分震驚，然而只是短暫的失神，李蓉整個神智便瓦解下去，只覺幾十年未有過的歡愉在腦海中炸開，讓她連推開這個人都失了力氣。

直到裴文宣唇順著脖頸而下，咬開她的衣結，抬手拉開她的腰帶，李蓉才終於得了幾分清醒，一把按住裴文宣的手。

兩人都喘著粗氣，裴文宣緩了片刻，慢慢抬頭。

他面上帶著笑容，眼裡帶了幾分得意，壓著藏在底處的一派春情。

「你……」李蓉喑啞出聲，「你在做什麼？」

李蓉不是傻子，她再蠢也不相信，裴文宣是要和她「當朋友」。

哪裡有這種朋友？

平時親她、拉她也就罷了，走到這一步當朋友，當她傻子嗎！

更讓她惱怒的是，她明知他圖謀不軌，竟然還應了！

沒能第一時間推開他，應下了！

李蓉氣惱自己，也惱裴文宣，就死死盯著他。

裴文宣看出李蓉眼裡的戒備，她似乎怕極了他再親過來，裴文宣見得這樣警戒的李蓉，想著她警戒的原因，他忍不住低低笑起來。

「你笑什麼？」

李蓉緩抬手推了裴文宣一把，裴文宣順著她的力道倒回床上，笑個不停，李蓉抬手抓了手邊的軟枕砸他，裴文宣抱著自己的頭，任由李蓉砸他。

李蓉知道他是笑她方才的失態，一個吻而已，就渾然忘了自己，李蓉越想越惱，怒在自己又憤在裴文宣，她扔了枕頭，抬手去打裴文宣，裴文宣給她打了幾下，終於抓了她一隻打人的手。

李蓉瞪著他，裴文宣半撐著身子，將她手拉到唇邊，輕輕吹了一下之後，抬眼瞧她，笑道：「別打疼的手。」

「裴文宣！」李蓉厲喝：「你放肆！」

「殿下不喜歡嗎？」裴文宣斜臥在床上，撐著頭，笑意盈盈看著李蓉，「我覺得殿下方才應當覺得高興才是。」

李蓉聞言冷笑：「裴御史侍奉人的功夫好得很，本宮怎會不受用？」

「那就好。」裴文宣笑著瞧著李蓉，「殿下若是什麼時候想要微臣侍奉，微臣隨時恭候。」

李蓉沒有說話，她盯著裴文宣，見對方一派悠然，許久後，她終於咬牙出聲：「你發什麼瘋？」

「微臣聽聞，蘇大人之前向殿下求親。」裴文宣握著李蓉的手，漫不經心摩挲，目光落在他觸碰之處，緩聲道：「微臣怕殿下受蘇侍郎美色所惑，給殿下提個醒而已。」

「提醒？」李蓉冷笑，「你這算什麼提醒？」

「殿下，如果您只是身邊缺個人，文宣在您身邊呢。」裴文宣抬眼，目光落在李蓉身上，柔聲道，「微臣說過，殿下想要什麼，微臣都能給。」說著，裴文宣忍不住笑著重複了李蓉之前的話：「包括親您。」

李蓉沒有說話，她看著裴文宣的眼睛。

裴文宣挪過目光，緩聲道：「微臣知道，蘇大人對於殿下特別，他願求娶，對於殿下來說怕是不小的衝擊，畢竟兩輩子……」裴文宣聲音有些低，「沒有名正言順嫁給他一次，怕是殿下心裡的遺憾。」

「殿下少時就仰慕他，容卿穿白衣，世上無仙人。後來相伴一生，也礙於微臣沒個名分，能夠和蘇容卿拜天地君親，於殿下而言，也是了卻夙願。只是殿下，如今已經不是合適的時候了。」

裴文宣撥開壓在身下的袖子，似乎是漫不經心：「若是早前，妳與蘇家沒什麼利益糾葛，你們走在一起，倒也是一樁好姻緣。可如今妳要建督查司，要從世家中搶奪權力到自己手中，那麼他若願意站在殿下這邊，你們感情裡就夾了權勢，這不是殿下要的蘇容卿。若他不願意站在殿下這邊，殿下與他的姻緣也就斷了。更可怕的是，若他想利用殿下這份情誼為他謀求利益，就像上一世一樣，」裴文宣語調有些冷，他抬眼看著李蓉，「殿下怎麼辦呢？」

李蓉沒有說話，她只是看著裴文宣雲淡風輕說著這些。

裴文宣見她不應，以為他把話說進了她心裡，他遊動著目光，轉了調子：「殿下若一定要選個人，比起蘇容卿，殿下還不如選我。」

「選你？」李蓉語帶嘲諷。

「不好麼？」裴文宣轉頭看向李蓉，淡道，「論家世，蘇家雖是世家，但裴家也算望族，蘇家能給殿下的，裴家給得未必少。而且如今陛下建督查司，與世家做對，裴家更是會全力依附，比蘇家好控制很多。」

「而若論及個人，」裴文宣挑眉，「微臣是哪裡不如他？」

「你無聊。」李蓉見裴文宣胡說八道起來，也懶得同他說下去，轉過身躺下，背對著裴文宣道：「睡覺。」

「妳別睡！」裴文宣見李蓉不應這個話，有幾分不滿，伸手去拉李蓉，想將李蓉翻過來，追問道，「我哪裡不如他，妳說！」

李蓉背對著他不說話，蒙著耳朵不想理他。

裴文宣惱了，咬牙道：「君子六藝，我年年考的都是第一，不比他差。若論長相，我也不輸他，要說性子，他對妳比我好？他連求娶妳都做不到，妳惦記個什麼？」

「不聽、不聽，」李蓉聽出他是生氣了，倒有些高興了，「王八念經。」

「李蓉，妳說清楚，」裴文宣把她翻過來，氣惱道，「我怎麼就不如他了？」

「那你倒是說說，」李蓉壓著笑意，故作認真，「你樣樣也就和他差不多，他還是名門世家，你怎麼就比他好了？」

這話把裴文宣一時問愣了。

李蓉嘆了口氣：「說不出來了吧？說不出來別打擾我，我睡了。」

李蓉說完，便倒下去，裴文宣在她身後坐了一會兒，李蓉想了想，也怕自己鬧太過，準備出言安慰一下他，還沒開口，就聽裴文宣道：「可我敢娶妳。」

「你這什麼混帳話？」李蓉不滿坐起來：「娶我是什麼吃虧的事嗎？」

「我敢豁出性命娶妳，」裴文宣抬眼認真看她，「他敢嗎？」

李蓉聽到這話，忽地愣了，裴文宣靜靜注視著她：「李蓉，妳是我搶回來的。」是他還只有孤身一人時，豁了命扳倒楊家、攪動朝堂，才娶回來的殿下。

「可他不敢。」

明明他身分高貴，他手握權勢，可他不敢。

李蓉聽著這些話，看著面前的青年，他像一把孤刃，從前世今生，都是自己獨自前行。

其實她知道。

她一直知道，這個一路攀爬而上來的男人，有著世家子弟難有的膽量和野心，又唯獨在她這裡，帶了幾分少年人的小小天真。

「所以，」李蓉也不再玩笑，她苦笑起來，「我嫁給你了。」

「裴文宣，你知道嗎，」李蓉伸出手去，將他的手拉過來，握在手裡，「其實你什麼都好，就唯獨一點。」

「你心裡呀，總覺得自己不夠好。」

「你誇自己，一定得帶點什麼成就，你君子六藝第一，你什麼都會，你當了多大的官，你寫多好的字，你多麼有才華，甚至於，」李蓉抬頭，似笑非笑，「你技術多好。」

裴文宣聽李蓉的話，臉上驟熱，他故作鎮定：「說話總不能憑空亂說，我說我好，自然是要有些理由的。」

「可我覺得不需要。」李蓉徑直開口：「你是裴文宣，就很好。」

裴文宣身體微僵，李蓉繼續道：「你以前同我說過，你母親總拿你和你父親比、和別人比。可如今我同你說吧，你不需要和任何人比，更不用和蘇容卿比。」

「你怕蘇容卿和我求親，我動心。我知道你在擔憂什麼，你放心吧。」李蓉平靜開口道，「我不會為了男人誤了前程。」

裴文宣：「……」

「我也不是這個意思……」

為了男人誤了前程不是不可以，只是對象只能是他。

裴文宣腦海裡閃過這個回答，但又不能如此說，艱難開口，斟酌著用詞，想著該怎麼開口。

李蓉抬眼看他，一雙眼通透清明，她似乎什麼都知道，又不提及。

裴文宣沉默下來，他一時不知道該不該說出來，該不該捅破這層紙。

他怕說開了，這人就把他推開，連朋友都做不成。

但不說，又怕這人不清楚。

他緩了片刻，目光從李蓉唇上匆匆閃過，片刻之後，他笑起來道：「我知道殿下分得清楚，是我擔心太多。」

「殿下明日還有其他事，」裴文宣躺下身來，「睡吧。」

李蓉應付他一夜，也有些累了，她躺下來，沒了片刻，她就感覺有人從身後貼了過來。

裴文宣在後面抱著她，她繃緊身子，時刻防備著裴文宣下一步行為。

「殿下，」裴文宣察覺她緊張，他笑起來，在她耳邊低喃：「我們來日方長。」

李蓉不說話。

她想清楚了，裴文宣這隻老狐狸，怕是真的要對她下手了。

呸。

李蓉暗罵，禽獸。

第七十章　案果

裴文宣不想再與她當這面子上的夫妻、實際的朋友，而是真真正正，想同她當一對鴛鴦盟友。

裴文宣想娶她，想讓她心裡有他。

他會有這種念頭倒也不奇怪，她在重生而來第一次見到他時，就想過他會有這樣的念頭。

畢竟和她捆綁在一起有一堆的好處，裴文宣不知道她重生就想娶她，知道她也是重生的，知道她的手段，知曉她的未來，若非考慮感情，從利益角度，不剷除她，自然就是要利用她。

而利用一個女人，最好的方式是什麼？就是娶了她，最好在讓她一心一意愛著自己，在女子出嫁從夫的世界裡，哪怕是一個公主，一旦心給了一個男人，這個女人的一切，就都歸屬於那個男人了。

只是他們早早互相揭露了身分，裴文宣討厭她，便不願意，後來兩人就算和解，畢竟也是老朋友，也就消了這個心思。而如今裴文宣突然想做這件事，圖的是什麼？

以她對裴文宣的認知，這個人雖然心性中有三分率直，比著其他黑心爛肝的政客要好上許多，但他畢竟還是大夏開朝以來唯一一位尚書令的人，叫他一聲丞相，都是辱沒了他。畢竟大夏尚書省歷來也不過左僕射、右僕射，尚書令從來沒見過活的，可他卻坐到那個位置上，可謂一人之下、萬人之上，這麼一個人，要指望他心裡多少情愛，未免太過幼稚。所以他想娶她這件事，大約三分感情、七分衡量，籠統不過是他左思右想，怕她心裡有了蘇容卿，偏向世家。

她若是個尋常公主，裴文宣怕也不會在意，可她偏偏是李蓉，還是已經建起了督查司，手握權力的李蓉。如今一切都與前世大為不同，蘇容卿提前有了立場，還主動向她求親，這一切對於布局在寒門的裴文宣來說都是威脅。

之前他或許還會因為前世與她的芥蒂不願走以情動人這條路子，而且想著蘇容卿與她的關係也要等他羽翼豐滿才有可能，所以出於朋友之誼，要幫一幫她和蘇容卿。

可如今相處下來，裴文宣大概也對她有了幾分好感，而蘇容卿立場越發明顯，她建立督查司之後權力越重，面對她可能倒戈的威脅，他也就不介意以色侍人，穩定一下她的立場。

這麼想裴文宣，李蓉知道也有幾分不公平，可是如果不這麼想一想，當真出了事，怕就不是自責於自己錯怪了他人，而是責怪於自己愚蠢了。

就像……當年一樣。

十八歲的李蓉，從來沒想過有一個人，能面上讓你覺得他喜歡你，卻又從不是百分百的真心。就算後來裴文宣再如何解釋，可是意識到自己自作多情那一刻的狼狽和羞辱，卻成了李蓉永遠銘記在心的教訓。

這讓她學會，人可以相信這世上有好人，但凡事往最壞的地方想，更不會差。

因為這樣，她在詭譎萬變的政壇活下來，一直好好的，到了如今。

想到這裡，李蓉先前被裴文宣撩動得起了幾分波瀾的心也慢慢冷靜下去。

她感覺身後裴文宣抱著她勻稱的呼吸，推了推身後人，那人已經睡熟了，被她輕而易舉推開，她裹上被子，安了心神。

她無須理會這一切，裴文宣想當朋友也好，想當夫妻也罷，終歸都是他的事，與她沒有什麼關係。

她只要裝作一切都不知道，按兵不動，看這老賊如何出招就是。

李蓉閉上眼睛，也不再多想，同裴文宣一起一覺睡到天亮。

李蓉睡得有些深，早上隱約就聽到外面靜蘭喚她起身，也沒真的清醒過來。

而今接近冬日，清晨要從暖洋洋的被窩裡起來，總多要幾分勇氣，李蓉就隱約聽到裴文宣先起身來，而後就點了燈。

她在燈光裡慢慢轉醒，而後便感覺自己被人用衣服披在了身上。

那衣服帶著暖意，裴文宣將她裹著，又扶她起來，李蓉適應了光線，就看見裴文宣披了件外套，正拿著她的衣服，幫她穿著衣服。

見李蓉醒了，裴文宣笑了笑：「殿下醒了？」

李蓉又把眼睛閉上，似乎是很睏的模樣，點了點頭道：「早。」

裴文宣將她的手放進衣服裡，像是幫個孩子穿衣一樣，他動作很輕柔，李蓉忍不住有了一種想靠上去的衝動，但她克制住了自己，讓自己打起精神來，由裴文宣扶著下了床。

裴文宣喚人進來，伺候著李蓉洗漱，裴文宣同她一起洗漱完畢，隨意吃了點東西，李蓉便精神了很多，而後讓靜蘭取了摺子，便同裴文宣一起走了出去。

冬日清晨的冷風讓李蓉澈底清醒過來，裴文宣見著李蓉手裡的摺子，緩聲道：「殿下今日做好準備了？」

「嗯。」李蓉抱著摺子，低應了一聲。

裴文宣扶她上了馬車，隨後跟了上去，將素淨的手伸向李蓉：「殿下不妨給我看看？」

李蓉猶豫了片刻，裴文宣笑起來：「怎麼，殿下還怕微臣說出去不成？」

「倒也不是。」李蓉笑了笑，將摺子遞了過去，「就是怕你不同意。」

裴文宣得了這話，也沒多說，他展開摺子，將目光掃過去。

李蓉一共準備了兩份摺子，一份秦氏案，一份軍餉案。

秦氏這個案子，李蓉在北燕塔囚禁期間，上官雅已經和荀川一起查了個清楚。

荀川雖然不算聰明，但是執行力極強，上官雅領著，倒是從人證、口供到物證都清理了一個乾淨。

對於秦氏案，李蓉沒有留半點餘地，上下之人一個不留的參了，為首的三名官員處以極刑，上官旭等高官待查，其他參與的官員，貶官流放，各有詳細處理。

而軍餉案這個摺子，主要內容則是裴文宣帶來的證據梳理的。裴文宣的證據和口供多而雜，但昨晚一夜裡，她已經梳理清楚，配合了上官雅那邊給的一些證據相互印證，李蓉倒也差不多梳理出個七、八分來，一連串列了一堆待查官員的名字，請求嚴查。

裴文宣靜靜掃過這份摺子，緩了片刻後，他有些猶豫道：「這份摺子……陛下大概，不會同意。」

「我清楚。」李蓉敲著手心，低聲道：「但我得參。」

「秦家蒙冤，又涉及軍餉，如果就這麼不痛不癢的過去了，那些作惡之人，日後怕是更加猖獗。我如今參得狠，陛下肯定會猶豫，到時候我再和陛下爭執，和朝臣爭一番以後，總不會有個太差的結果。若我一開始就手軟，他們還是會和我爭。」李蓉說著，翻開茶碗。

裴文宣抬手替李蓉沖茶，李蓉看見茶水灌入湯碗之中，淡道，「到時候，要是連流放幾個官員都做不到，我豈不是白白受了這一場欺負？」

裴文宣聽著李蓉的話，只道：「人數怕是多了些。」

大夏開朝太祖崇尚精簡官制，不允許太多官員，整個華京上下，從一品到九品的正式官員不到六百人。正式官員之外，如果人手再不夠用，另外再請一部分「雜事」幫忙做事。雜事與官員地位懸殊，不納入品級範疇，也不會有升遷的希望。

而李蓉這一張摺子上面的名單，便包含了將近五十多人，六品以上近二十位，對於華京來說，這樣五十多人的大變動，可說是大洗牌。

李蓉聽了裴文宣的話，笑笑不言，只道：「報十分，他給我七分就行。」

裴文宣沒有說話，點了點頭，思索著不出聲。

兩人到了宮裡，一進宮門來，官員便都看了過來，李蓉也沒理會，自己站到自己的位置上去，裴文宣就站在她旁邊。

李蓉不由得有些奇怪：「你站我這兒做什麼？」

「等一會兒我再回去，」裴文宣淡道，「萬一有人上來找麻煩。」

李蓉聽這話便笑了，抬扇子指了指他：「看不起我了。大庭廣眾之下，他們還敢打我不成？只要別動手，」李蓉嗤笑出聲來，「我就看誰潑。」

裴文宣有些無奈，但還是沒走，只道：「那微臣替殿下擋風吧。」

裴文宣一貫這麼體貼，過去李蓉未曾察覺，只當習慣，然而明白他的心思後，她莫名就有了一份關注。她頓了頓，想說什麼，終究是滑了過去，假作什麼都不知道，只道：「行吧，你開心就好。」

沒了一會兒，李明便來了，遠遠看見李明的御駕，裴文宣自己回了自己的位置，李蓉偷偷瞧了一眼裴文宣，見這個青年的背影，清直如一把孤劍，同他面上帶著笑意時那份溫和截然不同。

其實這或許才是真正的裴文宣。

面上看著再溫和，脾氣再好，但本質上，裴文宣從來都是一個帶著鋒芒、不肯折腰半分的人。

李蓉瞧了他背影片刻，直到他要回頭前一瞬，她才意識到自己過長時間的注視，悄無聲息將目光挪移開去。

李明御駕在太監唱和聲中入內，所有人跪著行禮，李明進去之後，眾人又在唱喝之聲中魚貫而入。

入了大殿，所有人跪下行禮，高呼萬歲，等禮儀之事都完畢後，李明便按著慣例，詢問過各地近來天氣，而後確認了北邊冰災，商議了一會兒解決的方案，最後才問向李蓉道：「讓妳查的案子，有結果了吧？」

「是。」李蓉早有準備，她恭敬出聲，將昨晚準備好的摺子拿了出來，跪下呈上道：「稟告陛下，秦氏一案基本已釐清，此案源於兵部，兵部保管行軍日誌不利，致使日誌缺頁，一官員無意發現黃平縣此戰不似平常，便隨口說了出去，而後有好心人匿名到溫平溫御史處檢舉秦氏，溫御史與刑部崔書雲崔侍郎聯合查案，過程中兩人怠忽職守，以至錯辦冤案。如今秦氏沉冤得雪，還望陛下重罰兵部郎中王希、御史臺溫平、刑部崔書雲，以及其他相關人員。」

說著，上方的福來便走下來，將李蓉的摺子取走，交了上去。

李明在李蓉的報告聲中打開摺子，他目光掃過去，面色就有些不好看，李蓉偷偷打量了李明的神色，等著李明接下來的問話。

她已思量過，李明不可能罰得太重，但既然李明建了督查司，自然是要殺雞儆猴，給世家一點顏色看，那也不可能罰得太輕，所以李蓉要做的，就是給李明遞一個梯子，把所有責任推到她身上。

不是帝王要罰他們，是她平樂公主不依不饒。

只有這樣，才能真的動這些盤根錯節的世家子弟。

她已經準備好了一串說詞，也準備好了文臣死諫的姿態，就等著李明同她你來我往的做一場戲，然後商討之下把所有的罪責定下。

「除了秦氏案，秦氏案所牽扯的軍餉一事，兒臣也已經做了梳理，相關涉案人員名單也都奉上，懇請陛下允許兒臣徹查。」

李蓉說完後，便開始等著李明的回應。

然而等了許久之後，李蓉便聽李明輕咳了一聲，隨後高興道：「辦得好！」李明看向旁邊的臣子，對案子的事隻字不提，只道：「你們看看，之前朕要建督查司，你們攔著不讓，說平樂年輕，成不了事，如今這案子，辦得如何？」

朝堂上沒有人說話，李明冷笑了一聲：「朕覺得辦得極好！查得清清楚楚，沒有半點紕漏。把你們的小辮子一個個的揪出來，要不是平樂，朕都不知道，你們有這麼大的能耐！」

李蓉聽著李明一直在談督查司的事，不由得皺起眉頭，心中有幾分不安，李明見眾人不說話，笑道：「所以督查司正式建下去，平樂殿下任督查司司主，各位沒有異議了吧？」

第七十一章　移案

眾人得了這話，面面相覷。

李明趁著大家不說話的時間，直接道：「就這麼定了吧，自今日起，平樂就為督查司司主，督查司直接向我報告一切事物，不必經過三省，平樂可以自己組建督查司內部人員，撥北城的明盛校場作為督查司的官署，戶部將督查司建制的錢做個預算，報給平樂。」

戶部尚書鄭然聽著這話，恭敬行禮，正要回些什麼，就聽李明道：「每年不得少於三萬兩。」

「陛下，」鄭然皺起眉頭，「這是否太多了些？如今處處都要用錢，殿下還要用這麼多……」

「三萬兩都拿不出來嗎？」李明頗有些不滿，「一年幾千萬兩的稅，如今連個三萬都拿不出來，你怎麼做事的？」

「陛下，微臣冤枉。」鄭然趕忙跪在地上，和李明扯起皮來，「大夏一年國稅，好的時候有幾億白銀，差的時候也不過就是八千萬兩白銀，聽說去很多，但用的也多。您看，打從今年以來，春初西北邊境打仗，軍費便已經占了國庫一大半；六月汛期，南方水患，又要賑災，又要修堤，接著……」

「好了、好了。」李明打斷了鄭然，不想再聽他念叨下去，果斷道，「你別算了，你回去給我擬個摺子，到底能給多少錢。但不管這個錢給多還是給少，督查司打從今日起，就正式建起來了。」

「陛下，」兵部的人又站出來，急道，「北城的校場，本來就是北城軍的地方，如今撥給了公主……」

「你別忽悠朕不清楚北城軍的事。」李明抬眼，不高興道，「三年前北城軍擴建，嫌棄這個校場小，特意和朕要了一塊地新建了一個大校場，早就將明盛校場給廢棄了，朕前幾日才去看過，雜草叢生根本沒個人影兒，再胡說八道，朕治你欺君之罪！」

李明罵完兵部的人，轉頭看向李蓉，笑道：「平樂，朕可是給妳下了本錢，日後可得好好為父皇分憂。」

李蓉聽到這話，面上不動聲色，恭敬道：「是。」說完，李蓉猶豫著開口：「父皇，那秦氏案和軍餉案……」

「妳辦得極好，」李明將摺子放在一邊，聲音很淡，「後續的事宜，妳也別操心了，交刑部處置吧。」

聽得這話，李蓉猛地抬頭，盯向李明。

她目光太過銳利，李明被她嚇了一跳，好在他片刻便鎮定下來，旋即有幾分惱怒，被自己這一瞬間的不安給激到，他想罵罵李蓉，又覺得此時此刻，督查司剛立，該給李蓉面子，於是他面上不動，抬手道：「起來吧。」

李蓉跪在地上不聽，旁邊眾人都舒了口氣，許多準備反駁建督查司的大臣也安穩下來，不再打算出列阻止。

李明見李蓉不動，有幾分不安，面上還是帶笑道：「平樂，還不起身？」

裴文宣看了一眼李明的神色，知道李明已經是有了怒意，他立刻出列，走上前去扶住李蓉，頗有些焦急道：「陛下，殿下近來勞累，容易暈眩，她此刻怕是身體不適，還請陛下允微臣帶殿下回去休息。」

李明聽到裴文宣上來勸阻李蓉，面上緩了幾分，嘆息道：「平樂還是要多多注意休息，你帶她下去吧。」

裴文宣應下聲來，伸手去扶李蓉，李蓉想要掙扎，裴文宣便使了力氣，緊緊握住李蓉的肩膀，扶著李蓉起身，低聲道：「殿下，微臣帶您下去，有什麼事，出去說。」

裴文宣強硬扶著李蓉，逼著她起身來，然後領著李蓉走了出去。

兩人剛出了大殿，李蓉反手就是一耳光抽過去，裴文宣不動，李蓉手到臉邊，看著裴文宣笑著準備挨打的模樣，她又頓住了手，一時打不下去。

裴文宣見李蓉不動手，抬手握住她的手，溫和道：「殿下打吧，打完了殿下心裡舒服，微臣不疼。」

「誰在乎你疼不疼！」李蓉轉身朝著御花園直走而去，面上帶了幾分怒氣。

裴文宣跟在李蓉身後，李蓉走了一截路，見裴文宣寸步不離地跟著，她回頭怒喝出聲：「滾開！」

裴文宣笑起來：「微臣不能滾，微臣怕殿下想不開去投湖。」

「我把你扔湖裡我都不會去投湖！」李蓉聽到裴文宣這麼說話，氣不打一處來，大喝出聲道：「你給我滾遠點！」

說完，李蓉便朝著御花園走去，裴文宣繼續跟上，李蓉一路疾走，等進了御花園裡，尋到沒人的地方，李蓉對著一堆樹枝就是一頓亂抽。

裴文宣就在旁邊靜靜瞧著，等李蓉抽夠了，喘著氣消了幾分，裴文宣走上去，輕抬著李蓉的手，仔細檢查著她有沒有受傷，溫和道：「殿下不必太過生氣，陛下也是有自己的考量。」

「他這是考量嗎？」李蓉壓低了聲，湊近裴文宣，裴文宣看著湊過來的李蓉，他思緒一漾，李蓉不覺裴文宣的走神，怒道，「他就怕了！我知道他不敢按著摺子上的做，可他居然怕到直接移交刑部？他移交了刑部，我之前做的算什麼？日後我的督查司，又怎麼在朝堂上立足？」

「殿下，」裴文宣沒有躲湊過來的李蓉，他將目光轉向旁邊結了碎冰的湖，低聲道，「陛下是在用這兩個案子，安撫群臣，讓您的督查司建起來。督查司要立威，後續還有很長的路要走，殿下不必如此心急。」

李蓉捏緊了扇子，她沉默著，裴文宣轉頭看向李蓉，溫和道：「其實我們可以等一等，不是嗎？」

李蓉垂著眼眸，裴文宣嘆了一口氣，伸手握住李蓉的手，頗有些無奈道：「妳就是太好強，凡事輸不得，外面天冷，先回去吧。」

「我不是輸不得。」李蓉放低了聲，站在原地不動。裴文宣轉眼看她，就聽李蓉低著頭，似是有些艱難道：「我可以等，秦家呢？荀川呢？」

裴文宣愣了愣，李蓉抬起頭來，認真看著裴文宣：「死掉的證人，被汙衊的忠良，死在邊疆的將士，拋了身分改頭換面的荀川。我不查就算了，既然我查了，我明知道，我離懲辦凶手只有一步之遙，」李蓉盯著裴文宣，「你讓我放棄，我怎麼甘心？」

裴文宣沒說話，他看著李蓉。

其實他知道李蓉內心深處，總有那麼幾分不同於華京的天真，所以上一世，她覺得蘇家蒙冤，她會奮力搭救，她看見寧妃血濺朝堂，會為寧妃披上一件外衣。

可是他卻頭一次看見這樣的李蓉，如此清晰出現在他面前。

裴文宣看著李蓉，他忍不住笑起來。

李蓉看見裴文宣的笑，自覺自己的話有些幼稚，她似是難堪轉過頭去，低聲道：「而且最重要的事，他們如此欺辱我，要奪我的封地，要逐我出華京，不給他們一點顏色看看，他們便當真以為我好欺了。」

「殿下思慮得是。」

裴文宣笑著回應，李蓉繼續道：「如今世家太大，父皇既然要平衡世家，就得有些魄力。他這個樣子，世家不會有收斂的！他膽子太小、太謹慎，如今都走到這一步了還退，也太沒出息了！」

「殿下說得對。」

「他得找個人逼一逼。」李蓉冷下聲來，裴文宣這次不應了。

李蓉轉頭道，「你讓人先去查，是誰讓父皇決定把這個案子移交刑部，我去找川兒。」

李蓉說完，便朝著東宮趕了過去。

裴文宣攔不住李蓉，追著李蓉，只能跟著李蓉等在東宮。

李川一下朝，就聽李蓉在東宮等著她，趕忙趕了回去，頗有些詫異道：「姐，妳怎麼來了？」

「秦氏案不能移到刑部。」李蓉開口就同李川直接道，「你手裡有沒有信得過的人？」

「阿姐妳說。」

李蓉抿了抿唇，想了想道：「我先去查父皇移交案子的原因，但我猜不外乎是昨日有世家同父皇施壓，他心裡慮了。」

李川聽著，端了杯子，喝茶道：「我聽說，昨日刑部尚書、御史臺大夫、大理寺卿一起進宮，夜裡陛下去了梅妃那裡，好像也和父皇鬧了起來。」

梅妃是大理寺卿蔣正的女兒，梅妃鬧起來，應當就是大理寺卿的授意。

「如果是他們的話，」裴文宣分析道，「那應當是談督查司的事，所以陛下是以這兩個案子，換了這三司默許督查司成立。」

「本宮建不建督查司輪得到他們說話？」李蓉深吸一口氣，張口想罵，又忍了下來，憋了半天，只道：「一面又要找世家麻煩，一面被人嚇一嚇又要退回去。他就算不打算強硬處置，那也不能交給刑部！」

「阿姐別生氣，」李川給李蓉遞茶，緩聲道，「父皇是謹慎之人，妳看明盛校場，他能打算三年，妳就知道了。」

李蓉聽著李川的話，冷靜了許多。

北城軍當年換校場的事，其實許多人都不同意，但當時李明經歷了一場刺殺，北城軍救駕有功，李明就藉著這個名頭，給北城軍遷了一個大校場。

當年許多人覺得這是盛寵，後來因為北城軍的校場偏遠，和華京交流就變得少起來，北城軍慢慢也就脫離了權貴的範疇，世家子弟不願入北城軍，北城軍中多是寒門和普通百姓，久而久之，便幾乎被李明管控。

這個荒廢的明盛校場，如今看來，其實就是李明早就準備在華京中再建一支小型軍隊，督查司這個事，李明圖謀了怕是不止三年。

正是因為準備得多，所以李明才謹慎，就怕一步做錯，毀了督查司。

可李明高估世家的膽子，李蓉和世家打了這麼多年交道，她清楚知道，這些世家子弟，如果能不要動武是絕對不想動武，督查司只要不查到死人，就都在這些世家容忍範疇。

哪怕死人，也要看死的是誰，這本就是一場較量，如今督查司雖然建起來，卻在一開始就已經讓世家摸透了底牌。

李蓉喝了口茶，許久，她平靜道：「罷了，我不同他計較。我們在父皇身邊有人嗎？」

李蓉轉頭看向裴文宣，裴文宣點了點頭：「有。」

李蓉應了一聲，她想了片刻，隨後道：「去安排一下，我這裡寫兩封摺子，一封正常上奏，但估計不會到父皇那裡。另一封由太監傳遞，太監就說這一封摺子是被扣押，他偷出來的。」

她上奏的摺子都能扣押，李明才會有危機感，激起對世家權力的恐懼。

「這摺子，阿姐打算寫什麼？」李川有些疑惑，「妳現在再勸，父皇也不可能聽妳的啊。」

「我不勸。」李蓉淡道：「我請辭。」

李川愣了愣，裴文宣卻是反應過來，解釋道：「殿下的意思，一來是向陛下說明，如果督查司和其他三司不一樣，那就沒有建立的必要。二來這也算是逼一逼陛下，陛下如今建立督查司最適合的人，就是殿下，如果殿下請辭，督查司怕又要緩一緩，可他之前沒暴露底牌，如今暴露了建立督查司的意思，他這一緩，再建就難了。三來，也是給陛下一個臺階，陛下可以將責任盡數推給殿下，就說是殿下逼她，轉移陛下的壓力，讓陛下更好做決定。」

「到時候，他若再不同意，」李蓉淡道，「我就跪他門口去耍潑，他怕那些世家，就不怕我麼？」

「以父皇的性子，倒的確會聽阿姐的。」李川想著，又有些疑惑：「那阿姐把摺子直接給父皇不就好了？為何還要從其他人手裡過一道？」

「殿下這就不懂了，」裴文宣笑起來，「一來，先用摺子被扣押的事情激一下陛下，殿下的話被採納的可能性就大很多。二來，」裴文宣給李蓉倒茶，看了一眼李蓉，「殿下是想一箭雙雕，從門下省過去的摺子，不是給陛下看的。」

「是給誰？」

「舅舅。」李蓉徑直開口端了茶杯，淡道：「他看了摺子，便明白，這個案子我不會放手的，到時候阿雅再煽風點火一番，我等他來找我。」

「然後呢？」李川皺起眉頭，「舅舅……怕不是那麼好說話吧？」

「川兒，你覺得，陷害秦家，這件事是舅舅做的嗎？」

李蓉看向李川，李川愣了愣，他遲疑片刻後，緩緩搖頭：「母后或者舅舅，都不是這樣大奸大惡的人。」

「大多數世家子弟，讀聖賢書長大，是做不出刻意陷害這樣的事，」李蓉緩聲開口，「他們做事的時候，總都覺得自己是對的，只是一環接一環，誰都沒想到會是這樣慘痛的結果。等結果出來，就誰都不能說話了。」

李川靜靜聽著，李蓉抬眼看向窗戶外：「舅舅應當也有想清理過這些人，只是他不能做，他要是動手，就會寒了為他做事的人的心。所以如今，我們也不過就是給了舅舅一把刀。如果舅舅這次打算握住這把刀，那上官家才有出路。否則爛了根的上官家，」李蓉緩了片刻，苦笑了一聲，「你，或者其他人，總會在有一日，毀了它。」

李川聽著這些話，他彷彿是被看穿了內心，他垂下眼眸，沒有說話。

李蓉知道這些話直接說出來有些銳利，她也不深究，站起身來，拍了拍李川的肩膀，溫和道：「別擔心，阿姐不是覺得你做錯了。阿姐今天做的，就是希望大家不要走到這一步。」李蓉接著道：「你先休息吧，我們走了。等一會兒估計會有人來問你我來說什麼，你就說我來求你，你和我吵了一架，說我還打了你就是了。」

「阿姐……」

李川哭笑不得，李蓉揮揮手：「走了。」

說著，李蓉便轉過身，同裴文宣一起離開。

等出了大門，寒風撲面而來，裴文宣適時擋在李蓉前面。

李蓉不由得看了他一眼，片刻之後，她笑起來：「你不必總是為我擋風，我自己不行嗎？」

「我知道殿下可以，」裴文宣輕笑，「但殿下經歷的風霜已經夠多了，微臣在的時候，能為殿下擋一擋，微臣心裡安慰許多。」

李蓉看著裴文宣，裴文宣見李蓉久不說話，抬眼道：「殿下？」

「沒什麼。」李蓉笑了笑，往前道，「就是覺得你人挺好，咱們這樣一輩子就好了。」

「殿下放心，」裴文宣得了這話，不由得也笑起來，「微臣會陪殿下一輩子的。」

李蓉聽得這話，沒有回應，只是低頭一笑，隨後道：「走了。」

說完便走出大門，步入寒風之中。

裴文宣提步跟在她身後，他抬眼看著前面的姑娘，她的背影和上一世的十八歲比起來似乎沒有什麼不同。

他恍惚意識到，他這樣跟著她，一跟，便已經是兩輩子了。

第七十二章 商議

李蓉回府寫了摺子，便休息下來，在屋中喝茶等著人。

裴文宣先去官署辦理了公務，等到了晚上同李蓉吃了飯，見李蓉還盛裝以待，他不由得道：「妳先休息吧，說不定人還沒看見妳的摺子呢。」

「萬一看見了，半夜過來，我穿得不好，豈不是很沒氣勢？」李蓉翻著書頁，揚了揚下巴道：「你睏你先睡。」

「剛吃過飯呢。」裴文宣坐到李蓉對面，抽了李蓉的書，李蓉順著他的動作看過去，就見裴文宣笑著道，「反正也是等著，殿下不如和我說會兒話？」

李蓉聽到這話，目光從裴文宣臉上掃到腹間，又從腹間掃回臉上。

裴文宣剛洗過澡，明明是在冬日，卻只穿了一件單衫，剛剛擦乾的頭髮散披在身後，衣衫領口微微敞開，露出一半鎖骨，看上去明明端莊清正一個人，就不知道怎麼的，無端端透出幾分難言的引人來。

李蓉意識到時，強行移開目光，將書拿回來，低頭道：「不聊。」

裴文宣見李蓉似在躲他，他不由得笑了，湊過去道：「殿下好似有點怕我？」

「你不冷嗎？」

李蓉皺起眉頭，站起身來，從旁取了他的衣服，扔在他身上後，直接道：「穿上。」

「屋中有炭火，」裴文宣笑彎了眉眼，「微臣不覺得冷。」

李蓉正要開口讓人把炭火搬了，就看裴文宣悠然穿上外套，將頭髮優雅往身後一撥，緩聲道：「不過殿下賜衣，微臣再熱都得穿上。」說著，裴文宣抬起頭來，張手一笑：「殿下覺得如何？」

裴文宣這衣服穿得和平日沒什麼不同，但就是那些說不出的細節，比如衣領多敞開幾分，眼角眉梢裡的笑容，彷彿是在等她撲入懷裡一般張著手的動作，怎麼看，都讓他整個人顯出幾分平日難見的撩人。

李蓉覺得有些熱，她面上不顯，點了點頭道：「不錯。」

說著，外面就傳來了急促的腳步聲，而後就聽靜蘭恭敬的聲音從門外傳來：「殿下，上官大人來了。」

李蓉聽到這話，如蒙大赦，趕緊道：「舅舅來了。」

裴文宣站起身來，點了點頭，同李蓉道：「我隨殿下一起去。」

「你還是換……」

李蓉話沒說完，就看裴文宣把衣領一拉，衣服一整，手上髮帶將頭髮半挽一繫，瞬間便人模人樣，一派端正。

裴文宣轉頭看著滿臉震驚的李蓉，明知她是在驚訝什麼，還雙手攏在袖中，故作不知道：「殿下在看什麼？」

他是故意的！

李蓉心中有了數，可她不能說，不能問，她心裡知道，裴文宣就等著她開口詢問，她只要問了，他就能開始說一些更直接的話。

所以她必須打住。

於是她笑起來，故作欣賞道：「還是覺得這樣的駙馬好看。」

「哦？」裴文宣挑眉，「當真？」

李蓉一臉真摯點頭，裴文宣頗有些遺憾：「殿下年紀上去，喜好果然不一樣，我記得殿下年輕時候不是這樣的。」

「歷經歲月，人總會變。」李蓉嘆了口氣，抬起扇子抵在胸前，「比如我現在，就只喜歡正經人、老實人，那種花哨的就算了。」

裴文宣哽了哽，李蓉提步往外，沒給他回話的機會：「走了，舅舅在外面等著呢。」

李蓉一路行到正堂，上官旭早已等候在正堂之中，他看上去頗為疲憊，上官雅坐在他邊上，等著李蓉出來之後，上官雅便同上官旭一起站起來，朝著李蓉行禮。

「見過殿下。」

「舅舅客氣了。」

李蓉扶著上官旭起身來，忙道：「這麼晚了，舅舅怎的還到我府上來？」

「這麼晚打攪殿下，實屬不該。」上官旭嘆了口氣，抬眼看向李蓉道：「只是有些事不得不來，還望殿下見諒。」

「舅舅說笑了，」李蓉笑起來，「您什麼時候來，我都得見的。」

「殿下還能念幾分情誼，老臣深感欣慰。」上官旭意有所指說著，看向旁邊的裴文宣：「老臣想與殿下一敘，不知駙馬可否行個方便？」

裴文宣得了這話，看向李蓉，李蓉朝他笑了笑，只道：「駙馬先去休息吧，我與舅舅聊一會兒。」

裴文宣故作遲疑片刻，片刻後，他笑起來道：「我與公主乃一家人，舅舅來了，怎能不招待？有什麼話一家人不好說的呢？我坐著給舅舅奉茶吧。」

李蓉下意識看了一眼上官旭，裴文宣面上有幾分委屈：「莫非殿下是不信我？」

「哪裡？」李蓉苦笑，招呼裴文宣坐下道，「那你留下吧。」說著，李蓉看向上官旭：「舅舅，都是一家人，有什麼事，文宣不會對外說的。」

上官旭面上不大好看，但李蓉開了口，他也只能應下。

李蓉招呼著上官旭坐下，裴文宣給上官旭倒茶，李蓉遲疑了片刻，緩聲道：「舅舅看上去十分疲憊，近來要好好休息才是。」

「多謝殿下關心。」上官旭嘆了口氣，低聲道，「只是年紀上來了，隨便奔波一日，便覺勞累不堪了。」

「那舅舅應當早些休息。」上官旭不說正事，李蓉也就打著哈哈。

上官旭見李蓉不上鉤，沉默了一會兒後，他終於道：「殿下，老臣沒有幾年了。」

「舅舅而今不過知天命的年紀，您的人生還很長。」

「老臣的意思，是老臣在這朝堂之上的日子，也不會太長了。」上官旭嘆了口氣，緩聲道：「您也知道，您外公也不過就是知天命的年紀，便辭了官，才讓我承了他的位置。老臣也不會待太久，過些年，朝堂終究是你們這些年輕人的。」

李蓉不說話，抬手茗茶，上官旭轉過頭來，看向窗外被風吹得輕輕搖晃的枝椏：「過些年，太子登基，老臣也就心滿意足，不會再管。殿下多多打磨，想要做什麼，到時候做，也不遲。」

聽著上官旭的話，李蓉輕笑起來：「舅舅直說了吧，舅舅覺得，我想做什麼？」

「殿下。」上官旭抬眼看著李蓉，「老臣知道，殿下長大了，手裡想要握著點東西，所以殿下建立督查司，也不過就是想要在朝堂上站穩腳跟。」

李蓉垂著眼眸，聽上官旭道：「您的意思，皇后娘娘也都轉告給了老臣，老臣思慮許久，也得承認，殿下說得不錯。」

「上官家太大了，老臣握不住。如今犯了錯，老臣今夜前來，是求殿下，」上官旭說著，便退了一步，恭敬叩首，行了個大禮道，「秦家的案子，就到此為止吧。」

李蓉沒說話，她握著杯子，上官旭跪在她身前，靜靜等著她。

李蓉喝了茶，緩聲道：「舅舅不必如此，先起身來吧。」

「殿下若是不應，老臣不敢起。」

「舅舅，」李蓉嘆了一口氣，「如今秦家所牽連的，一共兩個案子，軍餉案、誣陷秦氏案，敢問這兩個案子，舅舅知道嗎？」

上官旭不說話，李蓉看向上官雅，上官雅行禮道：「回稟公主，這兩個案子，父親是不清楚的。不瞞殿下，秦氏案報到父親這裡來時，便是一個證據確鑿的案子，父親雖有私心，但也並非黑白不分之人，還望殿下明察。」

「那是怎麼回事？」

李蓉喝著茶，上官雅看了一眼上官旭，見上官旭還跪在地上，便解釋道：「西北軍權的爭奪，陛下偏袒蕭大人，父親怕陛下聽信讒言，便找人去查了秦家。父親的意思，本是有錯則糾，無錯，也就算了。」

只是對於官場的人來說，沒有什麼人是會沒有錯，大錯小錯，必然會有錯。

「但話傳到下面，就變成了查秦家的錯，兵部查了半天沒查出來，為了應付，就撕了行軍日誌，交給御史臺，想著找個問題出來，就算完成了任務。御史臺一看這事蹊蹺，心裡就對秦家定了罪，倒也不是故意要害秦家，只是楊泉本身通敵賣國，秦家當時又在楊泉手下辦事，守城戰三千對三千不戰而降，怎麼看都十分蹊蹺。」

「所以御史臺就沒有證據製造證據，偽造出了羅倦這個證人？」

「是。」上官雅繼續道，「而羅倦的口供到了刑部之後，其實也不足以給秦家定罪，刑部以為父親要徹查秦家，而秦家看上去又的確罪有應得，於是刑部就又加了一份證據，搜查之時放了黃金和偽造的信件在秦家，同羅倦的口供一起，成為完整的證據線索。等父親拿到秦家的案子時，已經是鐵證如山。」

「而上官大人又覺得，陛下此次太過，應當給陛下警告，於是決定把這個大案辦下去，也沒有嚴加審查。事情走到這個地步，誰都不敢出來擔責任，便一直沉默。等我開始查，他們就想著拚命掩蓋罪責，而上官大人也覺得，我是受人利用蒙蔽，是不是？」

「殿下，」上官旭恭敬道，「事已至此，老臣不想狡辯什麼，老臣只是希望殿下收手，不要再僵持下去。」

上官旭抬起頭來，看向李蓉，認真道：「殿下的摺子，老臣看到了，也明白殿下的決心。可殿下想清楚，如果殿下執意查下去，毀的是上官家的根基。上官家，是殿下和太子的根基。」

「根基？」李蓉輕笑：「舅舅，一群你根本管不住、要給你找麻煩的人，也能叫根基？」

上官旭動作僵了僵，李蓉放下茶杯，平和道：「舅舅自己難道不覺得嗎，如今您就是他們的盾，要為他們遮風擋雨，他們明著將您當作長官，暗地裡卻為虎作倀。秦家的案子裡，就算最開始送上行軍日誌的人不知道這對秦家意味著什麼，偽造證據的人還不知嗎？」

李蓉和上官旭說話的時候，荀川從外面急急趕了進來，她一入府，侍從就迎了上去：「大人。」

「殿下回來了嗎？」

荀川喘著粗氣，面上很急，侍從恭敬道：「回來了，大人是有什麼急事嗎？」

「我聽說秦家的案子移交刑部了。」荀川說著，往前道：「我要求殿下，這個案子不能移交刑部。」

話音剛落，兩人來到院子裡，就聽見李蓉的高吼：「他們知道，可他們還把假的證據給了您，哪怕秦家滿門都要死了，他們也可以眼睜睜看著！而您呢？」

李蓉用小扇在桌上猛地一砸，喝道：「您哪怕知道了，也無可奈何，只能將事情遮掩藏下去，未來再找個理由修理他們！」

「他們為什麼如此膽大妄為？就是因為知道您會護著他們！所以他們敢誣陷忠烈之臣，敢私吞軍餉，在你看不到的地方，他們什麼不敢？」

上官旭聽著李蓉訓斥，他緩緩直起身來：「那殿下覺得，該如何呢？」

李蓉聽著上官旭的話，沉默不言，上官旭看著她：「殿下可知他們是誰？是族中姻親，我若不護著他們，殿下以為，微臣又算什麼？日後朝堂之上，誰又會幫著老臣呢？」

「若老臣無人可用，不過一個左僕射，太子又怎麼辦？如今肅王虎視眈眈，陛下將蘇容華破格提為肅王的老師，是什麼意思，您還看不明白嗎？殿下一個公主，陛下願意將督查司交給您，您又以為仗著的是什麼呢？」

「不過就是因為您是太子的長姐，您是上官氏的公主罷了！您以為拋開了上官家，妳我算什麼？」上官旭盯著李蓉：「妳我什麼都不是。」

「無論是我，還是公主，」上官旭聲音喑啞，「門閥傾軋之下，都不過螻蟻罷了。」

第七十三章　公道

不過螻蟻罷了。

寒風吹過來，荀川愣愣聽著裡面的話，她呆呆看著裡面挺直了脊梁，和上官旭僵持著的李蓉的背影。

旁邊侍從小聲道：「大人？」

荀川回過神來，他低下頭，似是有些難堪：「我突然想起一些事，你別同殿下說我來過，我走了。」說完之後，荀川便急急走出門去，彷彿從未出現過一般。

李蓉對這人來去渾然不知，她聽著上官旭的話，她看著上官旭，只道：「您是丞相，我是公主。你我有改變規則的能力，只是您不願意。您一心想維持現在的局面，所以您不願意打破這一份平衡，就希望陛下和你們之間一直互相博弈，然後眼睜睜看著上官家一日一日腐爛而不作為。但這可能嗎？」

「大夏自開國，歷經四代君王，建國已近百年，西北有戰事騷擾，內部時有天災，它不是開國的新朝，它容不下你們這麼折騰，但凡一個君主，都容不下這樣一個上官家。你說上官家是川兒的根基，可您看看，如果今日督查司不在我手裡，在柔妃手中，而陛下鐵了心找川兒麻煩的時候，您告訴我，這樣一個上官家，到底是川兒的根基，還是禍害？」

上官旭沉默下去，李蓉深吸一口氣：「本宮從未想過要和上官家互相殘殺，本宮要的，只是一件事。」

上官旭抬起頭來，李蓉將扇子點在桌上，認真道：「本宮要一個乾乾淨淨的上官家，要一個家主不是世家傀儡的上官家，要一個日後不拖川兒後腿、不逾越自己本分的上官家，上官大人聽明白了嗎？」

冷風從大門外捲著枯葉而入，橫穿過兩人中間，好久後，上官旭才道：「殿下說的，老臣明白，可是老臣，力不能及。」

「你不行，那就讓別人來！」李蓉盯著他：「我只問舅舅一句，把上官家徹徹底底握在你手裡，你願不願意？」

上官旭沉默不言，李蓉看向上官雅：「阿雅表妹，妳願意嗎？」

「民女全憑殿下吩咐。」

上官雅恭敬行禮，上官旭看了上官雅一眼，又看了李蓉一眼，片刻後，他苦笑起來：「殿下，老臣有得選嗎？」

李蓉不說話，上官旭緩聲道：「無論老臣怎麼選，殿下清洗上官家，都勢在必行，老臣攔不住殿下，要麼聯合世家廢了殿下，要麼，只能看著殿下對族人動刀。可若廢了殿下，太子和皇后，就會和老臣離心，甚至於我的女兒……」

上官旭頓住，片刻後，他低聲道：「上官家是太子的根基，太子也是上官家的未來和根基，殿下釜底抽薪，用太子逼迫老臣，您並沒有給老臣選擇的機會。日後，殿下做什麼，老臣也不會攔著，」上官旭嘆息著，行禮道，「只是希望殿下，對自家族人，能網開一面，留條性命吧。」

「能不能留性命，不取決於我。」李蓉看著上官旭，平靜道，「取決於上官家自己。督查司不會徇私，如果督查司查不到，那是一回事，查到了，只會按律法辦事。舅舅，您花了半生心血，修訂了《大夏律》，使得大夏有法可依，若《大夏律》落實不下去，您不覺得遺憾嗎？」

上官旭沉默下來，上官雅恭敬道：「殿下放心，上官家不會讓督查司出手的。今日回去之後，民女會內部清查上官家，上官家從華京到幽州，全族自查。雅兒是女兒，」上官雅看向上官旭，「若此次自查順利，日後太子也無後患。若此次自查不順，父親將女兒處理了，也算給族人一個交代，父親還是上官家的家主，哥哥也無甚影響。父親覺得如何？」

上官雅看著上官旭。

她們已經將路都安排好了，如果上官旭不同意，李蓉督查司出手，和上官家就是魚死網破；上官旭同意，上官雅來出手，上官家可能輸、可能贏，但上官旭都有了後路。

只要不是傻子，都會選擇接受上官雅來自查上官家，而同意上官雅自查上官家，也就意味著，同意將一部分上官家的權力，移交到這個未出嫁的少女手裡。

上官旭沉默著，許久後，他突然輕笑一聲，面上帶了幾分苦澀：「不虧上官家的女兒。」上官旭撐著自己起身，頗有些好笑感慨出聲，「權力，當真是寫在妳們骨血之中的。」

「未來都是妳們年輕人的，老臣，當真老了。」說著，他抬手朝著李蓉行禮，疲憊道：

「一切都聽殿下安排，老臣先告退了。」

李蓉應聲起身，想去送上官旭，上官旭擺了擺手：「不勞殿下費心，老臣自行離開就好。殿下如今長大了，有自己的想法和安排，老臣十分欣慰，但有一句話，老臣還是要送給殿下。」

李蓉抬眼看向上官旭，上官旭目光落到裴文宣身上，看了一眼裴文宣，又轉過頭，認真道：「殿下身上，永遠流著上官氏一半的血，可婚姻，卻未必是永遠。殿下過去不沾政事，成婚之後在朝堂之上風頭無雙，殿下，」上官旭勸告，「還是要謹慎啊。」

「舅舅放心，」李蓉應聲，「蓉兒明白。」

上官旭苦笑，也沒再多說，同李蓉告辭之後，便領著上官雅離開。

李蓉和裴文宣一起送著上官旭出門，等上官旭離開了，裴文宣雙手攏在袖中，溫和道：「上官家開始自查，殿下心中也安穩大半了。」

「嗯。」

「朝堂之上，有上官家和裴家的支持，等秦氏案完結之後，秦家必定有重賞，在西北穩定下來。蕭肅在西北沒有根基，以秦臨的本事和秦家在西北的威望，西北的軍權，早晚落入秦臨手中。等明年科舉開考，殿下再安排人手到朝中，到時候殿下，也就後顧無憂了。」

李蓉聽著裴文宣的話，淡淡應了一聲，過了一會兒，她似是想起什麼來，笑道：「方才讓你出去，你死活賴在屋裡做什麼？當我舅舅不夠煩你，還是怕我不瞞著你什麼？」

「倒也不是。」裴文宣聽李蓉問話，全然沒聽出李蓉意有所指，笑了笑道，「我強行留在這裡，上官旭便更以為我是在操控殿下，讓他們都以為是我慫恿的殿下，日後不管什麼時候，他們都會覺得，只要除了我，殿下就不會與他們作對，這樣一來，殿下便安全很多。」

李蓉聽得這話，她不由得挑眉：「你倒也不怕死？」

裴文宣雙手攏在袖中，聲音平和：「寒門子弟往上走，若是怕死，也就不會想著往上爬了。」

「裴文宣。」李蓉聽著他的話，不由得有了幾分疑惑，「你這麼拚命想要擠進這朝堂，是圖個什麼？你就這麼愛權勢嗎？」

「殿下說錯了。」裴文宣搖搖頭，「微臣並不是自己想要擠進來的。上一輩子是沒有辦法，糊裡糊塗當了殿下的駙馬，又糊裡糊塗捲進了朝堂，等後來想再退，便退不了了。」

「那這輩子呢？」

「這輩子，」裴文宣雙手攏在袖中，緩步往前，面上帶了幾分溫和的笑意，「因為去過高處，便知有大好風景，不忍心捨棄了。」

李蓉沒說話，她聽著裴文宣的話，感覺有種難言的平靜，在她心裡彌漫開來。

他們一句話沒說，裴文宣走在她前方，為她靜靜擋著風，裴文宣沒回頭，他知道李蓉跟在他身後。

不遠不近，就在那裡。

李蓉送走上官旭後，荀川自己一個人坐在房間裡。

他有些不知道要做什麼。

求李蓉，李蓉已經做得夠多了，他不能再去麻煩她。

李蓉不欠秦家什麼，她一個公主，能做到這個程度，已經很不容易。

除了求李蓉，他又能做什麼呢？

死了這麼多人，所有證人都被埋在了郊外，秦家無故蒙冤一場，在監獄裡飽受欺辱。

就這麼算了嗎？交給刑部，刑部又能做出什麼處理呢？

他突然有種難言的憎惡湧上來，恨自己無能，恨自己無知，恨自己為什麼不能像上官雅、像李蓉一樣，運籌帷幄，謀算萬千。

他只能在這陰暗之處，躲藏在這裡，看著不公之劍落在他頭頂而無能為力。

他靜靜坐了許久，外面突然傳來了急促的喚聲：「荀大人，秦家人出事了。」

荀川特意叮囑過屬下要專門照看秦家人，荀川聽到這話，便衝出門去，急道：「怎麼了？」

「秦家的小公子和刑部的崔侍郎在大街上起了衝突，您快過去看看。」

荀川聽到這話，便急急趕了出去。他一路駕馬疾行，到了街上時，就看見他明顯是被人打過的小弟，滿地的侍衛，還有站在馬車邊上，神色冷峻的秦臨。

崔書雲躺在地上，低低喘息著，盯著秦臨：「秦臨，你別放肆，毆打朝廷命官，你明日等著。」

秦臨神色冷靜地看著崔書雲，淡道：「好，我等著。」說著，秦臨便帶著自家小弟轉身，只道：「秦雲，走了。」

「你讓我們等著，你等著才是。」秦雲擦了一口嘴邊的血水，他紅了眼眶，「你害死我姐姐，害死了那麼多人，我姐姐在天之靈不會放過你，你等好了！」

「你胡說八道！」崔書雲大喝出聲。

秦臨淡道：「秦雲。」

秦雲扭過頭去，擦了眼淚，跟著秦臨離開。

崔書雲被侍從攙扶起來，他看著秦臨和秦雲的背影，他咬了咬牙，提聲道：「她是自己撞死的！」

秦臨停住步子，崔書雲笑起來：「我可沒動手，她自己撞死在公主府門口，秦家的案子馬上改送刑部，刑部會給秦家一個公道的，秦大人放心。」

秦臨不說話，他捏緊了拳頭，秦雲轉過身又想動手。

秦雲動手之前，荀川先行一步走上前去，一腳踹開了崔書雲，走向秦臨，恭敬道：「秦大人，公主有請。」

崔書雲被人扶起來，他本想讓人動手，聽到「公主」兩個字，崔書雲動作頓了頓，隨後低聲道：「走。」

崔書雲等人走後，秦臨轉頭看向荀川，他靜靜看了荀川很久，恭敬道：「多謝荀大人解圍。」

「小公子沒事吧？」

荀川看向秦雲，秦雲低著頭，啞著聲道：「沒事，謝荀大人關心。」

「天色已晚，」荀川低聲道，「我送兩位公子回去。」

秦臨應了一聲，同荀川一起往秦家的方向走。

雙方一直沒有說話，好久後，秦雲忍不住道：「荀大人，案子真的要移交刑部了嗎？」

「卑職暫且沒有聽到確定消息。」

「你去求一求公主，」秦雲急道，「讓公主去說一說好不好，案子交到刑部，那和放了他們有什麼區別？我姐姐死了，羅叔死了，那麼多人死了，我們秦家在牢裡，叔父挨了這麼多打，受了那麼多罪，就這麼算了嗎？」

「秦雲，」秦臨冷聲開口，「不要找事。」

秦臨看向荀川，平靜道：「殿下是做大事的人，秦家一個案子，對於陛下、殿下這樣的人來說，只是棋局上的一步棋，殿下為秦家能做的已經做了，仁至義盡，荀大人不必再和殿下商議。秦家這個案子，牽扯太多，不可能有結果。哪怕是罰，頂多也只會是奪官流放，而那也已經是公主殿下能為秦家求到的最大懲罰了。」

「這不公平……」秦雲聽著這話，捏起拳頭來，「他們害死了這麼多人，叔父身體本就不好，如今在受盡折磨，在床上病重至此……憑什麼他們能安然無恙？」

荀川不說話，秦臨冷了聲，只道：「就憑他們是世家，陛下都不能動，明白了嗎？」

「這不公平！」

秦雲提了聲，秦臨冷眼看過去，「這世間有什麼公平？公平是你叫嚷就能叫出來的嗎？多大的人了，一點分寸都沒有，滾回去！」

秦雲被秦臨一頓怒罵，終於禁了聲，紅著眼不說話。

荀川送秦臨和秦雲到了秦府，秦臨讓秦雲先進去，他朝著荀川行禮：「就送到這裡吧，荀大人慢走。」

荀川靜靜看著秦臨，沒了片刻，秦家突然鬧了起來，秦雲跑回來，急道：「大哥，叔父他又咳血了，您快過去看看……」

秦臨臉色一變，他忙道：「荀大人，我先進去，就不奉陪了。」

荀川點了點頭，看秦臨和秦雲急急回府。

他站在門口，看著已經熟悉了多年的秦家府邸，看著雪花從天上緩慢降下來。

他突然覺得，他其實已經沒有歸處。

天下欠秦家一份公道，世間不給，他自己給。

第七十四章　還魂

處理完上官家的事，李蓉便放心不少。上官家不插手，她只要硬逼著李明，李明將案子交回她的可能性，便極大了。

她和裴文宣難得早早睡下，那天晚上下了初冬第一場大雪。

李蓉在半夜被人驚醒，敲門的人似乎十分驚慌，甚至帶了幾分惶恐道：「殿下，不好了。」

李蓉驟然睜眼，裴文宣抬手按住她，怕她起身冷著，揚聲道：「進來說話。」說著，裴文宣披了衣服起身，取了李蓉衣服給她。

靜梅推了門進來，顫抖著道：「殿下，有人……有人……」

「殿下，」靜蘭從門外走進來，恭敬道，「今晚傳來的消息，今夜路上，有人看見秦真真借屍還魂，殺了崔書雲。」

李蓉猛地抬頭，提高了聲音道：「妳說什麼？秦真真？」

「是。」靜蘭答得冷靜，「駕車車夫說，當時他載著崔書雲回府，路上有一個女人攔住了路，那個女人頭上有血，然後叫了崔書雲的名字，崔書雲出來以後，大驚失色，叫她秦真真。」

崔書雲是刑部查辦秦家案的人，秦家人他幾乎都識得。

李蓉快速穿上衣服，急道：「然後呢？」

「秦真真說她來索命，旁邊侍衛都嚇跑了，就留下車夫嚇得沒敢動，就看著秦真真上前來把人殺了。」

「除了崔書雲，還有人死嗎？」

「御史臺溫平、兵部郎中王希，都死了。溫平死在青樓裡，王希死在自己家裡，據說王希和那鬼魂纏鬥許久，最後死了。」

「王希死的時候有看到的人嗎？秦真真是個死人還是活人？」

李蓉和裴文宣一起急急往外走去，靜蘭跟隨在邊上，靜蘭搖了搖頭，低聲道：「不知道，目前還沒有更多消息。殿下，如今該怎麼辦？」

聽到這話，李蓉頓住步子。

「秦真真死而復生，刑部很快就會追到這裡來。」

秦真真撞死在公主府門口，最後給她下葬的是李蓉。如今她活了，蒙著再多的鬼神之說，肯定都會找到李蓉這邊。

李蓉沉吟片刻，隨後猛地反應過來，睜大了眼道：「快！備馬！去墓地！」

說完，李蓉便衝了出去，裴文宣愣了愣，急道：「跟上。」

裴文宣追著李蓉衝出去，李蓉一邊跑一邊同緊跟著她的靜梅道：「妳去找些人，把今晚的事說出去，說玄乎一點，就說冤魂索命，有很多人看到了，秦真真頭上破了個大洞，身上有傷口，根本不可能是活人，有多玄乎說多玄乎。」

「是。」

靜梅得了話，知道不是真的鬼魂顯世，她也鎮定了很多。

她趕忙回去安排，靜梅吩咐人備好馬，李蓉跑出府邸，便俐落翻身上馬，裴文宣緊跟在後面，披上斗篷領著人，就朝著郊外一路狂奔出去。

「去清道。」裴文宣吩咐了周邊人：「別讓人盯著。」

侍從得了裴文宣的話，點了點頭，便駕馬散開。

大雪堆積在路上，等出了城之後，路就越發難走起來。

裴文宣緊跟在李蓉身後，大聲道：「去墓地做什麼？」

「找荀川！」李蓉回出聲來，「他不是會惹麻煩的人！」

以荀川的脾氣，真的要殺崔書雲等人，為什麼不採取暗殺的方式，反而堂而皇之在大街之上，露出自己的容貌，去殺一個朝廷大臣？

因為她要他們所有人知道，殺人的是秦真真。

可既然大家知道殺人的是秦真真，難免就會找到李蓉，找到李蓉，必然就要開棺驗屍，

看看那棺材裡面，到底是不是秦真真。

所以秦真真將李蓉洗脫最容易的辦法，就是自己躺在棺材裡去。

開棺驗屍之後，她躺在棺材裡，所有看著，哪怕是一具新屍體，也可以說成是冤魂怨氣未散，用鬼神之說遮掩。

無論如何，殺人的人已經死了，到底是死而復生殺人，還是假死報仇，也就都不重要了。這個案子畢竟是秦家蒙冤，如今涉案的人死了，殺人的人死了，再查下去，也拿李蓉沒什麼辦法。

裴文宣被李蓉一點，立刻想明白其中關聯，兩人趕到秦真真的墓地。她的墓地在半山上，馬上不去，裴文宣就扶著李蓉，跟著李蓉踩著積雪一路爬了上去。

等爬到墓地，遠遠就看見一個人在秦真真墓地邊上，似乎正在撬棺材。

李蓉衝上去，大喊了一聲：「荀川！」

滿身是血的人聽到李蓉這一聲喚，她喘息著，艱難抬起頭來。

李蓉在夜色裡震驚看著那個身上帶血的人，她身後的侍衛都有些害怕，不敢上前，裴文宣扶著李蓉，李蓉一把推開裴文宣，衝上前去，看著秦真真道：「妳這是做什麼？」

「我給殿下惹了麻煩，我為殿下解決。」秦真真手握著劍，單膝跪到李蓉身前，低聲道，「還望殿下見諒。」

「解決？」李蓉氣笑了：「妳怎麼解決？自己往棺材裡一躺，就當自己死了是嗎！」

「真真殺了朝廷命官，若今日不死，必將追查到殿下。待會兒真真自入棺中，還望殿下幫忙封棺。」

李蓉不說話，她盯著面前的姑娘。

「妳當著我的面去死，」李蓉捏起拳頭，「妳將本宮置於何地？」

「妳是本宮督查司左使，妳的生死還輪不到妳自己做主！」

李蓉大喝出聲，秦真真愣了愣，她抬起頭來，看著面前的李蓉。

李蓉深吸了一口氣，轉頭道：「之前的女屍呢？」

「殿下，」秦真真皺起眉頭，「驗屍官會驗出來的。」

「先埋回去。」李蓉沒有理會她，掃了一眼不遠處還躺在地上的女屍，又轉頭看向裴文宣：「如今刑部有多少驗屍官？」

「十五位。」裴文宣說著，走到棺材邊上，低聲道，「這事不必費心，微臣來安排。」

李蓉應了聲，她轉頭去，看了一眼全身是血的秦真真，沉默許久，只道：「回去吧。」

「殿下，」秦真真牙，「不值得的。」

「我不看值不值得，」李蓉冷著聲，「妳不該死，就不能死。」說完，李蓉轉過身去，冷聲道：「趕緊處理完，走吧。」

「殿下！」秦真真站起身來，大聲道，「我本就該死了！您是公主，是執棋人，您步步維艱、如履薄冰，不能再因我有什麼把柄了。」

李蓉不說話，她靜靜站著，秦真真看著李蓉背影，低聲道：「您該權衡利弊的，秦家本來也只是您建立督查司、收復上官家的一步棋而已，您為何這麼執著呢？」

「那妳又為什麼要執著去死呢！」李蓉扭過頭去，她盯著秦真真：「我都把妳當棋子，為什麼妳還要為我著想呢？」

「因為殿下救我，我不能忘恩負義。」秦真真冷靜看著李蓉：「無論殿下出於什麼目的，殿下救了我，救了秦家，這是事實。」

說。」

李蓉不說話，旁邊侍衛埋好了屍體，裴文宣低聲道：「先走吧，別在這裡吵，我同她

李蓉聽了裴文宣的話，深吸了一口氣，她扭過頭去，往山下走去。

裴文宣站在秦真真面前，他雙手攏在袖中，緩聲道：「殿下不是執棋人，妳也不是一顆棋子。荀川，妳死了，殿下會傷心的。」

秦真真微微一愣，裴文宣輕輕一笑：「她心腸軟得很。」

說完之後，裴文宣招呼了人上來扶秦真真。

李蓉冷著臉走在前面，雪地雪深，她踩在來時路上，走得歪歪扭扭。

裴文宣大步追到她身後來，在她即將摔到時候，一把扶住她。

李蓉將他手甩開，冷聲道：「不必你扶。」

裴文宣笑起來，他走到前面去，半蹲下身來：「那我背殿下吧。」

「我腳斷了嗎？需要你背？」

「我想背殿下，」裴文宣半蹲著身子，「求殿下賞臉，行不行？」

李蓉聽著這話，臉色好了一些，裴文宣催促道：「快啊，不然妳鞋都濕了。」

李蓉聽到這話，終於才不甘不願爬上裴文宣的背。

裴文宣背著她，同其他人一起下山，李蓉靠在他的背上，一時就有些難過。

「方才荀川說的話，您別放在心上。」他平和道：「您不會把誰當棋子，我知道。」

「我沒在意這個。」李蓉低聲道，「我就是覺得生氣。」

裴文宣不說話，李蓉趴在他的背上，垂著眼眸：「覺得自己無能。其實我知道，就算案子交到我手裡，我也不可能給秦家一個公道。為什麼一份公道，這麼難？」

裴文宣聽著李蓉的話，他沒有出聲，李蓉雙手環住他，低啞著聲：「我覺得很噁心，我自己噁心，大家都噁心。每個人都沒那麼壞，可每個人都做了很壞的事。殺不了，又不能留。」

「這並不是人壞。」裴文宣聲音平和，「而是，淤泥裡養不活錦鯉。一個制度若無法限制權力，再好的人，也容易作惡。」

「殿下，」裴文宣笑起來，「您已經，很好、很好了。」

李蓉沒說話，她環著裴文宣，裴文宣背著她走在雪地裡。

「上一世我辦過很多寒族貪腐的案子。」李蓉低啞出聲，「我都沒有這麼難過過。」

「我沒有覺得無能，也沒有覺得進退兩難，為什麼這輩子，我覺得這麼難？」

裴文宣沒說話，他明白李蓉的意思。

上一世有李明、李川、他去承擔李蓉如今做的這件事，李蓉目之所及，都是盛世。

「殿下，」裴文宣緩聲開口，「人最難的，從不是面對敵人，而是面對自己。殿下如今在做的是追根溯源，過程或許會很痛苦，但是，總不至於像上一世一樣，糊裡糊塗過一輩子。而且，殿下也不用擔心。」裴文宣笑起來：「這一次，殿下不是一個人在走，我陪著殿下。」

李蓉沒說話，她靠著裴文宣。

那一刻，她突然有點貪戀裴文宣這個人給她的溫柔。

她趴在裴文宣背上，她覺得自己彷彿有了一種無聲的依靠。

裴文宣背著她走下山去，他和李蓉同乘，將馬留給秦真真，一行人帶著秦真真回去。

秦真真他們沒有帶入府邸，李蓉將上官雅叫了出來，直接把秦真真塞給了她。

上官雅讓秦真真化了個妝，便跟著自己回了上官府。

處理完秦真真後，李蓉和裴文宣一起回府。

兩人剛到府邸，靜蘭便上前道：「殿下，東宮那邊來了消息問秦小姐這件事的情況，問需不需買通驗屍官。」

「告訴東宮，棺材裡的不是秦真真，讓他們找驗屍官想辦法。」

李蓉揮了揮手，便讓靜蘭下去回稟。

靜蘭下去之後，李蓉有些頭疼回到屋裡，坐到小榻上，抬手搗著額頭。

裴文宣笑著進屋來，脫了外衣，又洗過手，輕聲道：「鬧了半天，殿下其實也沒法子了？」

「那屍體不是秦真真，之前我找了一具相似的放在裡面，還特意偽裝過，秦真真少一顆牙，我就敲掉了一顆，所有骨骼都照著秦真真的對過，就怕後面有人開棺掘墓。」

「那殿下如今擔心什麼呢？」

裴文宣坐到李蓉邊上，李蓉搖搖頭，「這個法子應付一下普通驗屍官還行，若是宮裡要嚴查，少不了滴血驗屍，到時候秦臨一來，當面滴血驗屍，怕是跑不掉。」

裴文宣聽著，笑著抿茶不說話。

李蓉緩了一會兒，抬眼看他，皺起眉頭：「你笑什麼？看我笑話是不是？」

「殿下誤會，微臣哪裡敢？」裴文宣說著，抬起手來，將手心朝上翻過來，送到李蓉面前。

李蓉皺起眉頭：「你這是做什麼？」

「殿下看到上面的傷口了嗎？」

「不心疼。」李蓉揮了揮手，「這時候別鬧了。」

「不是。」裴文宣哭笑不得，「我是想告訴妳，妳說的滴血驗屍我方才試了一下。」

李蓉回過頭，有些詫異：「試了一下？」

「對，我把血滴到屍骨試了試，」裴文宣認真道，「融進去了。」

李蓉睜大了眼：「那人是你失散在外的妹妹？」

裴文宣：「……」

「不是。」裴文宣見說不通，直接道，「妳從來沒懷疑過滴血認親這件事……可能不合理嗎？」

第七十五章 驗屍

李蓉愣了，片刻後，她小心翼翼道：「你的意思是……它不準？」

「完全不準。」裴文宣直接道，「我試過，只要是成了骸骨的骨頭，妳隨便滴，都能融。」

「你確定？」

「妳記不記得上一世，有一個鬼船案。」

裴文宣開口，李蓉想了想，點頭道：「記得，有這個印象。說是有一艘船停靠在岸邊，上面全是白骨屍體。說是鬼魂尋親，自己回來的。」

「當時我正巧在沿海巡查，聽聞這個案子，就過去看了。那艘船是之前鎮裡開出去的，後來消失了，多年後回來，上面的人都成了白骨，親屬紛紛趕過來認親，就只能靠滴血的法子，結果在場隨便一滴，血就能進去，我去瞧著，就覺得不對，我也隨便一滴，發現也認了個親戚。」裴文宣笑起來：「所以後來我就不信這個了。方才我為求放心，自己再驗了一次，妳放心，秦臨來滴，這血肯定能進去。」

李蓉聽到這話，放下心來，她想了想，突然想起來：「我說你哪兒學這麼多奇奇怪怪的東西啊？之前那個雞蛋……」

裴文宣聽李蓉的話，撐著頭笑：「殿下是不是對微臣崇拜有加？」

「算了吧。」李蓉立刻改口，「邪門歪道，你可別說出去，我怕有人驚動了陛下，請個國師，給你一把火當妖孽燒了。」

李蓉說著話，起身去洗手，手還沒洗完，靜蘭就走了進來，平穩道：「殿下，刑部的人來了。」

李蓉點了點頭，倒也不覺得奇怪。

裴文宣站起來，平穩道：「殿下休息吧，我去就是了。」

李蓉應了一聲，裴文宣領著人便出去了。

等裴文宣出去後，靜蘭走上前來，頗有些擔心道：「殿下，東宮那邊還沒回話，萬一他們要驗屍……」

「沒事，別擔心。」李蓉擺了擺手，笑道，「不是大事。」

靜蘭愣了愣，但她見李蓉這麼鎮定，也就不再多說。

裴文宣領著人出去，剛出門外，就看見門外燈火通明，裴文宣一見來人就笑了，抬手道：「喲，蘇侍郎，您又來了？」

「奉命前來。」蘇容卿神色平穩：「還望殿下一見。」

「深更半夜別驚擾了殿下，有什麼話你同我說就是了。」

「駙馬可知秦真真死而復生？」蘇容卿盯著裴文宣，「本官奉命前來，詢問殿下秦真真下葬事宜。」

「死而復生？」裴文宣露出驚詫的表情，「竟然如此奇事？」

「正因太過詭異，所以本官才特意來詢問殿下。」

「這事確實很奇怪，」裴文宣點點頭，隨後抬眼，「可關我們家殿下什麼事？」

「秦真真下葬一事，由殿下一手操辦……」旁邊侍從忍不住開口，裴文宣一聽就笑了。

「所以她到底是死了還是活著呢？」裴文宣看著蘇容卿，問得一本正經，「若她死了，這種事殿下避諱還不及，您怎麼能來如此衝撞殿下？若她還活著，那她可是欺瞞殿下的大罪，蘇侍郎還不把她趕緊抓回來給我們殿下道歉，還在這裡做什麼？」

侍從被裴文宣一陣發問給問懵了，裴文宣揮了揮衣袖，輕笑了一聲：「蘇侍郎，這公主府您不是來第一次了，下次勞煩你們刑部還是換一個人吧。您老是來，我都要覺得您別有所圖了。」

「裴大人，那就算是提供線索，也請讓我們見殿下一面吧？」

旁邊侍從見裴文宣囂張，憋了一肚子氣，裴文宣搖了搖頭，只道：「不見。」

「你們找的是秦真真，勞煩好好找她。找活人上大街，找死人去墳場，若覺得秦真真在公主府，去大理寺申請搜查令，又沒搜查令，還來公主府鬧什麼？」

「滾！」裴文宣一聲大喝，轉身就往回走去，同房門道：「關門。」

說完，裴文宣便徑直回了屋中。

李蓉正在吃著早點，裴文宣進門來，李蓉有些詫異，抬頭道：「這麼快？」

「嗯。」裴文宣保持微笑，「都是些不入流的小角色，我隨便說幾句就走了。殿下吃完了嗎？一會兒準備上朝，摺子寫好了吧？」

一聽寫摺子，李蓉就覺得頭有點疼，她小心翼翼看一眼裴文宣：「那個，裴文宣。」

裴文宣喝著茶，沒說話，假裝沒聽到。

李蓉伸出兩根指頭，拽住裴文宣的袖子，輕輕搖了搖：「裴哥哥？」

裴文宣聽到這聲哥哥，覺得異常受用，他抬起頭來，笑道：「殿下有何吩咐？」

「我一直聽說，你文采飛揚，摺子一揮既就，現在時間也不早了，秦真真這事得有個說法，你看……」

「殿下的意思，我明白。」裴文宣點頭，抬眼看向李蓉，「但我幫殿下寫摺子，殿下給我什麼好處呢？」

「你想要什麼好處？」

裴文宣笑了笑，將臉湊過去，抬手輕輕敲了敲臉。

「殿下？」裴文宣笑著道：「您再往前面探一寸，一刻鐘內，微臣給您摺子。」

李蓉聽到這話，也笑起來。

「夜還是太短了，駙馬夢沒做夠。」說著，李蓉就抬手輕拍在裴文宣臉上，一小巴掌一小巴掌輕拍著道，「多睡會兒，啊？」

李蓉說完，冷哼了一聲，自己起身去了書桌前。

自己寫就自己寫，她怕什麼？

李蓉自己在書桌上奮鬥了一會兒，裴文宣就喝茶吃早點，拿了本書，看看寫寫。

等裴文宣早點吃完，也到了上朝時間，李蓉的摺子還沒寫完，她只能硬著頭皮搬到馬車上繼續寫。

寫摺子這件事，講究用詞用句，李蓉一個字、一個字斟酌著，等到了宮裡，也還沒寫完。

李蓉放棄了，自暴自棄抱著寫了大半匆匆收尾的摺子，想著等私下去御書房和李明解釋。反正也沒有其他人看，就這樣吧。

李蓉拿著摺子，裴文宣悠然跟在她身邊，時不時笑著瞧她一眼。

李蓉冷著臉不搭理他，心裡把他罵了一路。

等到了站的位置，裴文宣陪她走上前去，李蓉冷聲道：「駙馬去自己該去的地方吧，我不想和你待著。」

裴文宣笑出聲來：「殿下氣性真大。」

李蓉目不斜視看著前方，不理他。

裴文宣笑了片刻，從袖子裡掏出一張摺子來，塞給李蓉。

李蓉抬手打掉，冷聲道：「別亂給我塞東西。」

「不要啊？」裴文宣抬手揚了揚手裡的摺子：「確定不要啊？」

李蓉看著裴文宣的樣子，抬手一把拽走摺子，低聲道：「趕緊走。」

「拿了我的摺子，可就欠了我了。」裴文宣轉身輕笑：「殿下，我先記帳了。」說著，也不給李蓉回他的機會，裴文宣便手持笏板自己回了自己的位置。

他在朝中是個脾氣好的，一路回去，都和人笑著打著招呼。

今日朝堂上大家面色各異，畢竟冤魂殺人這件事，太過嚇人。不信的人有，但信的人更多。

裴文宣一回到位置上，大家就湧上來問這件事，而李蓉則獨自站在一邊，根本沒人敢上前去詢問這件事。

等到朝堂之上，李明開口詢問今日事宜，不用李蓉出面，立刻有許多官員開始參奏秦真真殺人一事。

李明聽到這話，緊皺著眉頭：「如此玄事……眾位愛卿覺得，要如何辦呢？」說著，李明遲疑著道：「不如讓護國寺的法師到秦真真面前誦經三月，以消怨念，如何？」

這話出來，眾人面面相覷，讓和尚來誦經把這案子推過去，明顯是李明要將這個案子遮掩過去。

謝蘭清走上前來，恭敬道：「陛下，子不語怪力亂神，秦真真死而復生之事，還需詳查。當初秦小姐裝棺，乃平樂殿下一手操持，人到底是死是活，也就殿下知道。老臣以為，此事應當嚴查。」

李明聽到這話，他緩了片刻，轉頭看向李蓉：「平樂，妳覺得呢？」

「謝尚書這麼說，不查，兒臣豈不是平白添了一盆汙水？要知道秦真真是生是死很簡單，開了棺驗屍不就可以了嗎？」

「既然殿下贊成，那再好不過。」謝蘭清冷靜道：「不如我們此刻就動身，刑部已備好驗屍官，群臣監督之下，看看這棺中人到底是誰。」

「等等……」

李川急促開口，李蓉不等李川出聲，揚聲道，「好呀，父皇，」李蓉看向李明，「您覺得如何？」

李明見李蓉信誓旦旦，他猶豫片刻，點頭道：「你們去吧，朕在這裡等結果。」

李蓉行了禮，隨後走向謝尚書，抬手道：「謝尚書請。」

「殿下請。」

謝蘭清說完，便領著群臣一起朝外走去，裴文宣等著李蓉，李蓉和裴文宣孤孤單單兩個人往外走去。

李川領了人上前來，走在李蓉身邊，有些焦急道：「姐，刑部把驗屍官都扣死了，我沒找到人，這下完了。」

李蓉拍了拍李川的手，淡定道：「沒事，我有數。」

「妳別亂來啊。」李川急道，「這麼多人看著呢。」

「太子殿下放心吧。」裴文宣笑起來，「公主心裡有譜。」

李川聽裴文宣也這麼說，狐疑看了兩人一眼，終於放下幾分心來。

李蓉面上不虛，同裴文宣一起上了馬車，群臣浩浩蕩蕩往郊區趕。

眾人趕上郊區，到了秦真真的墓地，謝蘭清令人上前，直接道：「挖。」

挖墳之人一鏟子下去，便覺土有些鬆軟，他們立刻道：「謝尚書，這墳有人動過。」

謝蘭清面色不變，只道：「繼續。」

李蓉笑著轉著扇子，李川心裡跳得飛快，沒了一會兒，墳就挖開來，眾人當著群臣的面開了棺，一股屍體的臭味傳出來，大多數人都退了一步。

裴文宣將染了熏香的方帕輕捣在李蓉鼻尖，李蓉接過方帕，看了他一眼：「你怎麼什麼都有？」

「知道要來，早做了準備。」裴文宣低聲開口，李蓉點了點頭。

謝蘭清讓驗屍官上前去，圍著屍體轉了一圈，而後驗屍官戴上特製的手套，當著眾人的面一一檢查過屍體的骨骼。

等檢查完後，驗屍官恭敬道：「謝大人，這具屍骨和秦小姐的特徵基本一致，應當是秦小姐。」

「特徵可以作假，」謝蘭清冷靜道，「再驗。」

驗屍官遲疑了片刻，看向旁邊人群中站著的秦臨：「再驗的話，可能就要秦小姐的血親配合。」說著，驗屍官朝著秦臨行了一禮：「不知秦大人，可否上前借一滴血？」

第七十六章 告別

所有人看向秦臨，秦臨猶豫片刻，李蓉便出聲道：「秦大人節哀，還是來看望一下令妹吧。」

「節哀」二字，便代表著李蓉肯定了秦真真的身分，秦臨頓了頓，終於還是走上前去。

秦真真的這具屍體已經幾乎是乾屍模樣，看不出面貌，有些骨頭變成了白骨，驗屍官將秦臨的手上扎了針，而後取血滴到屍體裸露的白骨處。

所有人屏住呼吸，就看那血緩緩浸入屍骨之中，驗屍官觀察片刻後，他回過身來，朝著謝蘭清道：「謝大人，此具屍身，必為秦小姐無疑了。」

聽到這話，謝蘭清露出震驚神色來：「怎麼可能！」

謝蘭清上前，旁邊人忙攔著謝蘭清道：「大人，此乃不詳，勿太近了。」

謝蘭清盯著屍身，過了片刻後，他指向屍身道：「她死不過一個多月，就已經成這樣的乾屍，這合理嗎？」

「大人，一般人下葬之後，三到七天開始腐爛，一到兩個月便會成為乾屍，氣溫低的時候會慢一些，如果沒有掩埋在土中，還放在外界停留，則會快一些，除此之外，男女、體質不同，屍體腐化的速度也就不同。這位姑娘下葬簡陋，並未有正常的防止腐爛處理，棺材也並未封死，如果之前還在外界停留過時日，那她如今這個樣子，也不奇怪。」

謝蘭清聽著驗屍官的話，面上還是有些不可思議，李蓉輕笑一聲：「謝大人在怕什麼？平日不做虧心事，半夜不怕鬼敲門，就算這秦真真化身厲鬼，謝大人若是沒有做過對不起她的事，又有什麼好怕？」

「我怕什麼？」謝蘭清冷聲回頭，「殿下休得胡言亂語。老臣只是怕有人借鬼神之說，禍亂朝綱，違紀亂法。」

「謝大人一片苦心，的確值得稱讚，」李蓉抬手鼓掌，「那如今，驗也驗過了，謝大人還有什麼疑惑嗎？」

「這……」謝蘭清看著屍體，緊皺著眉頭，「這怎麼可能呢？」

「謝大人，這世上，有許多事，人不得不信。秦小姐枉死，如今也不過是報仇雪恨，相信秦小姐冤魂已慰，我們還是不要驚擾她，讓她入土為安，得個安息吧。」

「謝大人，」有些膽子小的朝臣忍不住出聲道，「還是讓秦小姐安息吧，算了吧。」

謝蘭清抬頭想要罵人，看過去，卻發現竟然是崔書雲的哥哥崔書雪。

謝蘭清一口氣憋在心口，旁人都勸著謝蘭清，李蓉笑著看著謝蘭清被所有人說著，謝蘭清終於忍無可忍，轉頭道：「裝棺吧。」

說完之後，謝蘭清便領著人回去。

這回去的路上就熱鬧了，朝臣議論紛紛，都揣測著這還魂之事的真假。

李川走到李蓉邊上來，他緊皺著眉頭，小聲道：「阿姐，秦真真她……」

李蓉抬眼看他，笑了笑：「改日來我府上喝杯酒吧。」

說著，李蓉就從李川身邊走過去，裴文宣同她並肩走著，低聲道：「我說的沒錯吧？」

「要是錯了，我就宰了你。」李蓉嘴唇囁動，輕語出聲。

官員回到朝堂之後，給李明報告了結果。

李明正在柔妃處聽曲子，得了結果，也有幾分驚疑，但他是不信鬼神的，想了想後，無論如何，這件事涉及了李蓉，他也不適合再查下去了。

柔妃在旁邊聽著這事，李明見她不說話，轉過頭去：「聽了半天，愛妃什麼感想？」

「就覺得這事令人驚奇。」柔妃笑了笑：「一個死了的人借屍還魂殺人，還在這皇城之中，也……太匪夷所思了。」說著，柔妃坐到李明腿上，靠在李明胸口，有些害怕道：「陛下，這冤魂，不會到宮裡來吧？」

「哪兒有什麼冤魂。」李明笑起來，「若這世上當真有鬼，這宮裡，怕是鬼最多的地方。」

「陛下的意思是，不是鬼？」

柔妃抬眼看向李明，李明將摺子往旁邊一放，摟著她，慢慢道：「沒有人變的鬼，只有裝鬼的人。」

「那……」柔妃有些疑惑，「陛下為何不查呢？」

「查？」李明嗤笑，「朕查這隻鬼有什麼意思？她殺那幾個人，本就該死。要不是他們家那些長輩拿了建督查司的事要脅朕，這鬼不找他們的麻煩，朕也饒不了他們！」

柔妃靠著李明，她想了一會兒後，慢慢道：「陛下，督查司，就交給平樂殿下了？」

「不然呢？」李明看她，冷聲道，「愛妃覺得交給誰合適？」

「陛下不要生氣。」柔妃知道李明是多心了，便嘆了口氣，「陛下對臣妾的心，臣妾心裡清楚，不會為了爭寵這些故意鬧事，只是臣妾擔心著，督查司是為了監督世家而存在的，殿下畢竟是上官氏出身的公主……」

柔妃遲疑著，沒有說下去，李明卻聽了出來，他緩聲道：「朕知道妳的擔心，不過如今沒有比她更合適當督查司主的人了。妳說我要讓華樂去、讓妳去，妳們穩得住這個位置嗎？」

李明說著，冷笑出聲來：「怕早就給這些老狼吃得骨頭渣都不剩。平樂如今和他們鬥，那是內鬥，咱們就觀望著就是了。平樂要是對世家手軟，朕就把她的權力收回來。要是她一直好好辦事……」李明想了想，嘆了口氣：「她畢竟也是我女兒，是李家的子孫，既然向著朕，朕也不會虧待她。」

「陛下說得是。」柔妃笑了笑，她想了想，「不過，督查司權大勢大，陛下還要多留個心眼兒。」

「行了。」李明笑起來，「這些事啊，妳不用操心，朕心裡有數。」

「臣妾也是擔心陛下。」柔妃抬手攬住李明：「陛下畢竟是臣妾的夫君，臣妾一輩子都仰仗著陛下呢。」

李明聽著柔妃這樣說，心上也軟了幾分，他抱著柔妃，嘆息道：「妳放心，朕在一日，就會護著你們母子一日。」

柔妃輕聲應是，沒有多說；李明攬著她，心裡想著事。

等回去的時候，李明走在御花園裡，福來跟著他，李明想了許久，緩聲道：「你說平樂的摺子，被人給扣了？」

「是。」福來低聲道，「摺子如今取來了，陛下要看嗎？」

李明應了一聲，從福來手中拿了摺子。他看了一眼，隨後笑出聲來：「其他不好好學，同那些老東西一樣學著威脅朕。罷了，人都死了，她要管就拿去吧。擬旨吧，軍餉案和秦氏案都歸督查司管，督查司正式建制，督查司司主為平樂，另外配一個督查副司主。」

福來聽到這話，有些疑惑：「督查副司主？」

「柔妃說得也對。」李明將手背在身後，緩聲道，「這麼大的權力給到平樂手裡，總得有個制衡她的人。你覺得蘇容華怎麼樣？」

「蘇大公子？」福來想了想，笑起來：「蘇大公子是肅王的老師，又是世家子弟，必然會盯緊殿下。」

「他看著不著調，其實是個心裡清楚的。」李明抬手道，「就這樣吧，讓中書省啟旨，平樂自己挑個日子，把督查司正式建起來。」

「是。」福來應了聲，過了一會兒後，他恭敬道：「陛下，殿下這些該封的都封了，您慣來最看好駙馬，怎麼不提他一句呢？」

「裴文宣啊，」李明笑起來，「他的賞賜多大，就看平樂能咬下來的肉，有多大了。」

福來愣了愣，等明白過來後，他跟著李明走在長廊裡，笑道：「陛下對駙馬，果然恩寵有加。」

「刀是很容易斷的，」李明看著大雪覆蓋的園景，緩聲道，「多點寶石點綴，也是應該。」

李明的旨意由中書省啟旨，門下省審核過後，便送到了李蓉手裡。

李蓉領著人在公主府上接了旨，她正式建立督查司，接受秦氏案、軍餉案的消息便傳了出去。

這消息飛奔在整個皇城，百姓津津樂道，畢竟有了女鬼還魂索命的故事在，一切都變得玄妙起來。

李蓉在民間的聲望空前高漲，一個為民請命的公主，為了忠良平反，從此成為懸在世家頭頂的督查司司主的女子，一樁死而復生的奇案，生來便帶了幾分傳奇色彩。

李蓉一鼓作氣，讓欽天監給她選了一個吉日，在明盛校場舉辦了督查司的建司大典。

那日風和日麗，李蓉早早起來，侍女侍奉她穿上火紅繡牡丹禮服，頂了金色華冠，裴文宣也穿上官服，笑著看著她盛裝打扮。

等她打扮好後，裴文宣微微躬身，抬起手來，笑道：「公主請。」

李蓉看了他一眼，忍不住笑了：「裴文宣，你這個樣子，可真像個狗腿子。」

「能做殿下的狗腿子，」裴文宣笑起來，「也是下官的榮幸。」

「裴文宣，我可算是知道，為什麼君王都喜歡你了。」

李蓉將手搭在裴文宣的手上，裴文宣扶著她走出門去，李蓉看著近日難得的晴日：「若是權勢就能讓人卑躬屈膝至此，那可真是讓人喜愛的東西。」

「殿下說錯了一點，」裴文宣跟在她身邊，「微臣可不是對誰都願意彎腰的。」

「哦？」

裴文宣笑了笑：「殿下是特別的。」

李蓉頓了頓，而後低頭一笑，假作什麼都不知道，將目光挪移開去。

兩人上了馬車，從公主府一路行到明盛校場，到了明盛校場之後，所有人都早已等候在那裡。

如今督查司從番號、旗幟、著裝、官署、編制都已經備好，代表李蓉的黑底金色描邊牡丹旗幟插在周邊，李蓉從馬車上下來，由裴文宣一路攙扶著走到高處。

而後裴文宣便退到下方，看李蓉一個人站在高處。

「奉天得詔，承蒙聖恩，今日吾等匯聚於此，建督查之司。守朝政綱紀，護法道倫常。我司之根本，便在於公正二字。」

李蓉抬眼看向周遭，落到那些青年面容之上。今日來看熱鬧的百姓也很多，他們站在校場之外，遙遙看著李蓉，聽著李蓉清亮的聲音響在校場之上。

荀川和蘇容華領頭站在侍衛前列，上官雅和裴文宣站在旁邊，抬頭仰望著日光下的女子。

「無論諸位何等家世門第，於督查司之中，有能者居之。願我等為刀，斬破邪佞；我等為燭，光耀人間。遇不公者還之以公正，遇不平事，鳴之以眾聽。自今日起，督查司始建，劍佑大夏，筆護蒼生。」

說完之後，李蓉廣袖一揚，手執三根貢香，向前鞠了一躬，而後將香插入香爐之中。

荀川和蘇容華領著士兵一起，跪拜下去。

「自今日起，吾等為督查司所遣，全憑司主吩咐。」

「劍佑大夏，筆護蒼生！」

眾人呼聲如浪潮拍打而過，裴文宣仰起頭來，看向陽光下站在高處如鳳凰一般的女子。

上官雅尋著裴文宣的目光看過去，忍不住道：「駙馬不會覺得壓抑嗎？」

「嗯？」裴文宣轉過頭去，有幾分奇怪：「上官小姐指什麼？」

「妻子強勢至此，駙馬不覺得壓力很大嗎？」上官雅笑起來，「我聽說，男人都很害怕這樣的女子，都喜歡女子溫柔如水，當個賢內助最好。而如今看殿下的樣子，」上官雅想了想，「怕是要駙馬當賢內助了。」

「當賢內助又有何妨呢？」裴文宣看著李蓉，目光沒有移開半分。

「駙馬不怕人說您軟骨頭，沒本事嗎？」

「只有沒本事的人，才一定要妻子比自己弱，來彰顯自己的本事。」裴文宣轉頭看向上官雅，輕笑道，「而我只希望，我的妻子，能如她心意活著。」

「她若想要天下，我可以送她。她想要一方安穩，我也可以給她。身為丈夫，我對我妻子寵愛，並非給她一個金絲鳥籠，而是無論她做什麼，」裴文宣轉頭看向李蓉，輕輕一笑，「我都能讓她肆意去做。」

上官雅愣了愣，片刻後，她試探著道：「說得這麼好，話說，你們不是朋友嗎？」

裴文宣得了這話，他僵了僵。

上官雅忍不住笑出聲來：「看來駙馬的朋友之路，還很長啊。」

「這可不一定。」裴文宣神色冷淡，這時候李蓉正在授予荀川官印。他瞧著李蓉，頗有幾分不服氣道，「說不定，就快了呢？」

上官雅壓著笑，也不再激裴文宣。

建司大典結束，李蓉便邀請了督查司主要辦事的人到公主府上吃飯。

荀川被她任命為負責督查司監督地方的巡察使，本來早要啟程，但一來她身上有傷，二來也是為了建司大典，便留了下來。

李蓉擺了幾桌，在院子裡吃得熱熱鬧鬧，蘇容華是個會說話的，領著人在院子裡劃拳喝酒，投壺鬥詩。

裴文宣之前贏過蘇容華一次，蘇容華整晚就揪著裴文宣不放，盯著他一樣一樣比，裴文宣被他吵得腦子疼，便抓了李川和秦臨進來，四個人一番混戰，喝得昏天暗地。

上官雅、李蓉、荀川三個人就擺了個小桌，坐在一邊看這幾個人胡鬧。

上官雅愛說話，先同李蓉說著自己在幽州偷雞摸狗的事，慢慢就說到進華京來，而後她嘆了口氣道：「說來的時候，講真的，我就覺得我完了。殿下，咱們今晚說心裡話，您可別介意啊。」上官雅說著，抬手拍了拍李蓉。

李蓉揮手道：「說說說，我是這麼小氣的人嗎？」

「那我就說了，當時我聽說要當太子妃，我就想，完了啊，這輩子都完了啊。妳看我那姑姑，當皇后一輩子，多可憐啊。妳說要權勢多大有什麼用？我當著上官家的小姐，有什麼是我吃不到、玩不到的？進了宮，賭錢不賭了，喝酒不能喝了，和朋友出門釣魚、爬山、打馬球也不行了，活在裡面幹嘛？看人家磕頭啊？」

「妳說的對，」李蓉喝了口酒，點著頭道，「是這個理。」

「嗯。」荀川也應了聲，「我也覺得，所以那天晚上宮宴，妳嚇死我了。」

「對不住。」上官雅拍了拍荀川的肩膀，「當時沒想到還有人不想當太子妃。」

「妳得想有誰願意當太子妃。」荀川語氣頗為嫌棄。

「那個柔妃的侄女兒，」上官雅打著結巴，「叫誰來著？」

「這不重要。」李蓉揮了揮手，「反正也不能當我弟媳婦兒，我弟多好的人啊。」

「是啊。」上官雅點頭，「多好的人，被太子的位置耽擱了。」

荀川也點頭：「上官小姐說得對。」

三個女人低低說話，上官雅喝得多，早早撐著下巴在一旁打盹，李蓉看了她一眼，親自給荀川倒了酒，兩人碰了杯，李蓉低聲道：「明天就走啦？」

「嗯。」荀川輕聲開口，「就不特意同殿下告別了。」

「行。」李蓉點頭，「也不是什麼大事，就是不知道再見的時候，是什麼日子了。」

「那可能要等殿下大權在握了。」荀川笑起來，「殿下放心，卑職在外，會好好為殿下辦事的。」

「我知道，不過你也要改改性子，別太直。」李蓉和荀川碰杯。

荀川應聲，「殿下放心，我不懂的事，我會謹慎的。」

李蓉沒說話，荀川喝著酒，過了一會兒後，她慢慢道：「殿下，那天雪地裡說的話，我給您道歉。」

李蓉得了這話，她愣了愣，隨後抬眼，笑起來道：「不是什麼大事，你也不必道歉。」

「其實那天，我也只是不給殿下添麻煩，殿下對人好，荀川心裡明白。」

「你說的也沒錯。」李蓉淡道，「我也不是感情用事的人，幫你的確有私心，我也不會不承認。」

「殿下說的這話，我不信。」荀川說著，抬眼看向李蓉，「其實殿下心裡有公道，也不會真的把人當成棋子。所謂爭權奪利，對於殿下，其實更多只是自保，自保之餘，殿下心中還有幾分熱血心腸。我知道，殿下心中有殿下想要的世界，而那也是荀川心中想要的世界。」

李蓉靜靜看著荀川，荀川舉起杯來：「其實，秦真真死了，未必不是一件好事，跟隨殿下這些日子，荀川過得很開心。」

「荀川敬殿下一杯，謝殿下救命之恩。」

李蓉沒說話，看荀川將酒一飲而盡。

而後她又滿上，繼續道：「第二杯酒，謝殿下知遇之恩。遇見殿下，荀川才知，女子天地廣闊，本也有另外一種活法。」

「客氣了。」

荀川將酒喝盡，而後他又滿上，再道：「這第三杯酒，說出來也不怕殿下笑話，第三杯酒是感激能與殿下、阿雅相遇，雖然相交時間不長，但荀川卻將兩位當做朋友。這一杯酒，算作朋友情誼，祝願未來長路漫漫，我等三人，不負此生。」

「這杯我喝。」上官雅本睡著，突然就醒了。

荀川看過去，看上官雅舉了杯子，高興道：「來，喝完這杯酒，我也得走了。」

「你們都喝了，我怎麼能不喝呢？」

李蓉笑起來，她舉了杯子，同另外兩人的杯子輕輕觸碰而過。

杯子輕觸的時候，李蓉心中微漾，這是她上一世從未體會過的感情。

不同於愛情纏綿悱惻，不同於親情濃厚深沉。

說不上來是什麼感覺，但就像這一杯水酒，清爽中帶了幾分甘甜，潤得人通身舒暢。

三個人喝了酒，荀川便起身去，低聲道：「我去找我哥說說話。」

「你哥知道你活著？」

上官雅頗有些好奇，荀川點頭：「嗯。」

說著，荀川便舉了酒杯，朝著秦臨走過去。

「我有些睏了，」李蓉也起了身，「去醒醒酒。」

上官雅點頭，揮手道：「行吧，我也得走了。」

人群各自散去，李蓉回了長廊，她也不知道怎的，趁著酒意，用衣袖一掃臺階，便坐了下去。

這一夜月朗星稀，倒也是個好天氣，李蓉坐了一會兒，裴文宣便尋了過來，他看見李蓉坐在臺階上看著月亮，他輕笑起來：「殿下。」

「啊，」李蓉轉過頭去，看向裴文宣，「外面的人都送走了？」

「送走了。」裴文宣說著，走到李蓉身邊來，溫和道：「地上涼，殿下起來吧。」

「我都摀熱了，」李蓉抬手，拍了拍自己身邊，「你讓我起來，倒不如你坐下。」

裴文宣輕輕一笑，便坦然坐在了李蓉邊上：「殿下在做什麼？」

「荀川今晚走。」

「殿下不去送她嗎？」

裴文宣陪著李蓉，頗有些奇怪，李蓉笑了笑：「送了做什麼？別離易傷悲，這種時候，就不見了。」

「殿下不是矯情人。」裴文宣輕笑。

兩人靜靜坐了一會兒，李蓉看著天上的月亮，她輕聲開口：「裴文宣，我有朋友了。」

裴文宣轉頭看李蓉，李蓉笑起來，她面上有幾分高興：「我有朋友、有家人，這一輩子，我覺得挺高興的。雖然未來也不知道是什麼樣，可現在，我覺得該有的，我都有了。」

「殿下還差一樣東西。」裴文宣溫和出聲，李蓉有些奇怪看他，就見裴文宣轉過頭來，含笑瞧著她，「殿下還缺一個丈夫。」

李蓉沒說話。

他們距離得很近，裴文宣瞧著她的目光，像是一張溫柔的網，它輕輕飄落下來，攏在她周身。

她低頭一笑，轉過頭去。

裴文宣見李蓉不應聲，他倒也不惱，他看著天上的月亮，心裡開始勾勒了一個方案。

凡事都是要有計劃的。

裴文宣心裡琢磨著。

把李蓉推出去的時候，要有計劃。

如今想把李蓉追回來……也得有個具體計劃才行。

裴文宣漫無目的思索著時，上官雅被蘇容華攙扶著往府外走去。

「我沒有醉，」上官雅一臉認真和蘇容華強調，「我走路都還穩穩當當，你看。」

「行行行。」蘇容華看著走路扭來扭去的上官雅，妥協道，「妳沒醉，妳特別清醒，以後少喝行不行？」

「我姐妹要走了，」上官雅抬手比劃，「多大的事啊，我怎麼能不喝呢？」

「妳喝也可以，」蘇容華哭笑不得，「能不能不要拖著我，這麼多人看著呢。」

「你平時不都追我跑嗎？」上官雅皺起眉頭，「這時候你跑什麼呢？」

「我不想跑啊。」蘇容華看了一眼身後跟著的侍衛，「問題妳這麼一個大姑娘，妳拖著我不像話啊。」

「我就要煩你，」上官雅停住腳步，說得認認真真，「我喝了酒，是很煩的。」

「我體會到了。」

「所以我要折磨你，我要讓你名譽掃地，讓你千夫所指，讓你身敗名裂，以後，你就再也不來煩我了。」

蘇容華看上官雅說得認真，他笑得停不下來。

他本來也就是覺得上官雅這人真有樂子，現下竟然也瞧出幾分可愛來。

他看了一眼後面的侍衛，這都是上官家和蘇家的人，他湊上前去，小聲道：「上官小姐，其實有一個辦法，可以讓我馬上名譽掃地。」

上官雅皺起眉頭，蘇容華伸出手：「妳拉著我的手走出去，我就是妳的人了，妳不要我，我的名譽就沒了。」

上官雅聽著，她喝得有些暈，皺眉想了一會兒，竟覺得蘇容華說得有幾分道理，她伸出手握住蘇容華的手，認真道：「行，走吧。」

蘇容華見她真信了，笑得停不下來。

身後的侍衛上前來想勸，蘇容華擺了擺手，搖頭道：「別說出去就是了。」

蘇容華和上官雅拉拉扯扯到了門口，上官家的人上來和蘇容華一起，終於把上官雅送上了馬車。

等上官雅上了馬車，蘇容華回過頭，就看見自家馬車停在邊上，蘇容卿站在旁邊，手裡提了一盞燈，靜靜看著公主府的門口。

蘇容華見到蘇容卿，不免笑了：「你怎麼來了？」

「怕大哥醉了。」蘇容卿笑起來：「所以過來接你。」

「我有分寸。」蘇容華說著，到了馬車邊上，蘇容卿抬手扶著蘇容華上馬車，蘇容華擺手道：「我真沒醉。」

蘇容卿應了一聲，將燈交給下人，自己上了馬車。

上馬車之後，他轉過頭，從馬車裡看著公主府的牌匾，蘇容華喝了口茶，一回頭就看見蘇容卿的目光。

他遲疑了片刻，終究是什麼都沒說。

酒席散去，人各自分散。

荀川和秦臨道別之後，便自己收拾了行李，開門走了出去。

他一開門，就看見一個少年等在門口。

荀川愣了愣，隨後才反應過來，啞聲道：「太子殿下。」

李川看見荀川，一時有些尷尬，他站在門口也不知道說什麼，荀川等了片刻，平靜道：「太子殿下若無事，荀川先行離開。」

「那個……」李川叫住他，忙道，「那個，你今天就走了？」

「嗯。」

「你傷好了吧？」

「好了，多謝殿下掛念。」

「嗯。」李川點著頭，荀川等了片刻，見李川不說話，他抱拳行了個禮，轉身離開。

他走了幾步，李川終於沒有忍住，叫住他道：「秦姑娘！」

荀川頓住步子，李川看著他的背影，抿了抿唇，終於是張了廣袖，微微躬身：「對不起。」

荀川沒有回話，過了片刻後，他恢復了少女清朗的聲調。

他似乎還是九幽山上初見那個姑娘，始終保持著一種拒人於千里外的清冷，低聲道：

「沒關係。」說完之後，他便提步離開。

李川直起身來，他看著姑娘黑衣長劍，踏著月色而去。

那是李川作為太子時最後一次見他。

荀川澈底離開之後，下人來給李蓉報告：「殿下，荀大人走了。」

李蓉終於將目光從月亮上收回來，她撐著自己想要起身，她剛一動，裴文宣就上前來，不動聲色扶住了她。

李蓉抬眼看了裴文宣一眼，聽裴文宣笑道：「走吧。」

說著，裴文宣將手滑下去，握住了李蓉的手。

李蓉審視他，裴文宣假裝沒收到李蓉的目光，拉著她的手，溫和道：「殿下，明日您想吃點什麼？」

李蓉不說話，靜靜由裴文宣拉著，裴文宣心裡慢慢放下心去。

他想好了，追李蓉這事，不能操之過急，還是要分三步走。

首先是習慣，他要逐步讓李蓉習慣他的存在、習慣他的親密。

等李蓉習慣之後，再是稍稍放開，欲擒故縱，讓李蓉反過頭來被他吸引。

等李蓉對他產生感情，他再策劃個大事件，英雄救美，讓李蓉和他真情告白。

裴文宣想得美滋滋，差點笑出聲來，李蓉看了他一眼，覺得他笑得莫名其妙。

相比於裴文宣，李蓉的想法就比較簡單了——只要不談感情，一切都有得談。

第七十七章　夜吻

建司大典之後，督查司開始正式運轉起來。

那個冬天是大夏朝堂震盪最激烈的一個冬天，李蓉從秦氏案入手，連同著軍餉案，風風火火開辦之後，一連查辦了近七十多名官員。

李蓉處理兩個案子時，西北軍權職位的分配也終於有了結果，作為對於秦家的補償，秦風升任為忠武將軍，秦臨為副將，而柔妃的哥哥蕭肅則成為西北大元帥，鎮守陳州，統管西北各軍。

事情推進得急，所有人都忙，李蓉忙著查案、抓人、整理證據；裴文宣就忙著配合著上摺子，同反對李蓉的人打嘴仗，想辦法疏通私下的關係。

朝堂上罵李蓉的摺子鋪天蓋地，裴文宣就以一頂十的罵回去，誰參李蓉他參誰，誰罵李蓉他罵誰，不到年末，他一個人已經比整個御史臺的人加起來一年參奏的人數都要多。

朝堂上舌戰群雄，回來裴文宣就連話都不想說，有時候好不容易休息過後等著李蓉，李蓉回來洗過澡，往床上一倒，他多說兩句，人就睡著了。

沒時間相處，也就什麼都做不了，好在裴文宣也不急，忙總有個結束，而且沒時間做大事，那就從小事入手。

於是裴文宣每日早早起來替她穿了衣服，下午吩咐了人給她送點心甜湯，順便送一封含情脈脈的詩詞，細心關注著她各種生活細節，企圖潤物細無聲的浸潤到她生活裡去。

熬到春節前的時日，事情終於處理得差不多，朝廷上的官員也累了，知道他們再怎麼參奏李蓉，李蓉其實基本上也沒犯過什麼大錯，她鐵了心要辦案，皇帝鐵了心要保，上官家裝死不做聲，太子也勸不住李蓉，除非他們起兵直接推翻了這朝廷，否則都攔不住李蓉抓人。加上新春將至，朝廷的官員也失了耐心，不願意再吵了，於是裴文宣終於清閒了下來，早朝之後，他算著李蓉今天應該有空，特意從官署裡回來，在屋裡等著。

他提前讓人準備了李蓉喜歡的飯菜，頗有情趣親手調了安神香，又好生穿戴了一番。如今到了冬日最冷的時候，但他還是穿了白色單衫，外面著了湛藍色錦緞白梅大氅。他選這套衣服時，童業一個激靈，忍不住提醒道：「公子，今天很冷的。」

裴文宣打整著領口，片刻後，他指了櫃子道：「你拿件厚點的大襖過來。」

裴文宣讓人屋裡炭火燒得旺了些，裹著大襖在屋裡看書，等到了晚飯的時辰，他終於聽外面傳來李蓉歸府的聲音，他把大襖一脫，塞給童業道：「趕緊藏起來。」

童業一臉茫然，就看裴文宣對著鏡子整理了衣服，趕緊起身迎了上去。

裴文宣急急趕向門口，剛走到前院，老遠就聽見李蓉和人說著話：「搶地殺人這種事不能含糊，這是大罪，他爹下不去手，妳從宮裡拿些慢性毒藥，讓人給他餵下去，就當是病重，給他處理了。處理後妳再去找他爹，勸他反正兒子都死了，別再惹是非，上官家裡人私下去給家屬道歉，把銀錢賠了。這樣一來，日後查起來，便說他是內心愧疚不安，自己自殺的，也就追算不過來了。」

李蓉說著，裴文宣就看見她和上官雅一起走了進來。

冬日越發冷了，但李蓉卻沒像旁人一樣穿著厚厚的襖子，她只是衣服看上去稍微厚實一些，外面披了白狐裘衣，整個人看上去毛茸茸的，倒顯出幾分可愛來。

裴文宣笑著在長廊等著她，李蓉還在和上官雅認真說話，兩個姑娘全然沒見到他一般。

上官雅低聲道：「我明白，我會在陛下正式對太子動手之前把上官家清理乾淨。」

「他們聽妳的嗎？」李蓉皺起眉頭。

上官雅笑了笑，「我查案，同時又提拔了一些過去不受重視的庶子幫忙，殿下幫忙舉薦，他們見順著我的就有甜頭，不順我的就得被我找麻煩，目前還算配合。畢竟最多也不過就是請辭，不動人命，就還好。」

「那妳手腳要乾淨一些。」李蓉囑咐了一聲，上官雅點頭。

兩人說著話從裴文宣身邊走過，裴文宣悄無聲息跟了上去，兩人完全沒發現後面多跟了一個人，只繼續討論著正事。

「那些世家的人找妳父親沒？」

「找了。」上官雅笑起來，「怎麼可能不找？他們想找個人勸勸您，聽說宮裡太后都去說了，我提前去太后、皇后那裡打過招呼，太后如今已經閉門不見了，您放心吧。」

「那就好。」李蓉和上官雅說著，她沉吟了片刻：「那他們只有一條路可以走了。」

上官雅點點頭，她心裡明白李蓉的意思，沉聲道：「殿下要多保重。」

「嗯。」李蓉思索著道，「妳也是。」

兩人說著，上官雅坐下來，又把許多事細節說了一遍，等上官雅和李蓉討論完的時候，已經入夜。

上官雅告辭出去，站起身來，才意識到裴文宣站在這裡，她愣了愣，隨後朝著裴文宣笑起來，拱手道：「打攪了、打攪了，駙馬不要見怪。」

裴文宣笑著抬手：「上官小姐慢走。」

上官雅趕緊出了門，李蓉緩了口氣，喝了口茶，有些疲憊抬起頭來，緩聲道：「我聽說你打算升到吏部去？」

「陛下打算今年開恩科。」

裴文宣走到李蓉身後來，抬手放到李蓉額頭上，平和道：「如今妳辦了這麼多人，朝廷人不夠用，陛下打算提前舉行科舉，選一批人來，我如今調到吏部去，剛好能有一批門生。」

大夏選拔人才的方式，一靠門第，二為科舉，明眼人大多清楚，科舉本是皇帝用來壓制世家的手段，但如今歷屆科舉出來的人，大多都是世家子弟，哪怕偶有寒族考出來，也都是放在一些無關痛癢的位置上。

比如說去年的新科狀元崔玉郎，就被放在禮部當一個從五品主事，聽上去好聽，但無關痛癢，也沒什麼實權。所以如今科舉這件事，說重要，朝中有權有勢的大臣根本不甚在意，也懶得去爭這考官位置；說不重要，畢竟是選人撈油水的時候，也會有一些人想來咬一口。

而裴文宣和李蓉都知道，成為科舉的考官，最重要的從來不是當時能夠從寒族子弟手裡撈一筆油水，而是那些從手裡經過，最後流入官場的官員，天生就會和這位考官有一股紐帶，如果這位考官會經營一些，這些人甚至會將考官當做朝堂上的「老師」，同門之間，互相提拔照顧，這就是當年裴文宣大量擁護者的來源之一，裴文宣要去管科舉，李蓉一點都不意外，尤其是在她大量砍出一批空位的時候。

「你直接從御史臺過去，怕是不容易。」李蓉想了想，「如今煩你的人可多著呢。」

「托殿下的福，」裴文宣笑起來，他輕輕按著李蓉的太陽穴，低聲道，「但也不妨事，我已在運作了。」

李蓉應了一聲，裴文宣揉著她的穴位，她聞著裴文宣袖口的熏香，讓她難得有那麼幾分安寧。

她不知道怎麼的，就有些不想思考朝政上的事情，她沒說話，裴文宣打量著她的神色，低聲道：「殿下，一起吃飯吧？」

李蓉點了點頭，裴文宣扶著她起身，而後他的手就順手滑了下去，輕輕握著她。

寒冬讓他手上的溫度給了幾分讓人眷念的感覺，李蓉太過疲倦，也就沒有思考，裴文宣見她不說話、不反抗，不由得有些不安，他斜眼瞟她，小心翼翼打量著她的神色，輕咳出聲道：「殿下，是在臥室裡用飯，還是去飯廳？」

「你定吧。」

李蓉聽他的話，回了神，輕聲開口，裴文宣立刻道：「去臥室吧。」

李蓉見他回得這麼快，不由得有幾分狐疑，她這時候才凝神打量他，她才發現，這大冬天的，裴文宣還穿著這樣單薄，玉冠華衫，彷彿還是盛春之際。

但不得不說，這樣的裴文宣，倒是俊朗得很，拉著她往前的模樣，像極了領著情人踏青的風流公子，脈脈柔情中帶了幾分無聲的少年意氣，若她是個小姑娘，這麼一抬頭，怕就能望一輩子。

李蓉目光落他臉上，由他牽著進了屋，等開了門，李蓉見著裡面布置好的小桌，新歡的寒梅，特意調過的熏香，她心裡便有數了。

她面上不顯，只是用著餘光斜瞟了一本正經的裴文宣一眼，假作什麼都沒注意到一般，進了屋去，緩聲道：「今日好像比往日要冷上幾分。」

裴文宣應了聲，抬手關上大門，進屋道：「的確，我讓人加了炭火，殿下還覺得冷嗎？」

「我是不冷，」李蓉抬眼看他，似笑非笑，「就是見你穿得單薄，你不冷嗎？」

「我身子硬朗，本也不怎麼待在室外，」裴文宣說著，走進屋裡來，坐到李蓉對面，「穿這麼點足夠了。」

李蓉點了點頭，心裡卻已是笑翻了天。

裴文宣是個文臣，他那點能耐，她心裡清楚，但他要逞能，她也不說話，只道：「吃飯吧。」說著，李蓉便抬手落了筷子。

這頓飯菜明顯是花了心思的。過去倒也不覺得，今天李蓉上了心，仔細看了才發現，這飯菜不僅全都是她喜歡吃的，還葷素搭配得當，配合她的習慣，沒有香菜，肉類片薄，多放蔥花。

李蓉瞧著，心裡也不知道是該驚還是該欣慰。

裴文宣和她生活那些年，倒是把她的習慣摸得透透的，這麼瞭解她，要毒殺她倒也真不是一件難事。好在當年他沒這個心思，不然她怕早就一命歸天了。

李蓉想到這些，不由得有些後怕，抬眼看了一眼裴文宣。

那眼神過於複雜，裴文宣心裡有些發毛，他不由得道：「殿下看我做什麼？」

「想勸你多吃點。」

李蓉說著，便開口隨意問了裴文宣些正事，裴文宣一一答了，一面回答，一面不忘詢問李蓉一些瑣事：「殿下，昨日的蜜餞收到了嗎？」

「收到了。」

「味道如何？」

「沒吃到，都被屬下分了。」

裴文宣被這個答案堵了一下，一時覺得入口的紅燒肉都不香了。

於是他忍不住又問：「殿下，我寫的詩您收到了嗎？」

「收到了。」

李蓉想起來他每天寫的酸詩，有些牙酸，裴文宣見她回應，有些期待道：「殿下覺得如何？」

李蓉抬頭看了他一眼，見裴文宣似是打算從此天天給她寫詩，她趕緊道：「少寫這些東西。」李蓉一副長輩口吻認真勸他：「你本有經世大才，總是沉迷這些風雅之道，怕是影響心志，若讓別人看見，還以為你是個詞人，少不了要覺得你只知詩賦，不知政事。你看好好幹事的政客，有幾個寫這些風月之詞的？」

裴文宣被李蓉訓得心塞，他忍不住道：「我也只寫給殿下看。」

「我明白。」李蓉點頭，假裝不懂他的意思，理解道，「你也不敢寫給別人看，我知道你是有分寸的。」

裴文宣無言。

李蓉吃好了飯，放下筷子，平和道：「我去再看幾張摺子消食，你先忙吧。」

說著，李蓉站起身來，往外走去，裴文宣自己坐在飯桌邊上，覺得有些氣惱。

一頓飯吃成這樣，當真是一點情趣都沒有了。

李蓉走了兩步，回過頭來，看見裴文宣還坐在位置上，頗有幾分失落的背影，倒讓李蓉忍不住有幾分憐愛。她不由得笑起來，提醒道：「你還是多穿些吧。」

裴文宣沒說話，李蓉就看他站起來，熟練走到一邊，翻開櫃子，抱出一件厚厚的大襖，熟練往身上一披，面無表情道：「殿下放心吧，冷不著我。」

說著，裴文宣便披著大襖子又回到飯桌邊上，舉了筷子就開始吃飯。

李蓉看他如此熟練披著襖子的樣子，倒大約是確定了，他真不會被冷著。

李蓉回去看了幾張摺子，過了半個時辰後，她便覺得累了，去浴室洗了個澡，悠悠步了回去。

到了屋裡時，裴文宣已經睡下了，近來他也疲憊，沒怎麼睡好，李蓉也不意外。

李蓉沒有點燈，自己摸索進了屋，輕輕睡下。

她睡了沒多久，就感覺旁邊人翻了個身，李蓉當他無意，閉著眼睛繼續睡。

過了一會兒後，那人又翻了個身，好似有些不高興。

李蓉故作睡得香甜，不打算理他。

誰也不知道他又是想些什麼生氣了，她得罪他得多了，他自己多想想就好了。

裴文宣翻來覆去，似乎有些氣不過，等了許久後，李蓉迷迷糊糊的，就感覺旁邊人突然起來，驟然靠近了她。

他來勢洶洶，李蓉還沒反應過來，這人就停住了。

裴文宣就懸在她上方，李蓉屏住呼吸，也不知道這是該睜開眼睛捍衛一下什麼，還是閉著眼睛以免尷尬。

兩人僵持片刻，裴文宣緊皺眉頭，過了許久後，李蓉就感覺這個人低下頭，又輕又溫柔的親了親她額頭。

他好像還是怕她醒了，親得小心翼翼。

人倒是怪得很，裴文宣若是將這吻落在她唇上，甚至於再探了舌頭進來有幾分欲望之間的廝殺，她都不會覺得有個什麼，正面較量一場，她也是不怕的。

可就這麼克制又小心的親一親她額頭，隨後低笑了一聲，便滿意而去，她便覺得，那人不是親在她的額頭，是親到了她的心裡。

像是被風拂過的一波秋水，一層一層泛起漣漪。

李蓉也不知道怎麼的，就在夜裡紅了臉，她忍不住翻了個身，背對著裴文宣。

裴文宣見她翻身，他側臥在床上，用手撐著腦袋，目光落在她的背影之上，低頭輕笑了一聲。

第七十八章　刺殺

第二日，李蓉和裴文宣一起起來，裴文宣照舊先起了床，兩人好似什麼事都沒發生過一般，裴文宣侍奉著李蓉穿戴好衣衫，便同她一起上了朝。

等兩人坐到馬車之後，裴文宣才意有所指道：「殿下昨晚睡得好嗎？」

李蓉看著摺子沒抬頭，反問道：「為何這麼問？駙馬睡得不好？」

裴文宣見李蓉一派坦然，一時倒不知道昨晚她到底是真睡了，還是假睡了。

李蓉見他語塞，心裡便覺得好笑，直接換了個話題，只問：「最近御史臺還在參我的人還有哪些？」

「就剩下陳家那批人了。」裴文宣見李蓉問正事，也不敢不答，只能跟著她轉了話題道：「就是戶部那個陳廣的家屬。」

「他是要死的。」李蓉說得輕描淡寫：「他同時經手了秦家和軍餉兩個案子，軍餉案是他一手牽線的。秦家的案子，其他人都可以說是無意，他卻是存了逼死秦家的心。現在他大概就是擔心軍餉的案子被翻出來，就想趁機把秦家徹底封口，日後就死無對證了。」

「陳家其實也知道他救不回來，」裴文宣平淡道，「但是陳廣那一支的人不肯放，陳廣的母親來了好幾次御史臺，在陳暉御史面前又哭又鬧，陳暉怕也是熬不住他這位姑母求情，所以摺子雖然寫了，倒也不是什麼大事，交給我來處理就是了。」

李蓉應了一聲，她想了想，笑起來道：「這案子結了，就可以過年了，朝廷要放七天假，你想好怎麼過了嗎？」

裴文宣聽到這話，沒想到李蓉會說這麼家常的話，他心裡有幾分暖，便回道：「殿下有什麼想法，可以告訴微臣，微臣來安排就是。」

「遠的地方去不了，」李蓉有些遺憾，「辦了這兩個大案，怕想我死的人不少，就不出華京了。」

「殿下思慮得是。」

李蓉想了想，嘆了口氣：「說來好久沒見到花了，這冬日也太久了。」

「殿下是想賞梅嗎？」

裴文宣思忱著，李蓉笑起來，「梅花哪裡不能看？宮裡就有。」

「說起來……」裴文宣將手放在桌上，靠近了李蓉一些，「同殿下相識這麼多年，也只知殿下最愛牡丹，倒不知其他的花草，殿下可有可愛的？」

「喜歡的也挺多，桃花、梨花、蘭花，都不錯。但最喜歡的還是豔俗一些的，牡丹、芍藥、薔薇，都喜歡。」李蓉隨意答著，說完才想起來：「你問這些做什麼？」說著，她警惕起來：「你可千萬別給我送這些，浪費錢，如今正是花銀子的時候。」

裴文宣有幾分心虛，目光轉過去端了茶，下意識就道：「殿下多想了，微臣捨不得花這麼多錢送殿下這些。」話音落了，裴文宣立刻又覺自己嘴賤，趕忙回頭補充道：「若是價格合適，還是會送的。」

李蓉不說話，滿眼嫌棄，裴文宣被這眼神一掃，還想說點什麼懟她，又生生克制住，扭過頭去。

李蓉瞧他面上表情轉了又轉，她忍不住笑起來，用扇子戳了戳他：「想罵我，別憋著呀。」

「殿下說笑了。」裴文宣抬起頭來，面帶微笑，「殿下是微臣的心肝寶貝，微臣怎麼捨得罵殿下呢？」

李蓉一聽這話，便露出不高興的神色來：「你說說，你這人，說話就說話，怎麼還罵人呢？」

裴文宣見李蓉埋汰他，嗤笑了一聲，沒有多說，自己去看摺子了。

摺子看了片刻，裴文宣才想起來自己最初是想說些什麼，本是想說說昨夜的事，問問李蓉的心情感受，可如今這麼一打岔，方才的氛圍便沖淡了，再問便覺尷尬。

裴文宣心裡不由得有幾分遺憾，他瞟了一眼對面的李蓉，看見對方唇邊帶笑喝著茶、看著摺子，他想了想方才的對話，便確定李蓉昨晚肯定是醒著的。

正是醒了，所以才會不想談，才故意把話題岔過去。

想到昨夜李蓉似是害羞轉身的動作，今天故意轉移話題，裴文宣便品出幾分味道了。

他突然發現李蓉這個人，針鋒相對強來不行，但這麼軟著提醒她，似乎就有些效果了。

其實李蓉好像一直是這樣的性子，只是年輕時候更明顯一些，那時候他敢強行親她一下，她敢捧著他的臉親他十回，撐住了氣勢，絕不怯場，彷彿隨時能養十個面首的囂張姿態，可愛得很。

如今年長了，看上去性子收斂起來，也不會做什麼親她一下就回親十回的事，但骨子裡卻是一點都沒變。

他敢強吻她，她就能把他當個面首，真正讓她沒轍的，恰恰就是情多於欲的親密。

吻她的時候，她還能拉著他的手拒絕。

悄悄親她的額頭，她便紅了臉不敢看他，連提都不提。

意識到這件事，裴文宣不由得笑起來，他也不再追問，只低下頭去，閒散看著手裡的摺子，笑容卻是落不下去。

李蓉偷偷看了裴文宣一眼，見裴文宣低頭笑著不說話，燭光下的青年面容白淨，神色溫和，清瘦修長的執筆手翻過書頁，無聲繪出幾分難言的英俊來。

李蓉心上一跳，她慌忙移了目光。

連想問他為什麼笑都不敢開口了。

兩人一起上了朝，下朝之後，李蓉便和裴文宣分開，直奔督查司。

督查司建立在城郊，如今兩個副司主，一個是朝廷塞過來的蘇容華，另一個是李蓉委任的上官雅。

李蓉從朝堂下來，剛進督查司的院子，就聽見上官雅的聲音從裡面傳了過來：「我說過了，我沒有打他，那傷口是他自己弄的，這份口供也是他自己招認的。」

「上官小姐說笑了，誰好端端的，給自己弄個鞭傷？」蘇容華的聲音響了起來。

李蓉踏入正堂，上官雅見李蓉來了，面上露出幾分喜色，高興道：「殿下。」

「聽你們在吵架，」李蓉笑著走到桌前，低頭看著桌上的紙頁，李蓉將紙頁拿起來，掃了一眼，「蘇大人好像說這份口供不能用？」

「回殿下。」蘇容華行了個禮，笑道，「按照《大夏律》，刑不上士族，今日我去探望陳大人，他身上有鞭傷，這份口供怕是刑訊逼供而來。」

「刑訊逼供就打一鞭子？」上官雅冷笑出聲，「蘇大人這是在哄孩子呢？」

「一道鞭傷，也是鞭傷。」李蓉溫和開口，「蘇大人既然覺得這份口供不合適，那就再審一遍就是了，我親自來。」李蓉放下口供，領著上官雅轉頭望牢獄走去，淡道：「走。」

上官雅得了話，冷眼掃了蘇容華一眼：「蘇大人一起吧，免得又說我們打了陳大人，刑訊逼供，口供不能用了。」

蘇容華笑著行禮，抬手道：「請。」

三人一起到了牢獄之中，李蓉讓人把這位「陳大人」拖了出來。

李蓉一看就笑了，正是早上和裴文宣說過的陳廣。

這人江南望族出身，是戶部的倉部主事。

倉部主事主管倉儲，這種敏感位置上待了十年，算是一根老油條。

李蓉看著他的口供，讓上官雅請他坐下。

等陳廣坐下之後，李蓉將口供放下，笑起來道：「陳大人。」

「殿下。」陳廣拱了拱手，笑道：「殿下來的正好，微臣有事要啟奏殿下。」

「陳大人是想告上官大人對你濫用私刑，」李蓉直接開口，「是麼？」

「呀，」陳廣露出詫異表情來，「殿下已經知道了？」

李蓉點了點頭：「聽說了，聽說陳大人在獄中挨了一鞭子。」

「是啊。」陳廣拉開了衣衫，忙道，「殿下您看，這傷口可深了。」

「不知陳大人是什麼時候，在哪裡，挨得這個鞭子呢？」

「就昨夜，」陳廣立刻道，「她審我的時候，妳看這傷痕，可新鮮著呢。」

「叫個大夫過來，給陳大人看看傷。」

李蓉抬手招呼了旁邊人，隨後扭過頭去，脾氣極好道：「那陳大人，您這份口供怕是不能用了，我們再錄一份吧。」

陳廣笑著抬手：「殿下請，有殿下在，微臣一定能說實話。」

「陳大人，」李蓉點點頭，摸著口供，緩聲道，「話說您也是戶部元老，應當知道幾件事情。」

「殿下是說什麼事？」

「第一件事就是，按著大夏律，招供的官員刑罰會有減免，而隱而不供的官員，則罪加一等。」

「知道。」陳廣點頭，「然後呢？」

「第二件事就是，您如今的罪，加起來也不過就是丟官，但如果再罪加一等，那就是丟命了。」

「殿下言重了。」陳廣笑道，「且不說微臣清清白白，就算有罪，也罪不知此吧？過往許多大臣罪比微臣重多了，可……」

「可他們是在刑部審的。」李蓉抬眼，猛地一拍桌子，喝道，「這是督查司！你還當本宮是在陪你們玩樂嗎？本宮告訴你，就你的罪，今天你招了，本宮可以放你回去安享晚年，若是不招，我保證你在菜市場頭都滾不到腳下！」

陳廣臉色巨變，李蓉抬手，抓了一疊口供：「你以為我是為什麼要你招供？不過就是看在你家的面子上給你留條活路，不然……」李蓉抬頭，冷笑了一聲，「陳大人，想想被冤魂索命的王大人。」

陳廣不說話了，蘇容華輕咳了一聲：「殿下，陳大人畢竟年紀大了，他……」

「這裡輪得到你說話嗎？」李蓉抬眼，冷聲道：「本宮可沒死呢，本宮不讓你開口，你說什麼？」

「再冒犯殿下，」上官雅笑起來，「可就要掌嘴了。」

蘇容華冷眼看了上官雅一眼，上官雅嗤笑了一聲，移開了目光。

李蓉等了一會兒，把口供快速翻看了一遍，隨後隨口道：「當時你看管倉部的時候，給黃平縣發的糧食有多少？」不等陳廣開口，李蓉自己便答了數：「三千啊。」

陳廣神色不太好看，李蓉皺起眉頭，又翻了幾頁，抬手將口供一扔，站起身道：「其他人不都招了嗎？蘇林都已經被招出來了，為什麼還一定要陳大人的口供？簡直是胡鬧！」

聽得這話，陳廣慌忙看向蘇容華，蘇容華正想說什麼，上官雅便擋住了陳廣的視線，笑起來道：「蘇大人今天話很多呀？」

蘇容華臉色有些難看，李蓉領著人往外走，走到一半，陳廣突然叫住她：「等等，殿下。」

李蓉頓住步子，轉過頭去，陳廣慘白了臉，急道：「殿下，如果我招了，殿下能給我留條生路嗎？」

「那取決於你招了什麼，如果你招的內容沒什麼新意……」李蓉笑了笑：「我不喜歡浪費我時間的人。」

「我有鐵證。」陳廣著急出聲，「殿下，您現在有的都是口供吧？我是有證據的！」

李蓉折了回來，坐下道：「說吧。」說著，李蓉又轉過頭，看向蘇容華：「蘇大人，牽扯著貴族子弟，您要不回避一下吧？」

蘇容華不說話，他緊盯著陳廣，陳廣不敢看他，上官雅抬手道：「蘇大人，請。」

陳廣的確是有鐵證的，蘇家的蘇林，算是蘇家的一個遠房，關係倒也不大，但蘇家門庭高貴，隨便出來一位，也不是小人物。這個蘇林身在兵部，其實也就是幫忙開了一張通行條的事，但是追究起來，降職是必然的。

李蓉靜靜聽他把事都供了，簽字畫押，而後她站了起來，陳廣急切道：「殿下，我的罪……」

「等著判吧。」李蓉聲音平淡，「律法怎麼寫，本宮不會徇私。」

陳廣面色不太好看，可他壓低了聲，繼續求道：「殿下，您年輕，剛入朝堂，不知這其中艱險。大家追究起來，都是親戚，您也不能當真處死我……」

「為何不能呢？」李蓉抬眼看他，輕笑起來，「陳大人覺得，我不會嗎？」

「殿下。」陳廣皺起眉頭，「您要是當真殺了我，您如何和世家交代？」

「你們做事的時候，」李蓉冷淡道，「有沒有想過給邊關戰亡的將士一個交代？」

「那是他們太貪了！」陳廣憤怒出聲，似是極為不滿。

李蓉冷眼掃了他一眼，只道：「你們都同我把這話說一遍，煩不煩？」

說著，李蓉便往外走去，走了沒幾步，陳廣有些控制不住情緒：「殿下，您這是在給自己找死！」

李蓉頓住步子，她轉過頭去，冷笑出聲來：「我怕是你在找死！」

她說完便走出門去，到了門口，上官雅便迎了上來。李蓉看了一眼，見不見蘇容華，不由得道：「人呢？」

「通風報信去了唄。」

上官雅說著，從李蓉手裡拿了口供，誇讚道：「殿下，我當真有些崇拜您了，您說您知道他倉庫發出去的糧食是三千石就罷了，竟然還知道他牽扯著蘇林？您怎麼知道的？」

「三千石是裴文宣之前沿路統計之後算出來的結果，至於蘇林……」李蓉沒說下去。

那是上一世，蘇容卿曾經告訴她的。

蘇林曾經牽扯過一個西北軍餉的案子，蘇家後來內部處理了他。

蘇容華在，陳廣是不可能信自己被其他人供出來的，除非給了他超出正常的細節。把蘇林和三千石爆出來，陳廣就會猜自己被賣了，而蘇容華一直騙他，也不過是希望他不要把蘇林供出來。

只要陳廣對蘇容華有了懷疑，就很容易崩潰。

李蓉想到蘇容卿上一世告訴她的東西，一時有些疲憊。沒有多說，緩了片刻後，她吩咐道：「去查一下昨晚是誰在當差，他的鞭傷不可能自己抽的，把人找出來，告訴那個人，要麼多抽鞭，要麼抽他自己。抽完了把人革職踢出去吧。」

上官雅應了聲，李蓉看著手裡的口供道：「現在還剩下誰？」

上官雅報了幾個名字，李蓉點點頭，直接道：「一起過去吧。」

李蓉和上官雅忙著處理剩下還沒招供的幾個犯人，等到下午時分，侍衛突然急急忙忙從外面走了進來，著急道：「殿下，有個東西。」

李蓉坐在椅子上，端著茶，將目光挪到那侍衛手上。

那侍衛手上捧著一個風箏，風箏上寫著血紅的一個字「停」。

上官雅見得這個風箏，便變了臉色，冷聲道：「誰幹的？」

「不知道。」侍衛跪著道，「方才這風箏突然墜到了院子裡，屬下已經讓人去抓人了，但的確抓不到。」

上官雅冷著臉不說話，似是想罵人，又知這種事的確不好查。

她回頭看向李蓉，李蓉端著茶，想了片刻後，她笑了一聲：「走投無路才裝神弄鬼，回去時候多帶幾個人，隨他們吧。」

李蓉說完，喝了口茶，將茶杯放在桌上，轉頭看向正在被審問的官員，繼續做事。

刺殺這種事她是從來不怕的，上輩子她這麼過了一輩子，早習慣了。

上官雅畢竟是剛遇到這種事，她緩了片刻，定了定心神，才終於放下心來。

兩人一路忙到半夜，裴文宣也終於忙完了自己的事，從宮裡出來，搭上馬車，往公主府前去。

裴文宣有些疲憊，他靠在馬車車壁上閉目養神，他休息的時間少，必須抓緊一切能休息的時間休息。

馬車行到一半，便驟然停住，裴文宣雙手攏袖，緩緩睜開眼睛。

童業捲了簾子，低聲道：「大人，是攔街告御狀的。」

裴文宣皺起眉頭，身為御史，接御狀的確是一件常事，他點了點頭，疲憊道：「把狀紙拿上來吧。」

童業應聲，便從馬車上跳下去，走到那攔街告御狀的孩子面前。

然而也就是那一刻，人群之中羽箭飛射而出，從窗戶直接落入裴文宣馬車之內，裴文宣手上更快，抬手就關上了窗戶。

與此同時，銀劍挑開車簾直逼而入，裴文宣冷眼看著那長劍抵在身前，裴文宣抬手抓了位置下藏著的劍，在對方劍鋒抵在身前時彎腰上前一步，一劍貫穿了對方腹間。那人拚死往他身上一砍，裴文宣竭力把他往外推出，但劍鋒仍舊劃過他的手臂，鮮血瞬間蔓延出來。

裴文宣平日雖然看上去只帶了一個童業，但其實暗中到處都是他的人手，對方一動手，裴文宣的人便衝了上來，除了這一個漏網之魚，其他人都被攔在外面，不消片刻，便將凶手紛紛制住。

童業急急掀了簾子進來，提著劍道：「公子，你沒事吧？」

裴文宣摀著手上的傷口，也沒多話，提步下了馬車來。

其他人都已經死了，只剩下最開始告御狀的孩子，他直接走到那孩子，然而這孩子見裴文宣走來，咬牙一掙，竟真的掙脫了侍衛的控制，朝著裴文宣撲了過來，好在侍衛反應極快，一劍追上來就貫穿了他。

裴文宣大驚道：「慢……」

話沒說完，這孩子已經死了。

侍衛蹲下身來，極快翻看了一下他的口腔，隨後抬頭道：「大人，是侏儒。」

江湖上的殺手極喜歡訓練侏儒來作為殺手，這些人看著是孩子，極易讓人放鬆警惕，但在力氣、動作上，卻是個地道的成年人。

裴文宣面色有些難看，他盯著殺手看了片刻之後，只能道：「去查，多派些人手去保護殿下。」

「是。」侍衛應聲下來，便立刻趕去告知李蓉。

然而李蓉的線人早一步就去了督查司，李蓉剛從督查司走出來，正用熱帕子擦著手，和上官雅說著後續的事宜。

兩人剛剛走出大堂，就聽靜蘭走進來，急道：「殿下，不好了。」

李蓉抬眼，靜蘭慌忙道：「駙馬遇刺了。」

聽得這話，李蓉驟然睜眼。

上官雅也面露驚色，隨後她馬上反應過來，忙道：「殿下勿要驚慌，您先回府看看駙馬，我去查。」

李蓉緩過神來，直接就衝了出去，拉了馬翻身上馬，大聲道：「把人給我挖出來，我要宰了他們！」

第七十九章 觸心

李蓉一路駕馬狂奔回府，還在路上就遇到了裴文宣前來接應的人，李蓉也沒多問，直接領著人回了公主府中。

她剛到公主府裡，便見府中人來人往，似是極為忙碌。李蓉領著人進了臥室，看見血水一盆一盆端出來，她掀了簾子進去，直接道：「裴文宣人呢？怎麼樣了？」

說著，她便看見裴文宣坐在床上，大夫正在幫他包紮傷口。

他臉色有些發白，看見李蓉進來，裴文宣面上帶了幾分詫異：「殿下？妳怎麼回來得這樣快？」

李蓉見到裴文宣無事，面上緩了幾分，她走到床邊，看向大夫道：「他沒事吧？」

「殿下放心。」大夫恭敬道，「傷口並未傷及筋脈，也沒有下毒，休養些時日即可。」

李蓉點了點頭，守在一邊等裴文宣手上包紮好，而後侍從便退了下去，只留兩人在屋中。

裴文宣抬眼看向李蓉，笑起來道：「站這麼久，不累嗎？」說著，他拍了拍床邊，溫和道：「坐吧。」

李蓉坐到他邊上，嘆了口氣道：「怎麼會被傷到，你又不是毛孩子，還能被人刺殺了？」

「是我的不是。」裴文宣看李蓉查看著他的傷口，輕聲道，「回來的路上有個孩子告御狀，結果是專門的殺手，一時不慎。不過妳也不要擔心，我已經讓人去查了，應該很快就會出結果了。」

李蓉應了一聲，裴文宣見她低著頭，緩了片刻後，他抬起手去，將她的頭髮挽到耳後，溫和道：「讓殿下擔心了。」

「之後小心些吧。」李蓉低聲開口，隨後又想起來：「你吃過飯了嗎？」

「還沒呢。」裴文宣笑起來，「殿下呢，用過飯了嗎？」

「也沒呢。」李蓉站起身來，自然而然伸手去扶裴文宣，裴文宣垂下眼眸，遮住眼中神色，由李蓉攙扶起來。

李蓉扶著他出門，不由得道，「除了手還傷著哪兒了？」

「倒也沒有其他傷處。」裴文宣笑了笑，「就是被嚇著了，心裡有些害怕。」

「你也會被嚇著？」李蓉有些懷疑，抬眼看向裴文宣道，「你也該習慣了啊？」

「殿下，生死這種事，永遠都不會習慣的。」裴文宣搖了搖頭，「不過只是必須得面對，所以偽作習慣罷了。」

李蓉想了想，覺得裴文宣說得也是。她扶著裴文宣到了桌前，讓他坐下，然後讓人上了飯菜上來。

李蓉詳細問了裴文宣整個被刺殺的經過，裴文宣細細答了，等飯菜上齊了，裴文宣伸出一隻手夾菜，旁邊的湯沒動半點。

他一面優雅吃著東西，一面打量著正若有所思喝著湯的李蓉，他見她吃飯心不在焉，猶豫了片刻，隨後道：「妳別多想了，如今記恨我的人多了，這種事終歸是要遇到的，我能護好自己，這事就交給我去查，嗯？」

李蓉聽到這話，收回神來，點頭道：「嗯，行。」說著，她目光落到裴文宣持著筷子的手上，又轉眼看到旁邊沒動的湯碗，她頓了頓動作，隨後放下了筷子。

「殿下？」

「我餵你吧。」

李蓉取了旁邊的湯碗，輕輕吹過以後，送到了裴文宣面前。

裴文宣愣了愣，李蓉催促他：「喝呀。」

裴文宣被催得回了神，他垂下眼眸，含了李蓉送到面前的白瓷勺。

他每次吃飯前喜歡先喝湯，他以為李蓉從來不注意這些，不想李蓉其實是知道的。知道他喜歡先喝一碗湯，也知道他在她面前不想失儀，所以少了一隻端碗的手，便乾脆湯都不喝了。

裴文宣由李蓉餵了湯，笑道：「菜我能自己吃，殿下別餓著自己。」

李蓉應了一聲，取了帕子擦了手，又自己吃了幾口。

李蓉領著裴文宣吃過飯，便聽上官雅過來了，她扶著裴文宣回了床上，讓裴文宣先休息，便折回了大堂。

上官雅在大堂等著李蓉，見李蓉出來，她行禮道：「殿下。」

「有眉目了嗎？」

「我把蘇容華的行蹤確定了一遍，事發之時，他還沒來得及回蘇府，動作應該沒這麼快。」

「不是他。」李蓉肯定道，「蘇家不會做這些事，蘇林只是降職，其他蘇家人也沒牽扯進來，他們不會為這點事來刺殺裴文宣。」

「駙馬沒事吧？」上官雅看了一眼後院。

李蓉點頭，「刀上沒毒，他們只是在警告我而已。如果想讓裴文宣死，刀上抹了毒藥，他現在怕已經出事了。」

上官雅聽著，不由得皺起眉頭。

李蓉閉上眼睛，她坐在椅子上，緩了一會兒：「今天下午審了人，下午就用風箏恐嚇我，晚上動手殺裴文宣，督查司裡怕是有他們的人通風報信，把今天下午所有人員進出清查一邊，底子再摸一次。」

「是。」

上官雅沉思著，李蓉抬眼看她：「妳好像有話要說？」

「殿下。」上官雅思索著，緩聲道，「其實，走到這一步，他們想求的，不過就是留一條命罷了。如今不過是個警告，但是已經直指駙馬，若是他們有心，駙馬今日怕是……」

「妳直說吧。」

李蓉聲音平淡，上官雅抿了抿唇，「我怕過剛易折，不如，退一步吧？」

李蓉沒說話。她抬眼看向上官雅，上官雅而今也不過將近二十的年歲，遇上這種事，心裡忌憚，也是人之常情。

「如果他們沒有動手，我還能放他們一條生路。」李蓉站起身來，只道：「現下，要麼我死，否則就是他們死。」

上官雅愣了愣，隨後她便明白了李蓉的意思，也不再勸，只道：「那殿下打算如何？」

李蓉沉吟了片刻，緩聲道：「他們在暗，我們在明，終歸不是個法子。」

「那殿下的打算是？」上官雅側了頭，靜候李蓉的吩咐。

李蓉想了許久，終於道：「妳先去查，若查不出結果來，我們就只能誘敵深入，再甕中捉鱉了。」

上官雅聽著這話，露出幾分不解：「拿什麼誘？」

李蓉抬眼，冷靜道：「我。」

「殿下！」上官雅得了這話，立刻道，「不可，這太冒險了。」

「他們殺我不冒險嗎？」李蓉嗤笑出聲來，「他們有這個膽子，就當我沒有？」

「他們和您一樣嗎？」上官雅急了，「他們什麼身分，您什麼身分？殿下，妳這個想法駙馬也絕不會同意。」

「我讓妳和他說了？」李蓉冷眼看過來，「本宮的事，輪得到他做主？」

上官雅一時語塞，李蓉也懶得搭理她，揮了揮手道：「行了，妳先回去吧。先去查，查得到證據直接辦了最好，查不到再說。」

上官雅沒說話，她沉默片刻後，轉身往外走，不耐道：「我得去和駙馬說一聲。」

「站住！」李蓉叫住上官雅，「妳和他說幹嘛？」

「反正他也管不了妳，」上官雅笑起來，「我和他閒聊一下不行嗎？」

「上官雅，」李蓉嗤笑出聲來，「我借妳一個膽。」

上官雅盯著李蓉，片刻後，她有些煩躁起來，揮了揮手道：「算了、算了，妳愛怎樣怎樣，反正也不是我玩命。」上官雅說完，便擺著手走了出去。

李蓉在大堂裡喝茶緩了片刻，起身沐浴之後，才終於回了房間。

房裡，裴文宣還沒睡下，他穿了白色單衫、藍色外袍，正端坐在案牘邊上低頭翻看著摺子。

李蓉走到門口，她也沒動，就站在門口，靜靜看著裴文宣，那人不言語的時候，像是一幅畫，一方山水，安靜又溫柔的等在那裡，給了她歸來的勇氣。

裴文宣提著筆寫了兩行字，便意識到門口有人，他抬起頭來，看向門口，見李蓉站在門前，身後遮著庭院夜光，默不作聲看著他。

裴文宣注視著李蓉，片刻後，他放下筆來，朝著李蓉招了招手，輕聲道：「殿下，門口涼，來這裡坐。」

李蓉得了話，到了裴文宣身邊來，她順著裴文宣的動作坐下，溫和笑起來：「你在寫什麼呢？」

「就隨便看看線人報上來的消息，」裴文宣打量了她，「同上官雅吵架了？」

「你這揭人老底的習慣什麼時候能改改？」李蓉坐下來，懶洋洋往桌子上一靠，將目光落到裴文宣手上：「手還疼麼？」

「若我說疼，殿下幫忙吹吹麼？」

裴文宣抬起手來，李蓉笑著抬了扇子，假作要打他，裴文宣倒也不動，含笑看著李蓉。

李蓉扇子落到傷口上方半寸，倒也落不下去了，裴文宣便將手往她面前伸了伸，繼續道：「殿下吹吹，就不疼了。」

「你是小孩麼？」李蓉哭笑不得。

裴文宣嘆了口氣：「唉，殿下果然不心疼微臣。」說著，裴文宣將手收了回來。

李蓉瞧了他一眼，見裴文宣面露哀怨，她笑出聲來，抬手道：「手來。」

裴文宣伸過手去，李蓉將他的手放在手心，仔細瞧了瞧，而後抬頭望了他一眼：「你這俗人，手生得漂亮，有幾分仙氣。」

裴文宣笑著不說話，李蓉猶豫了片刻，裴文宣正不解她在猶豫什麼，就看她低了頭，輕輕吹在他的手上。

她吐出的氣有幾分暖，噴吐在他手心，然後一路往上，到了他受傷的傷口。

那溫度酥酥麻麻成了一片，裴文宣眸色發深。他靜靜看著為他低頭的李蓉，見李蓉像對孩子一般，吹了吹以後，揚起頭來看他，帶了幾分天真道：「是不是好點？」

裴文宣不說話，他目光先落在李蓉眼睛上，又滑到鼻尖，再停在唇上。

李蓉有些疑惑：「裴文宣？」

裴文宣聞言，笑了起來：「我還以為殿下不會當真。」說著，他將手從李蓉手邊抽了過來。

李蓉直起身來，隨意道：「小時候我撞疼了，我母后就是這麼給我吹吹，吹了就真覺得不怎麼疼了。」

「那是自然的。」裴文宣見李蓉站起身來，他便也跟著起身，李蓉聽到他起身，回頭就扶了他一把。

裴文宣從未被李蓉這麼照顧過，他面上不顯，跟在李蓉身後，低聲道：「有人願意幫妳吹傷口，代表著有人在意，不管傷口疼不疼，心裡總是高興的。」

「說得這麼可憐。」李蓉回頭斜睨了他一眼，「好像我平日對你很不好，你缺人疼、缺人愛似的。」

「殿下對微臣，當然是極好的。」裴文宣同她說著話，便來到床邊，李蓉幫著他脫了外衣，便先睡到床上。

裴文宣看著李蓉鑽進被子，走到床邊熄了燈，像平日一樣上了床。

他左手受了傷，右手卻還是完好的。李蓉躺下去後，過了一會兒，就聽裴文宣道：「殿下，其實有時候我忍不住想，您要是當一個妻子，會是什麼樣子？」

李蓉靜默著沒說話，裴文宣自顧自道：「殿下應該也是個賢妻良母，畢竟殿下看上去雖然殺伐果斷，其實也很溫柔。方才殿下照顧微臣，微臣便覺得，像是自己有個家一樣。」

裴文宣說著，偷偷去看李蓉。

李蓉聽著裴文宣的話，好久後，她緩聲道：「應該也沒多大區別。」李蓉睜著眼睛看著床帳：「我不喜歡會影響我的東西，無論是不是誰的妻子，我和現在應該也差不多。」

「怎麼會呢？」裴文宣轉頭看她：「殿下，若妳喜歡一個人，一切應當都是不同的。」

李蓉得了這話，過了許久後，她輕聲一笑：「可我不懂什麼叫喜歡，我也不會喜歡一個人。當然，」李蓉轉過身去，背對著裴文宣，放低了聲音，「我也不指望誰喜歡我。」

裴文宣愣了愣，他有些難以理解：「殿下為什麼不指望別人喜歡妳呢？」

「我這個人啊，在感情這件事上，脾氣古怪。」李蓉閉上眼睛，「喜歡我很難，長久喜歡我更難，我有自知之明，也就不多想了。」

「殿下怎麼會這麼想呢？」裴文宣安撫著她，「微臣……微臣上一世，不就很喜歡殿下嗎？」

「我與你的喜歡，不一樣。」李蓉平淡出聲，「喜歡這兩個字於我太重，於你而言，可能那樣的感情就是喜歡了。但對於我而言，我要喜歡，太難了。」

裴文宣靜靜聽著，那一刻，他似乎找出了幾分自己與李蓉之間的差異，他也不知道怎麼的，就想起當年成婚，李蓉還在十八歲。

那時候李蓉比現在外露得多，許多情緒也不會遮掩，如今已經過去三十多年，他也不知道怎麼，聽著李蓉談及這些，竟然就覺得，李蓉和十八歲那年沒什麼區別。

她好像還是那個小姑娘，和他一起走在後宮裡，同他說著自己的往事。

「宮裡的人都叫我公主，可我知道，他們都說我脾氣古怪，不喜歡我。」

「可我也不稀罕他們的喜歡，不喜歡就罷了，本宮還需要在意他們嗎？」

「你看見那座北燕塔了嗎？那是我父皇修給我母后的，他們說這是父皇愛極了母后，我卻覺得不然，那不過是男女之間偶然一瞬的好感，經不起任何風浪，哪裡談得上喜歡和愛？」

李蓉說這些話的時候，他也不過二十出頭，他其實根本不懂李蓉那些話的真實含義，他也就是跟在李蓉身後，靜靜聽著她說，笑著安撫幾句：「殿下，都過去了。」

他以為李蓉就是愛和他說往事，可如今想來，其實這不過是李蓉在向他求助而已。

十八歲的李蓉在告訴他，她想要一份怎樣的感情，她是怎樣的一個人，她小心翼翼捧著自己，在同他說，裴文宣，請你學著怎麼去愛我。

這話聽上去或許有幾分蠻橫，可能把自己最怯懦之處交給他人，這便已經是李蓉最大的真心。

可他不懂。

三十年歲月教會他理解人心，回頭來看，才覺得扎心的疼。

他以為這麼多年過去，李蓉當真如她在牢獄裡所說，早已不在意任何人。可慢慢熟悉，接觸、觸碰，他才明白，那高傲如鳳凰一般的目空一切，不過是另一種極端失望後的捨棄。

畢竟李蓉上一世，於她而言，從來沒有得到過一份完完整整的喜歡。

無論是他，還是蘇容卿，終究都是辜負了她。

而她未曾表現過分毫，無論愛恨，都沒有真正施加給他和蘇容卿。

意識到這一刻，裴文宣心裡驟然湧起莫大的痛楚和酸澀，他忍不住靠近她，將手輕輕放在她的身上，也顧不得傷口上的疼，就將這個人抱在了懷裡。

李蓉被他這麼一抱，垂了眼眸，低聲笑道：「這是冬天太冷，裴大人把我當暖爐了嗎？時不時抱一下，倒也不見你以前的矜持了。」

裴文宣抱著她不說話，好久後，他才道：「殿下，不難的。」

李蓉愣了愣，隨後就聽裴文宣低聲道：「殿下，有一個全心全意喜歡妳的人，不難的。」

李蓉沒說話，她聽著裴文宣的話，先覺得可笑，而後又覺得有幾分難言的遺憾，最後化作了幾分茫然，和她幾乎沒有意識到的幾分期盼。

她下意識想開口。

她很想問，一輩子都沒有得到過的東西，沒有見過的人，怎麼會不難呢？

但她沒有開口，這些話年少她還會問，現在她已經不問了。

這不重要。

她不在乎。

李蓉的沉默，於裴文宣的心裡，就是一場遲來了三十年的凌遲。

不是為他被李蓉拒絕，而是他至今才意識到，他竟然放任李蓉一個人，這麼孤零零走了三十年。

他突然湧起了一種莫大的衝動，他該告訴她，就像她告訴他，說裴文宣很好，裴文宣可以去喜歡別人一樣。

他也想告訴她，無論她拒絕或者接受，他都想和她說一聲——

李蓉，有一個人，他喜歡妳，特別特別喜歡妳。

第八十章 商議

這樣的念頭浮上來那一刻，裴文宣反而冷靜下來。

這是一件太大的事，他若是在這時候輕易把這句話說出來，未免顯得太不鄭重，他縱使說了，李蓉也不會放在心上。

更重要的是，這樣的話，他想在最美好的時候說給李蓉聽，讓李蓉高高興興的，能記一輩子。

無論李蓉接受或者不接受，至少她會把那一刻，把裴文宣，永遠記在心裡。

裴文宣思索著該怎麼去說這話，李蓉見他抱著她不說話，便抬手拍了拍他的手，平和道：「行了，睡吧。這麼抱著，你手不疼麼？」

「疼。」裴文宣頭靠在李蓉背上，又低聲道，「抱著殿下就不疼了。」

「胡說八道。」李蓉嗤笑了一聲，將他搭在自己的手輕輕推開，閉眼道，「睡吧。」

兩人閉著眼睛，李蓉緩了一會兒，突然想起來：「過些時日，我打算出京一趟，你想去嗎？」

聽李蓉的話，裴文宣有了幾分精神：「出京？」

「嗯。」李蓉閉著眼睛，「找個地方逛一逛，就當去遊玩吧。」

裴文宣聽著李蓉的話，心裡有了幾分打算，琢磨著道：「殿下想好去哪裡了嗎？」

「等我看看吧。」李蓉思索著，總要找一個容易埋伏的地方才是。

兩人各自懷揣著不同的想法睡過去，第二天天還沒亮，裴文宣便早早醒了過來，李蓉覺得旁邊有窸窣之聲，想著當是文宣起了，而後她便察覺有一方帕子輕輕搭在她的眼睛上，接著便有光線亮起來，片刻之後，裴文宣便走了回來，輕輕搖了搖她，輕聲道：「殿下，起身了。」

以往裴文宣是不會叫她的，他一般就是任憑她睡著，他就給她換了衣服，等到了下床的時候，才會叫她。

李蓉有些疑惑，睜開眼來，看見裴文宣包紮了的手，才想起來裴文宣手受了傷，單手扶她有些吃力。

李蓉迷迷糊糊睜眼，見裴文宣候在一邊道：「殿下，妳先坐起來。」

「不妨事。」

李蓉搖了搖頭，從被窩裡就爬了出來，裴文宣忙把衣服替她披上，李蓉自己拉了衣服，隨後道：「我自己穿就好了。」說著，李蓉就把衣服套上，她轉過頭，看還穿著單衫的裴文宣：「你不冷啊？」

「我馬上就穿。」裴文宣笑了笑，自己去撿了衣服。

李蓉看他單手不方便，打著哈欠走到床上，把他的衣服撿起來，給他披上：「我幫你吧。」

裴文宣愣了愣，李蓉倒也沒察覺什麼，她讓裴文宣把手套進衣服裡，抬手替裴文宣扣上內裡的扣子。

她從來沒做過這些，便顯得有些笨拙，低頭站在他面前，像是個剛剛學著做事的孩子。

看著這樣的李蓉，裴文宣竟然有種難言的情動。

最勾人不是那人坦坦蕩蕩說盡無數風騷，而是她像個小姑娘一樣，在你面前低下頭，露出她纖長柔美的玉頸，為你學著扣一顆扣子，抬手從身後環過，似乎是擁抱了你，又似乎沒有，指尖輕輕滑過腰際，又混作無事，抬手在身前，將腰帶綁緊打結。

裴文宣看著面前的姑娘，努力克制著自己所有衝動，讓面上還保持著平日那份溫和，直到李蓉抬手想為他整理衣擺時，他才匆忙拉住了她。

他一張口，便有幾分啞意：「殿下，不必了。」

李蓉還有些睏，也沒察覺不對，抬頭瞧他，只道：「你嗓子怎麼啞了，可是冷著了？」

「可能有些。」裴文宣忙調整了聲線，遮掩那幾分異樣。

李蓉抬手碰了碰他的額頭，囑咐道，「你現在受了傷，若是發熱了就了不得了，好好休養，不要操心其他事，萬事有我。」

「殿下……」裴文宣哭笑不得，「妳怎麼老搶我詞兒呢？」

李蓉笑了笑，輕聲道：「你要睡不著就看看書，早朝我替你請了，你先休息吧。」

說著，李蓉便喚了人進來，伺候著兩人洗漱，而後她便披了衣服去上朝，裴文宣一路送著她出了大門。

他本也想上朝，被李蓉強行留住，讓人將他攔在了屋裡。

李蓉上朝之後，將裴文宣遇刺一事告了上去，李明讓嚴查，李蓉就順道將這事攬了下來。

等回到督查司，到了門口，就發現督查司門口被人潑了糞。

李蓉被氣笑了，轉頭看向跟著她過來的蘇容華，指了他道：「蘇大人，這種事，你不查？」

蘇容華苦笑：「殿下，這種事一看就是一些村婦刁民來鬧，查出來也不能怎麼樣。」

「怎麼不能怎麼樣？」李蓉冷聲道，「要當真不能怎麼樣，明個兒我就讓人潑到你蘇府去！」

蘇容華面色僵了僵，他彷彿看見了蘇家大門口被人潑糞的場景，他立刻改了口道：「殿下放心，我這就去處理。」

李蓉懶得再說，領著上官雅便走了進去，上官雅低聲道：「殿下怎麼讓他管這事？」

「要不妳管？」李蓉挑眉。

上官雅立刻回聲：「蘇大人的確適合。」

兩人說這話進了督查司，李蓉低聲道：「昨天刺殺的事有頭緒嗎？」

「尚未。」

「那就去看郊外哪裡適合埋伏，」李蓉思索著道，「要是七日後再找不著線索，我們就得主動出擊，新年之前把一切都料理了。」李蓉笑起來：「我也好過個年。」

「殿下說得是。」

上官雅這個人，反對的時候她竭力反對，若是答應了下來，便會把事情幹得乾淨。李蓉聽她應下來，便放心不少，領著人提步進了牢獄，對所有口供和證據做最後的梳理。

如今所有證據都差不多，只剩下最後定罪，罪定下來，把摺子往上面一送，就等皇帝批閱，門下省糾察，沒有太多問題，也就定了。

越是這種時候，事就越多，早上督查司門口被潑了糞，晚上公主府門口就有人捧著銀子送過來。

李蓉讓人直接攔在了外面，就提步回了公主府中。一連過了七日，事情也料理得差不多，上官雅也差不多查出了一些頭緒。

「是陳廣家裡人，費了大心思買的殺手。」

上官雅跟著李蓉走出牢房，李蓉用帕子擦著手，聽著上官雅道：「陳廣在陳家地位頗高，是陳老夫人的獨子，他若死了，陳家也就徹底沒落了。陳家後面應該有許多大族支持，不過如今殿下得罪的人太多，也搞不清到底是哪些人在暗中支持陳家。」

「有證據嗎？」李蓉低聲詢問。

上官雅搖頭：「沒有，他們做的十分趕緊，這個結論也只是推斷出來，沒有實證。」

「陳廣的罪定了嗎？」

「定下了。」上官雅低聲道，「按著殿下吩咐，以斬首定罪了。」

李蓉應了一聲，她想了想，低聲道：「郊外適合埋伏的位置，妳找到了嗎？」

「找到了。」上官雅和李蓉走到大堂，她取了一張地圖來，指了一個位置道：「就這裡，蝴蝶峽，這裡兩邊都是山崖，在這個位置，我們可以提前為殿下找一個適合隱蔽的地方，殿下只要把人引過來，然後躲到安全之處，我們便可甕中捉鱉。」

李蓉點點頭，應聲道：「那就定在這裡，五日後吧。」李蓉抬眼，「五日後我會帶裴文宣一起出外郊遊，他們若是要下手，這時候再合適不過。」

「殿下要帶著駙馬？」上官雅有些奇怪，「帶他做什麼？」

「我要自己出去，未免太過刻意，他們怕是會心生警惕。」李蓉思索著道，「把裴文宣帶出去，算是個幌子。」

「那妳不告訴他嗎？」

「告訴他，他會讓我去嗎？」

李蓉直接反問，上官雅頓了頓，片刻後，她嘆了口氣道：「殿下，您這個性子，自求多福啊。」

李蓉懶得搭理她，只道：「他們既然敢出手，怕是會做完全準備，妳在蝴蝶峽的埋伏要做一個最後的計畫，它那裡是不是有水？」

「是。」上官雅應聲道，「那裡本是一條溪澗，我去看過，水流不算湍急，旁邊有許多山洞，水流連通著旁邊小山洞，若是殿下遇到迫不得已的情況，可以跳入水中。」

「妳準備一些火藥。」李蓉思索著，「若是遇到最壞的情況，就跳進水裡，再點燃火藥。不過若是走到這一步，」李蓉抬起頭來，冷笑出聲，「妳自己想好怎麼罰。」

「您放心，」上官雅立刻道，「我一定安排好。」

上官雅和李蓉說完，確定了計畫，兩人才分道揚鑣，各自回家。

李蓉回到公主府裡，便見裴文宣正在看書，她走到裴文宣身後，看了一會兒後，發現他看的竟是一些民間話本。

「當真是在家裡太閒了，」李蓉笑起來，從他手裡抽了話本，翻了名字，抬眼看他，「裴大人也看起這種東西來了。」

裴文宣同李蓉一起起身，兩人熟練往飯廳走去。

裴文宣打量著李蓉，試探著道：「微臣閒來無事，隨意看看，但多看一會兒，發現這裡面也有很多趣事，竟是微臣也看不懂的。」

「哦？」李蓉以往看的話本多，聽到裴文宣竟然對這種事有興趣，不由得道，「比如說？」

「我方才正看到那書生對他心儀的女子表白，微臣想著，喜歡不過一句話的事，可那書生卻一再準備，這是為什麼？」

李蓉聽裴文宣問這話，不由得笑了：「裴文宣，我沒想到你竟然是這麼沒情趣的人。」

「微臣不懂，」裴文宣同李蓉一起進了飯廳，坐到位置上，一副謙遜有禮的姿態道，「還請殿下解惑。」

「喜歡的確是一句話，但是你說一個男人若是對一個女子說了這話，他其實是要做什麼？」

裴文宣面露不解，李蓉笑起來：「他想要做的，是確定一段關係，從這一刻開始，他們就互相屬於對方，這樣重大的事，若沒有一點儀式，豈不是顯得那姑娘不被重視？」

裴文宣聽著，露出恍然大悟的神情來：「殿下說得極是，微臣醍醐灌頂。」

李蓉嘆了一口氣：「你就是沒追過姑娘，從沒正兒八經給人說過一聲喜歡，所以這都不懂。」說著，李蓉習慣性端了湯，最近裴文宣手受傷以後，都是李蓉給他餵湯。

裴文宣看李蓉吹著湯，抿唇遮掩著自己眼底的笑意，彷彿是好奇道：「我是不懂，看殿下這麼瞭解的樣子，應當是遇到過不少這樣的場景吧？」

李蓉動作僵了僵，片刻後，她把碗一放，轉頭道：「來伺候駙馬喝湯。」

裴文宣見李蓉怒了，趕緊道：「我就是隨口一問。殿下，我想您這樣的女子，生得沉魚落雁，人又聰慧可人，端莊大氣，出身高貴，喜歡殿下的男子自當不計其數，故而有此一問。」

「裴文宣，我發現你向來有這種哪壺不開提哪壺的本事，」李蓉看向他，嗤笑道，「我沒有，你有嗎？」

「我……」裴文宣被李蓉這麼一懟，本來下意識想反駁，畢竟他這麼優秀的男人，活了一輩子，理當有幾個姑娘表白。

然而當他開口的瞬間，他發現，他也沒有。

成婚之前，在廬州的時間裡，還有些姑娘會給他拋個花，但也算不上表白。

後來在華京，一開始華京裡的姑娘都看不上他，很快他當了李蓉的駙馬，李蓉這一輩子幾乎都在雲端，大權在握、性格強悍，這華京姑娘都怕死，更是見面就離他遠遠的。

於是反駁的話被堵在嘴裡，李蓉看見裴文宣尷尬，她便笑了：「原來裴大人一輩子也沒人同您正兒八經說過喜歡啊？」

裴文宣聽著這話，用笑容掩飾自己的尷尬：「殿下不也一樣嗎？」

「我和裴大人可不一樣，」李蓉眨了眨眼，「喜歡還有很多人同我說過的。」

「誰？」裴文宣下意識喝問出聲來，他腦子迅速轉了起來。

蘇容卿可能算一個。

可李蓉說很多？

李蓉成婚前在宮裡，沒接觸過多少外男，應該沒有很多。後來在朝堂上，她都嫁人了，還有人敢背著他去勾引她？

裴文宣臉色一時難看下來，李蓉觀察著，笑著瞧他，裴文宣迅速問了幾個和李蓉當初在朝堂上走得近的名字，李蓉看著他問得急，越看越想笑，最後她抬著扇子拍了拍裴文宣的手：「你也別瞎猜了，都是些不入流的角色，覺得自己長得好，便自薦枕席，想求一條青雲路。」

「他們不怕死嗎？」裴文宣有些震驚。

李蓉想了想：「可能我作風不太好吧？」

畢竟相對於普通女子，那時候的她在外界，的確顯得不夠矜持。

裴文宣聽到這話，心中有了幾分波瀾。

他都不知道，原來這世上的男人能這麼沒骨氣，又這麼有勇氣，為了求一條青雲路，居然不怕他敢去自薦枕席。

是他太小瞧這些男人了，上輩子沒防好，這輩子得多加警惕。

裴文宣穩了穩心裡滋生的諸多想法，才想起自己最初目的，轉了話題道：「那他們是怎麼和殿下說這些的？」

「就……隨便說了一聲。」李蓉似乎也覺得不太體面，不想多言，反問道，「你老問這些幹嘛啊？」

裴文宣笑了笑：「我就是看話本子裡那書生說句喜歡，還要專門挑個地方，覺得太過盛大，想問問殿下，其他人當真是像這書生一樣嗎？」

「看有心無心吧。」李蓉見裴文宣似乎是真的在問問題，而不是意有所指，便漫不經心道：「有心人，能比書上做得還好，無心之人，可能連一句喜歡都不說。」

裴文宣：「……」

他總覺得李蓉在暗示什麼，可看一看李蓉的神色，他又覺得是自己想多了，他接著道：「殿下心裡覺得，怎麼算有心呢？」

「有心這種事，上心就是了，還需要我覺得嗎？」

李蓉頗有些奇怪，裴文宣接著道：「上心要做些什麼呢？」

「至少知道對方喜歡什麼，不喜歡什麼，最想要什麼。」李蓉思索著，緩聲道，「這一點，其實你倒是可以學學蘇容卿。」

聽到這個名字，裴文宣面帶微笑。

李蓉說出口來，又覺這話不對，她打量了裴文宣一眼，見裴文宣面上笑容不變，她有幾分心虛。

裴文宣溫和道：「殿下，您怎麼不說了？」

「我……我也不是說你不如蘇容卿的意思。」

李蓉忙解釋，裴文宣笑起來：「殿下，我是這麼小氣的人嗎？」

真是。

李蓉不敢把這話說出來，但她看裴文宣神色還好，想來裴文宣是已經放下和蘇容卿的恩怨，想開了，於是她繼續道：「你記不記得，每一年冬天，公主府裡都有牡丹？」

「嗯，記得。」裴文宣點點頭。

李蓉笑起來，眼裡帶了幾分懷念，「蘇容卿知道我喜歡牡丹花，不喜歡梅花，所以每一年他都會特意在暖房中培育牡丹，冬日裡公主府裡的牡丹花，都是他養給我的。那時候我就覺得，這大概就是上心吧。」

裴文宣聽了，面上不動，他端起茶來，抿了一口。

李蓉抬眼，頗有幾分不安：「你怎麼不說話？」

「微臣就是有些感慨，沒想到蘇大人那時候，對殿下這麼好。」

李蓉總覺得裴文宣說這些，氣氛很是怪異，她勉強點了頭，應聲道：「的確。」

「可我記得，殿下其實最喜歡的，應該是芍藥才是。」

李蓉愣了愣，片刻後，她笑起來：「這竟然也讓你知道了。」

「芍藥不夠貴氣，」李蓉緩聲道，「而且從小母后就教我，不要讓人輕易知道妳喜歡什麼，哪怕是一朵花。」

裴文宣聽著李蓉的話，片刻後，他點頭道：「微臣明白了。」

「哦。話說，過幾日你騰個時間吧。」李蓉說著，突然想了起來，同裴文宣道：「我想帶你去蝴蝶峽去看一眼，聽說那裡風景秀麗，很漂亮。」

聽到這話，裴文宣笑起來：「能與殿下同遊，是微臣之幸。」

他說著，腦海裡已經把蝴蝶峽勾勒了一圈。

的確是個漂亮地方，溪水潺潺，岸丘間雜，在那裡布置定情之地，再適合不過了。

而李蓉端茶喝著，也在腦海裡勾勒了一圈蝴蝶峽的樣子。

兩面環山，草木旺盛，在那裡設置埋伏，再適合不過了。

第八十一章　蝴蝶峽

兩人各懷心思，便開始做各自的準備。

李蓉手裡的案子到了收尾，所有人都已經定罪，七十多名官員，貶職四十多位，流放十三名，處死七名，還有幾位，剛查過去就自殺了的，就不計入其中。

這封摺子到了李明手中，李明斟酌了一天，終於落下一個「准」字。

摺子交到門下省審核，門下省當天就駁斥了回來，洋洋灑灑，細數那些官員過往功績，總結就是兩個字——太重。

李蓉是懶得和這些文臣扯嘴皮子的，就讓裴文宣替她寫摺子去罵人。

裴文宣近來脾氣好得很，晚上就坐在她邊上，她罵一句，他就文縐縐換一個法子寫上去。

她罵累了，他就給她端杯水，讓她潤潤嗓子。

她表面上和這些世家的人打著拉扯的嘴仗，暗中又派人在蝴蝶峽設伏。

預備去蝴蝶峽前一日，她吩咐了上官雅埋上火藥在蝴蝶峽中以防萬一，結果當天晚上，上官雅就來給她稟報：「殿下，在蝴蝶峽設伏一事，您可曾和其他人提過？」

李蓉從文書裡抬頭：「怎麼了？」

「有另一撥人，正在蝴蝶峽做另一些事。」

「另一些事？」李蓉警惕起來，「可搞清楚是誰了？」

「我還以為您知道，」上官雅笑起來，「好像是駙馬的人。」

「駙馬？」李蓉有幾分詫異，「他的人在那裡做什麼？」

「暫時還不知道，不過他們今日大量運輸了一些花進去，好像在布置什麼。」

李蓉聽到她的話，想了想，又道：「運很多花的話，動靜豈不是很大？」

「正是。」上官雅似乎有幾分高興，「本來我還在憂愁，殿下出行這件事，要是陳家沒有動靜怎麼辦。現下就不用擔心了，駙馬今日這一出，早就驚了陳家的人。陳家那邊的線人今夜報來的消息，說今日陳府來了許多人，陳夫人從帳房裡支取了大量金銀，怕是在做準備。」

「薑還是老的辣。」李蓉有幾分無奈，「果然還是瞞不住裴文宣。」

「駙馬是個聰明人，」上官雅笑起來，「殿下都走到這一步，他也明白攔不住殿下，乾脆就幫著殿下了。」

「明日若是事成，大家都有賞。」李蓉高興起來，隨後她又想起來：「火藥埋下了？」

「埋下了。」上官雅說著，將描繪蝴蝶峽的地形圖拿了出來，指了位置給李蓉道，「放在這三個點，殿下進蝴蝶峽後，在第三個潭中，跳下去後往西游過去，十丈之後見光探頭，便是一個隱蔽的小山洞，任何意外，殿下都可以在這個山洞躲避。」

李蓉點點頭，和上官雅詳細問清楚整個流程後，見天色已晚，便同上官雅一起出門。

剛到門口，就見到正打算一起出去的蘇容華，蘇容華朝著李蓉行了個禮，恭敬道：「殿下。」

李蓉點了點頭：「蘇大人回去了？」

「是。」蘇容華笑起來，「殿下和上官小姐也打算回去？」

三人一起踏出督查司，李蓉笑起來：「也不早了。」

「近來天寒，」蘇容華送著李蓉上馬車，恭敬道，「殿下最近，還是少出門吧。」

李蓉聽到這話，動作不由得頓了頓。她回過頭來，目光落在蘇容華身上，許久後，她輕輕一笑：「謝過蘇大人提醒，夜深了，蘇大人還是少走夜路吧。」

蘇容華輕笑，面上有幾分無奈：「殿下，走不走夜路，也不是微臣能決定的，微臣唯一能做的，不過只是盡量走在燈下而已。」

「狂如蘇大公子，」李蓉有幾分不解，「也不能選擇走或者不走嗎？」

蘇容華沒說話，他抬手行禮，低聲道：「恭送殿下。」

李蓉看著蘇容華，片刻後，她終於點了點頭，同上官雅和蘇容華道了別。

李蓉回到府邸，便看見裴文宣照舊在等她，他提前聽她回來，便等候在門口，李蓉一進府，就看見長廊上站的那位藍衣青年。

李蓉看見裴文宣，不自覺就笑起來，她走到裴文宣面前，抬手拍了拍裴文宣的肩，鼓勵道：「幹得好。」

裴文宣有些茫然，他小心道：「殿下說的幹得好，指的是……」

「你在蝴蝶峽做的事我知道了。」

裴文宣聽到這話，心裡一驚，他沒想到李蓉竟然這麼關心他，連這種細節都打探到。

裴文宣忍不住道：「殿下既然知道，那明日……」裴文宣有幾分不安，「殿下還打算赴約嗎？」

「廢了這麼大心思，怎麼能不去呢？」李蓉笑起來：「你照著你的想法做吧，不過，得幹得漂亮些。」

裴文宣聽到這話，一時有些愣了，他心跳快起來，看著李蓉負手在後、走向前方的背影，他張口有諸多想問，又覺冒犯。

李蓉既然知道他在蝴蝶峽做什麼，以她的聰明，自然也就知道他心裡想什麼，她還能這麼允許他，是不是意味著……另一種回應呢？

裴文宣不敢多想，他怕自己想多了，便忍不住說得多，可他本就做好了準備，要把話放在明天說，於是他笑起來，鄭重道：「殿下放心，我會安排好。」

李蓉點了點頭，高興道：「行，吃飯吧。」

那天晚上李蓉興致高，裴文宣瞧出她高興來，心裡便有些不安。

他想李蓉應該是很期待明天他的表現，若是他表現得不好，是不是會讓李蓉失望？

李蓉的性子他是瞭解的，她防備心重，應當不會因他一次告白就放下心防。可她又好似很期待明天，應該是她期待明天他能為她做些什麼。

小姑娘，總是有那麼幾分虛榮心，想得到與眾不同的關懷和殷勤，可李蓉大場面見得多，裴文宣一時也不確定，自己能不能給出李蓉想要的答卷。

裴文宣想著明天的事，竟是一夜沒睡，夜裡翻來覆去，又怕吵了李蓉，只在腦海裡一遍一遍模擬著明天，明天該說的每一句話，該做的每一件事，每一個細節……

他一一確認過後，已經是快天亮了。

他們兩人都特意請過假，李蓉賴床，便一直睡著，而裴文宣早早起身，就到了隔壁房裡，梳洗過後，天還沒亮，便提前出了城。

李蓉睡得渾渾噩噩，等醒來時，天已大亮，她打著哈欠起身，就看靜蘭上前來伺候，她不由得道：「駙馬呢？怎麼不見他人影？」

「駙馬今早已經提前出去了。」靜蘭笑著道：「他留了話，說他在蝴蝶峽提前等候殿下。」

「他帶了多少人？」

聽到這話，李蓉先考慮到的是裴文宣的安危，靜蘭知道了李蓉的意思，笑著回道：「駙馬把他名下的精銳暗衛都帶了出去，殿下放心，駙馬會安排好的。」

「那就好。」

李蓉聽到裴文宣將精銳全都帶了出去，放下心來，也更加確定今日之事，裴文宣大約心裡有數。

她由靜蘭伺候著穿上衣服，去飯廳喝了粥，便由靜蘭領著上了馬車，然後朝著城外出行而去。

李蓉帶了很多人，看上去浩浩蕩蕩，靜蘭和靜梅同李蓉坐在馬車裡，靜梅不由得道：「殿下，您帶這麼多人，誰還敢靠近您啊？」

李蓉正喝著茶，聽到靜梅的話，似笑非笑抬頭看了她一眼：「妳呀，還是太小了。我若一個人不帶，怕旁人才不敢靠近吧。」

「啊？」靜梅有些茫然，「殿下的話我聽不明白了。」

李蓉笑了笑，坐在馬車上無事，便耐心同靜梅解釋道：「我身分放在這裡，如今又在案件關鍵時刻，還這麼高調出行，若身邊不嚴加防範，那必然是有後手。相比明著的強勢，暗中安排，才讓那些殺手更加害怕。畢竟明著有這麼多人，危險程度也就放在了這裡，他們有沒有能力出手，一看就知。」

「那他們若是看殿下嚴加防備，不動手怎麼辦？」

靜梅有些茫然，李蓉頗為無奈，拿了扇子敲了她的頭，無奈道：「我自然是得了消息，才會這麼防備，妳放心吧。」

李蓉說著，眼神帶了幾分冷：「陳廣是陳家的獨苗，老夫人就算拚了命，也會救人。有人願意當刀，想動手的人哪裡會放過這個機會？正好一波收拾了。」李蓉笑起來，「他們成日裡要殺雞儆猴給父皇看、給我看，真當我是個好脾氣，拿他們沒辦法。」

靜梅聽著這些話，不由得看了一眼靜蘭，她其實聽得不大明白，又似乎懂了。

靜蘭給李蓉斟茶，輕聲道：「殿下說得是。」

李蓉和靜蘭、靜梅聊著天，裴文宣卻在蝴蝶峽裡忙了個底朝天。

一盆一盆的芍藥開在峽谷之中，裴文宣指揮著人將芍藥放置好位置，將整個蝴蝶峽變成了一片花海。

「公子。」童業從小道裡走來，到了站在花海中的裴文宣身邊，高興道，「殿下來了。」

裴文宣聽到這話，抿唇一笑，低頭道：「那我剛好開始溫酒，等殿下到了，就有暖酒可以喝了。」說著，裴文宣便讓人到他已經架好的長桌邊上放了暖酒用的小火爐，然後暖上了一壺桃花釀。

等架好火，放上酒，裴文宣便跪坐到長桌前，抬手摸上長桌上的古琴。

他已經許多年沒有彈過琴了。

以前李蓉喜歡聽他彈琴，於是他總在下朝之後，給她彈琴。

姑娘會趴在桌邊，靜靜瞧著他，等一曲終了，便笑起來，高興說一聲：「裴文宣，你真好看。」

他也不知道這個人到底是真喜歡聽琴，還是只是單純覺得他彈琴的模樣好看，可那都不重要，她喜歡，那便夠了。

裴文宣抬手溫柔拂過琴弦，而這時候，李蓉的馬車也出了城，距離華京越來越遠。

眼見著要到蝴蝶峽時，羽箭如雨而落，猛地扎在李蓉馬車車壁上。

外面人仰馬翻，砍殺聲忽成一片。

李蓉神色平穩坐在馬車之中，冷聲提醒旁邊人。

「來了。」

第八十二章　真言

外面喊殺聲四起，馬車快速加速，三個姑娘在馬車裡被顛得左右搖晃，各自找了一個凸出來的地方抓緊穩定住自己。

靜梅、靜蘭已經嚇得臉色慘白，仍舊強作鎮定，羽箭一支一支砸在車壁上，彷彿隨時要把車壁貫穿。

「殿下，」靜蘭哆嗦著道，「馬車……馬車會不會被射穿？」

光聽著外面羽箭衝撞的聲音，就知道外面是怎樣的箭雨，如果不是特製的馬車，他們在裡面，早就被射成了篩子。

李蓉扶著自己，聽著外面的聲音，冷靜道：「別慌，馬車扎不穿，等一會兒可能會翻，妳們扶穩。」

話音剛落，就聽外面馬一聲慘叫，馬車裡頓時天翻地覆，李蓉手上用力，穩住自己不要隨著馬車的力道亂滾，但還是被巨力所襲，狠狠撞在車壁上。

李蓉緩了口氣，就見一個侍衛掀開簾子，急道：「殿下快出來。」

李蓉也來不及顧忌儀態，慌忙衝了出去，吩咐靜梅、靜蘭道：「妳們往其他地方跑。」

說完，李蓉就跟著侍衛衝到邊上，翻身上馬，然後朝著蝴蝶峽疾馳而去。

靜蘭、靜梅從馬車裡爬出來，便朝著林子另一邊狂奔。

上官雅早就埋伏了人在蝴蝶峽兩側山上，她們要趕緊去找上官雅。

李蓉在侍衛守護下往蝴蝶峽駕馬狂衝，侍衛和身後殺手且戰且退，引著那些殺手衝進來，上官雅站在高處，看著那些殺手被李蓉引進蝴蝶峽，眼見著有大半人衝了進去，上官雅大喝了一聲：「落石！」

話音剛落，石頭便從峽谷兩邊推落而下，將殺手的隊伍截成了兩半。

裴文宣正調撥著琴弦，就聽見急促的馬蹄聲，他一抬頭，就看李蓉一身紅衣，由侍衛護著朝著他狂奔而來，裴文宣瞳孔緊縮，隨後就聽轟隆巨響，蝴蝶峽的入口被巨石當場遮掩，激起滾滾塵煙，而後李蓉駕馬踐踏著溪水和滿地芍藥朝著他一路俯衝而來，大聲道：「裴文宣，讓開！」

她身後帶著的殺手和侍衛交戰成了一片，兩撥人馬在花海中一路廝殺，裴文宣只看著一株株芍藥被他們踐踏而過，一刀一刀揮砍在花上，花瓣漫天飛舞，李蓉紅衣駿馬，從花海中疾馳而來。

裴文宣臉色變得煞白，他看著他重金搜羅了整個華京周邊才找出來的芍藥，看著這些芍藥花在打鬥之間，化作花瓣漫天紛飛，而那些人渾然不知，打得難捨難分。

他氣得渾身顫抖，難以言語。

李蓉駕馬到他身邊，翻身跳了下來，拉起他道：「還站著做什麼？跑啊！」

說著，裴文宣就被李蓉拉著往前方狂奔，殺手追著李蓉就衝過來，侍衛攔在殺手後方，李蓉轉頭看向自己的侍衛，大聲道：「撤！帶著人撤！」

「殿下，」裴文宣終於反應過來，他意識到發生了什麼，他抬頭看向李蓉，急急想要把那句準備了許久的話說出口，「我等在這裡是為了……」

「屏氣！」

不等裴文宣說完，李蓉一把就把他推進了冰冷的湖中。

李蓉推得乾脆又決絕，彷彿是用了所有力氣，裴文宣沒有防備，就被她直接推了下去。

湖水湧入裴文宣所有口鼻，好在他下意識聽從了李蓉的話，屏住了呼吸。

落水之後，最重要的就是冷靜，裴文宣慌神不過片刻，就冷靜下來，調整了姿勢，而後就感覺有人拉了他一把，拽著他往前。

裴文宣知道這是李蓉，趕緊跟著李蓉往前，兩人往前游了不到百米，李蓉便拽著他往上浮去，剛剛露頭，就感覺一陣地動山搖，裴文宣一把抓住李蓉，一把抓住岸邊，隨後兩人迅速攀爬上岸上來。

冬日寒冷，兩人剛剛上岸，就覺得刺骨的冷意捲席上來。

裴文宣還來不及問是怎麼回事，就看李蓉哆嗦著趕緊到了旁邊，拿了一個包裹，翻出衣服來，扔了一個給裴文宣，打著顫道：「換上。」說著，她也不顧裴文宣在這裡，直接開始脫衣服。

裴文宣慌忙回頭，也不敢看她，事情發展得太快，猝不及防，裴文宣來不及多想，只能跟著李蓉一起快速換衣。

衣服換好之後，頭髮還是濕的，但暖意讓方才的緊張感稍稍平息了幾分。

李蓉回過頭來，看著裴文宣，笑了笑道：「嚇到你了？」

裴文宣沒有說話，他抿緊唇，盯著李蓉。

「你的人應該沒事，」李蓉見他似是不滿，以為是他擔心外面人的安危，安撫道，「我方才讓人先指揮了你的人撤開，這些炸藥的範圍都有一個安全區域，之前來的時候我吩咐過，不到萬不得已，必須確保所有人都進入安全區域後才會點燃火藥。」

裴文宣沒說話，他點了點頭，似是有些狼狽。

李蓉見他神色有異，不由得道：「你方才是想同我說些什麼？」

「沒什麼。」裴文宣扭過頭去，遮掩了神色，轉頭看向山洞外面的光亮之處：「今日都是殿下安排的？」

「你不是知道嗎？」李蓉笑起來，「你也別生氣，我心裡都有數。方才已經把他們的人攔成兩邊，小部分人馬堵在外面，我讓上官雅活捉外面一部分，陳家刺殺的證據就穩了。」

「殿下這是用自己當餌。」裴文宣聲音很低。

李蓉冷笑出聲來：「我沒有耐心和他們耗著，他們這麼時不時來一出，我也不可能天天防備著他們，倒不如將他們引出來一網打盡。」

「太過冒險了。」

裴文宣壓著聲音，他似乎有些心不在焉，在努力克制著自己，李蓉也看出來，她猶豫了一會兒，最終只道：「以後不會了，放心吧。」

裴文宣看著山洞外，一直沒有出聲，李蓉看了一眼他凌亂的頭髮和脫下來的衣服，她這才注意到，今日的裴文宣，穿的是白衣。

他已經很多年不穿白衣了。

李蓉不知道為什麼，心裡就有些發慌，她想說點什麼，可裴文宣沉默著，她也不知道該從哪裡說。

外面砍殺聲漸小，沒了片刻，上官雅的聲音從外面傳來，大聲道：「殿下，妳還好嗎？殿下！」

「我在這裡。」

李蓉立刻揚聲，上官雅尋著聲音，領著人進來，她面上帶著喜色，看上去是遇見了什麼好事，她朝著李蓉行禮，隨後又同裴文宣點頭道：「裴大人。」

裴文宣默聲回禮，上官雅才轉頭同李蓉道：「殿下，今日活捉十二人，我們這邊受傷十人，其他都沒事。」

「先把人帶回去審。」李蓉立刻道：「屍體也都抬回去，一個一個查。」

「是。」上官雅說完，上下打量了李蓉一眼：「妳先回去吧，別受寒，剩下的事交給我。」說著，上官雅看向裴文宣，笑起來：「駙馬這次立了大功，殿下說了，要重賞您。」

裴文宣神色不變，只恭敬道：「謝殿下。」

李蓉點了點頭，也不知該說些什麼，只能抬了手，指了外面。

「走吧。」

裴文宣點了頭，便直接走了出去。

上官雅也察覺不對，她走在李蓉邊上，小聲道：「殿下，駙馬看上去很不高興啊。」

李蓉應了一聲，看著裴文宣清瘦的背影，小扇輕輕敲在手心，似是在想什麼。

等走出去後，李蓉便看到一地狼藉，屍體倒在一片花海裡，溪水被血水染紅，裴文宣原本準備的桌椅和琴都被砸在地上，暖著酒的爐子滾落在一邊。

裴文宣看著這樣的景象，他頓了頓步子，片刻後，他一言不發，雙手攏在袖中，踩在花海之中，便一路往前行去。

他身著黑色大氅，頭髮散開，風吹起被砍碎的芍藥花瓣迎面吹來，李蓉抬眼便看見那人的背影往峽谷外走去，漸行漸遠。

「這大冬天的，」上官雅有些詫異，「他哪兒弄來這麼多芍藥啊？」

李蓉目光落到旁邊芍藥上，她愣了片刻後，提步走到琴桌邊上。

她抬手撫上那把古琴，看見琴上刻著的「綠檀」二字，她瞬間便想起來，這是裴文宣最喜歡的一把琴。

滿山芍藥、最珍愛的古琴，他如果是為了配合她引敵，又何須費這麼大的心思？

李蓉愣愣看著這一切，上官雅在短暫詫異後，瞬間反應過來。她急忙跑到李蓉邊上，將琴往李蓉懷裡一塞，急道：「殿下，妳還愣著幹什麼？趕緊追上去啊！」

「追……」李蓉茫然抬起頭，「追上去？」

「快追上去啊，不然駙馬多傷心啊。」上官雅一臉認真將李蓉拉起來，推她道，「妳快啊，我幫妳把人都散了，妳放心說話。」

李蓉抱著琴，一時有些不知所措，上官雅一個勁兒推她，片刻後，她才反應過來，冷聲道：「別推了，我過去。」說著，李蓉便抱著琴，一路穿過人群。

她走得極快，卻極為克制，像是一根繃緊了的弦，費了極大的力氣，又想要追上那人，又怕失了姿態，她疾步走到裴文宣身後，大聲叫他：「裴文宣。」

裴文宣停住步子，他沒有回頭，李蓉抿了抿唇，低聲道：「你的琴。」

裴文宣沉默許久，聲音有些啞：「琴斷了，就不要了吧。」

李蓉說不出什麼感覺，她就覺得自己像被這把壞了的琴砸在心上。

裴文宣說的不要，似乎並不是不要琴，而是……

李蓉沒讓自己想下去，她只抱著琴，冷著聲：「這把琴隨你很久了，修一修，還是能用的。」

「我修過太多次了，」裴文宣緩著聲，「不必了。」

李蓉抓緊了琴身。

裴文宣輕輕回頭，他看向李蓉，李蓉面上沒什麼表情。

他認真注視著她，好久後，他笑起來：「殿下，今日我準備了很久，芍藥是我重金買下的，衣服也是當年殿下誇讚過的，一切都是按著殿下喜好來，就怕殿下不喜歡。」他說著，似乎也覺難堪，垂下眉眼，看著地上的花瓣，唇邊帶著笑：「殿下該提前告知我的。」

「我以為你知道。」李蓉說得很冷靜：「你素來心思聰慧，見微知著，你剛經過刺殺，我便帶你外出，我以為你早已察覺，暗中探查過我，所以才配合我這麼大張旗鼓往蝴蝶峽搬這些花。」

裴文宣不說話，李蓉垂了眼眸，低聲道：「是你失了慣來的理智。」

「殿下說的是。」裴文宣笑起來，「過往我一直不明白，殿下為何這麼抗拒情愛之事，如今我明白了。」裴文宣抬眼看著李蓉：「若是心裡有一個人，難免會失態，殿下異樣，我早已察覺，可我卻會以為，這是殿下對我示好，是我失了分寸，差點擾了殿下的計畫。」

裴文宣每說一句話，就扎在李蓉心上。

李蓉死死抱著琴，她頭一次知道，原來平平淡淡的句子，也能這麼傷人。

可她不能顯現出來，她漠然聽著裴文宣開口：「是微臣的錯，殿下放心，日後不會如此。」

裴文宣說完，矜雅行了個禮，便轉身朝外走去。

李蓉見裴文宣離開，她的手指死死扣在琴上，眼見著人走遠。

她終於有些忍不住，叫住他：「裴文宣！」

裴文宣沒回頭，他繼續往前走。

李蓉咬牙大喝出聲：「憑什麼都是你說了算？你說要當朋友，就當朋友。如今你說不當朋友，就不當。來也由你，去也由你，你拿什麼資格，和我要這樣的脾氣？」

「對。」裴文宣停住步子，扭過頭來，同李蓉一樣大罵，「我沒資格，我從來都沒資格，以前我不在妳心裡，如今我做什麼也都不在妳心裡。我不在妳心裡，所以我就連喜歡妳、陪著妳、追求妳的權利都沒有了，對嗎？」

李蓉睜大了眼，裴文宣看著她的表情，面帶嘲諷笑起來：「妳驚訝嗎？妳不是早就知道了嗎？」說著，裴文宣走上前來，他捏著拳頭，克制著自己，在只有兩人能聽到的範圍裡，壓著聲：「妳明明什麼都清楚，可妳藏在心裡，妳假裝不知道，不過就是希望我還能像以前一樣，和妳保持著所謂的友誼，然後再繼續對妳好。」

「妳不願意同我在一起，」裴文宣聲音有些抖，「可妳又捨不得我的才能，捨不得我對妳的好。所以妳一面對我示好留住我，一面又在我靠近時候拒絕我。可李蓉，」裴文宣紅了眼眶，「感情不能這麼踐踏的。妳可以說妳不喜歡我，可妳至少要尊重這份喜歡。」

「今日之事，但凡妳上心一分，就不至於什麼都不知道。」

「我猜不到妳的陰謀、陽謀，不是我傻，是我更願意相信，妳叫我出來，是真心想同我到一個地方，散一散心，與這些陰謀詭計無關。」

「而妳明知我的動向，卻猜不到我的所作所為，也不是妳不明白，而妳的心裡，更願意相信我在玩陰謀詭計，而不是……」裴文宣頓了頓，他盯著面前這個聽他說完所有，神色都沒有半分變化的女人。

他突然覺得疲憊，覺得難堪，他甚至覺得，如果這句話說出來，他就真的輸到一敗塗地，連最後一點尊嚴都澈底輸了。

「而不是什麼？」李蓉抬起頭來，靜靜看著他。

裴文宣得了這雙平靜到極致的眼，他忍不住笑開：「還是殿下棋高一籌。」說著，他扭過頭去，沙啞了聲道：「殿下還有要事處理，微臣告退。」

「裴文宣。」李蓉聲音有些疲憊，她看著地面，低聲開口，「我從來沒有同你說過這些話。」

「不是你一個人覺得感情被踐踏過，也不是你一個人覺得自己可憐過。」

裴文宣愣了愣，李蓉說完這些，又覺失態，她深吸了一口氣，抱琴轉身，努力讓自己冷靜下來：「你先回去吧，我還要辦事。」

「殿下……」

「回去！」

李蓉大喝出聲，裴文宣沒有說話，他靜靜看著李蓉孤傲如劍的背影，許久後，他抬起手來，朝李蓉行了一禮。

「微臣等殿下回家。」他聲音很低，帶了幾分懇求。

李蓉停住腳步，好久後，她才應了一聲：「嗯。」

第八十三章　告白

李蓉抱著琴走回來，上官雅才領著人從遠處回來，走到李蓉旁邊，她看了一眼李蓉的臉色，小心翼翼道：「吵崩啦？」

「把屍體先抬回去。」李蓉沒有回應，平靜道，「活著那批也帶回去審問吧。」接著李蓉轉頭叫了一聲臉色還有些蒼白的靜蘭，將琴交給靜蘭：「把琴交給最好的師父，拿去修一修吧。」

靜蘭應了聲，抱著琴走了下去。

等靜蘭下去之後，李蓉便同上官雅一起去看那些活著的殺手。

人已經被上官雅先押往督查司，兩人便一同往外走去，剛出了蝴蝶峽，李蓉便看見一隊人馬疾馳而來，而後匆匆停下。

李蓉抬起頭來，頗有幾分詫異，不由得出聲道：「蘇大人？」

蘇容華緩了緩神色，看了一眼周遭，翻身下馬朝著李蓉行禮：「殿下。」

「你怎麼來了？」李蓉笑起來，「蘇大人應當還在休沐才是。」

「聽聞殿下出事，」蘇容華緩了口氣，才開口道：「微臣特來相助。」

「蘇大人來得不早不晚，」上官雅從李蓉身後走來，笑咪咪道，「事剛完就來了，倒是個好時機。」

「上官不必如此諷刺。」蘇容華淡淡瞟了一眼上官雅，轉頭看向李蓉道，「殿下出城時微臣才得到消息，點了人匆忙趕來，並非有意拖延……」

「我知道。」李蓉點了點頭，「你能來就費心了。」說著，李蓉轉頭招呼了上官雅，輕聲道：「走吧。」

李蓉提步往前，淡淡瞟了一眼蘇容華帶來的人，她沒有作聲，上官雅附耳在旁道：「殿下，他帶的是刑部的人。」

李蓉應了一聲，沒有多說。

兩人上了馬車便回督查司，李蓉讓人將這些殺手分開關押，而後將領頭人提了過來。

那人被捆得結結實實，嘴裡塞上了破布，上官雅彎下腰，附在李蓉耳邊：「這人一心求死，嘴裡塞了毒囊，被摳出來了。」

李蓉將人仔細打量了一圈，便認出了來人，這人上輩子也算個出名人物，是頂尖殺手組織七星堂的副堂主藺飛白。

李蓉不由得輕笑起來：「藺堂主都請來了，陳家這次本錢怕是下了不少。」

藺飛白冷著臉不說話，李蓉心裡倒有些後怕。

藺飛白這樣的人物都請出山來，還好今日她讓人把殺手的隊伍截成了兩部分，外面留少，用人數圍攻；裡面圍多，用火藥設伏，若是真的硬碰硬，今天還當真凶多吉少，有來無回。

這也難怪陳家膽子這麼大，原來是存了今日她必死的心思。一定是有人在後面許諾了陳家什麼，一旦她死了，就算追查出陳家來，就讓陳老夫人出來抵了罪，他們後面的人再一番運作，將陳廣保下來。

陳老夫人這一次也是豁出了性命，一定要保住這個兒子。

李蓉將這一切盤算清楚，抬眼看向藺飛白：「藺堂主，我想和你談談，現下我讓人把你的舌頭捋順，要是你給我玩什麼咬舌自盡，明日，我便讓人帶著士兵攻上秦曲山，把你們七星堂給端了，聽明白了嗎？」

聽到秦曲山，藺飛白驟然睜眼，似有幾分震驚。

殺手組織最忌諱的，便是讓人找到老巢在哪裡，他們敢來，也是存了就算事情敗露，宮裡人也找不到他們的人的心。沒想到李蓉開口就把他們的據點報了出來，藺飛白一時便有些慌了。

李蓉見藺飛白有了情緒，她抬手讓人將藺飛白口裡的破布掏了出來，藺飛白剛得出聲，便立刻道：「妳怎麼知道的？」

「本宮怎麼知道不重要，藺公子只要乖乖聽話就是。我知道你們這些殺手從小在一起培養，你那些兄弟都在秦曲山上吧？你說我今日讓人出發，殺他們個措手不及，如何？」

藺飛白冷著臉不說話，李蓉接著道：「我知道幹你們這一行，透漏雇主資訊是大忌，我不會讓你出面作證，也不會把你暴露出去，你只需要把你知道的告訴我即可。」

「告訴妳之後呢？」藺飛白冷著聲，「妳拿我的話出去找凶手，我橫豎不也是死嗎？」

「這可未必。」李蓉循循善誘道，「你可以留個線索給我，我順著查，就當是我查出來的。然後我給你個機會，你越獄跑出去，回去通知你們兄弟換個地方待著，如何？」

「天底下有這種好事？」藺飛白嘲諷出聲，「殿下當我是孩子不成？」

「條件嘛，自然是有的。」李蓉搖著扇子：「我想給七星堂下個單，你們必須接。」

藺飛白沒說話，李蓉知道他在等她，她身子往前探了探，低聲道：「刺殺裴文宣的人，是你們的人吧？」

藺飛白不言，權當默認。

李蓉笑起來，壓低了聲，認真道：「誰提議讓你們刺殺裴文宣，你們就回去，用同樣的方式把他給我殺了！動手之後，你們找個人偽裝成一個普通人和我交易，我可以從我的封地裡賣一塊地給你們。當然，實際上你們也不需要給我錢，只是明面上做個交易，裝成你我不認識，你們把你們的據點從秦曲山搬入我的封地之內，我保你們性命無憂。」

藺飛白面露遲疑，李蓉見到這樣的好處他都沒有立刻應下，便明白他身後的人，必然和她給予了同等的條件。

她想了想秦曲山所處的位置，端起茶來喝了一口，緩聲道：「你想好，謝家畢竟只是世家，就算他們有許多土地，可那裡無論官府還是軍隊，名義上都歸屬於朝廷，父皇若是讓人查起你們來，他們那裡的官員聽謝家的，還是聽朝廷的，還未可知。而我的封地——」李蓉抬眼看向藺飛白：「我是公主，我的封地，就是我的，你明白區別嗎？」

藺飛白神色動了動，李蓉擺弄著手中的茶碗：「我給你一盞茶的時間，你好好想。既然已經下了泥塘，我與謝家，你們總得站一個位置。我起身之前，你得給我一個答覆。」

蘭飛白不說話，李蓉低頭撥弄著茶碗裡漂浮在水面的茶，一盞茶的時間過去，李蓉乾脆俐落站起身來，正要離開，就聽蘭飛白極快道：「是謝蘭清。」

李蓉頓住步子，蘭飛白抬眼看向李蓉：「刑部尚書謝蘭清，妳確定，妳還要殺？」

謝蘭清是如今謝家的主子，一次刺殺或許不難，難的是這樣大族舉家之力的反撲。

李蓉沉默著，上官雅皺起眉頭，正要說話，就聽李蓉道：「殺。」說著，李蓉便朝外走了出去，同上官雅吩咐：「讓人審清楚，我先出去。」

上官雅頗有幾分不情願應了聲，送著李蓉出去之後，便折了回來，紙筆往蘭飛白面前一鋪，果斷道：「招吧。」

蘭飛白抬眼看她，一雙銳利如鷹的眼盯了她許久，上官雅被他盯得心裡有些發毛：「你盯著我做什麼？」

「我記得妳。」蘭飛白冰冷開口，上官雅挑眉，蘭飛白繼續道，「往我嘴裡塞破布的那個。」

上官雅：「……」

「我不招，妳換人來。」蘭飛白扭過頭去，冷著臉不再說話。

上官雅氣頭一瞬間上來了，她抬起手來想打，又想到蘭飛白掌握著關鍵證據，揚手頓在半空中，一時進退兩難。

正尷尬著，就聽門邊傳來一聲輕笑：「要換人審？行啊，我來。」說著，蘇容華從門口走進來，往藺飛白對面一坐，一撩衣擺，往椅子上一斜，抬眼淡道：「這位公子，說吧。」

藺飛白不說話，蘇容華抬手指了指地上擦地的抹布，直接吩咐：「把那抹布給他塞嘴裡去。」

藺飛白聽得這話，瞪大了眼，怒道：「你敢？」

「上官大人敢，我不敢？你也太小瞧了我些，塞！」

蘇容華一聲令下，獄卒猶豫片刻，終於上前了兩個人，去撿地上的抹布，藺飛白忍不住了，驟然回頭，朝著上官雅道：「妳讓他出去！」

上官雅攤了攤手：「你說要換人的呀。」

「不換了。」藺飛白拉著臉，極不耐煩回答，「妳讓他出去，我這就招。」

上官雅聽到這話，嗤笑出聲：「早說不就完事了嗎？」說著，上官雅轉頭朝著蘇容華行了個禮，抬手做了個「請」的姿勢：「蘇大人？」

蘇容華見上官雅請他出去的動作，嘆了口氣：「當真是有事鍾無豔，無事夏迎春。無情，真是無情啊。」

蘇容華一面感慨，一面起身，朝著上官雅行了個禮，便走了出去。

上官雅回過身來，把紙筆往藺飛白面前一推：「藺堂主，請吧？」

上官雅把藺飛白審完時，已經是深夜。藺飛白位置高，知道的事情也多，一路招出來，訊息量太大，上官雅整理了口供後，出門來，吩咐著旁人往前走：「其他人先拘著，我明日再審。」

「大人，殿下連夜提審，已經都審完了。」

侍從給上官雅挑燈引路，上官雅愣了愣，有幾分詫異道：「殿下還沒走？」

「是。」侍從笑起來：「殿下還在批文書呢。」

上官雅得了這話，猶豫了片刻，便去轉了方向，皺起眉來：「我去探望殿下。」

上官雅一路行到李蓉的書房，老遠便看見她還在書房裡。她案牘上點著燈，整個人挺直了背，彷彿不知疲倦一樣，靜靜批閱著剛剛拷問出來的口供。

上官雅行到李蓉房間門前，在門口站了一會兒，蘇容華剛好鎖了自己的門出來，見到上官雅，他有些意外出聲：「上官大人？」

上官雅被蘇容華嚇了一跳，李蓉也聽到了兩人說話的聲音，她抬起頭來，看向門口站著的兩人，她笑了笑：「你們還不走？」

「殿下。」上官雅和蘇容華朝著李蓉一起行禮。

李蓉看了看外面的月亮，催促道，「天色晚了，早些回去吧。」

「殿下……」

上官雅遲疑著，李蓉似是知道她要說什麼，有幾分疲倦開口，「回去吧。今日情況特殊，蘇大人方便的話，還請送上官大人一程。」

今天他們敢幹了這麼大的事，難保不會有一些反撲，殺不了李蓉，盯著上官雅來也可能。有蘇容華跟著上官雅，要動上官雅，也要看一下蘇家的面子。

李蓉也只是一說，不想蘇容華竟也應了下來。

李蓉更放心了幾分，點了點頭，只道：「去吧。」

上官雅沒說話，蘇容華抬手道：「上官大人，請。」

上官雅嘆了口氣，低聲行禮：「殿下早些回去吧。」

李蓉應了一聲，低頭看著摺子：「我把事處理完了，就回去。」

上官雅見李蓉的樣子，也不好再說什麼，便同蘇容華一起走出門去。

蘇容華悄悄打量她，輕笑開口：「上官大人似乎是有心事。」

「也沒什麼。」上官雅笑了笑。「今日勞煩蘇大人相送了。」

「小事。」蘇容華同上官雅並肩行著，「能送上官小姐回家，是在下的榮幸。」

上官雅沒說話，過了一會兒後，她嘆了口氣：「蘇容華，我還真看不明白你這個人。」

「嗯？」

「你能到督查司，為的是什麼，我們都清楚。可今日送我回去，便是幫著我和殿下了。」

「上官小姐，我也並非時時是要同妳們作對的。」蘇容華少有帶了幾分認真，「我心裡有我的對錯，我覺得妳們過了，便會幫著其他人；我覺得其他人過了，便會幫著妳們。」

「蘇大人沒有自己的立場嗎？」上官雅抬眼看他。

蘇容華低頭一笑，「有，只是我的立場，是我心裡的對錯，與世家或者皇權，都沒有任何干係。」

「是麼？」上官雅聲音很淡，明白著是敷衍。

蘇容華嘆了口氣：「算了、算了，好不容易有這樣的機會，不同上官小姐談這些。上官小姐今日憂慮，怕是與殿下有關，何不與我一說呢？」

上官雅不說話，兩人提步出了門，蘇容華用手中扇子敲打著手心，緩聲道：「上官小姐不說我也知道，今日滿山的芍藥，裴大人怕是費了不少心思，公主卻在那裡設伏，裴大人與公主的關係，看上去頗為微妙啊。」

上官雅停住腳步，蘇容華轉眼看她：「上官小姐是不是想，殿下明明心裡有裴大人，裴大人心裡也有殿下，為何似乎還與裴大人關係這麼僵呢？」

「蘇容華。」上官雅抬眼，冷冷看著他，「殿下也是你能妄議的嗎？」

蘇容華笑起來，他靠近上官雅，輕聲道：「笑一笑。」

上官雅不說話，她盯著蘇容華，只道：「為什麼？」

她雖然沒有明指，蘇容華卻也知道，上官雅是在問方才他說出的問題的答案，他挑了眉頭：「這就是妳問人的態度？」

「不說就算了。」

上官雅聲音很輕，她徑直轉向馬車，還未到車前，就聽蘇容華道：「因為在意。」

「殿下這個人，越是在意什麼，越是不敢觸碰什麼。她和裴大人不一樣，當年裴禮之大人夫妻恩愛，超乎尋常，所以裴大人於感情一事，更重情，也更有勇氣。而殿下生於宮廷，妳我也知，如我們這樣的出生，自幼教導之中，夫妻之間僅有規矩，情愛便是天上月、水中花，殿下何不是如此以為？」

「生於不同之地，自然性子不同。裴大人看似溫和謙讓，實則極為強勢，若是定下什麼，那就是步步為營，寸土必爭，尤其是感情一事，不達目的誓不甘休。而殿下不是，殿下於感情看得又鄭重又悲哀，她怕自己於感情中失了分寸，所以她越在意，越害怕。」

「你為什麼這麼說殿下？」上官雅回過頭來，皺起眉頭。蘇容華每一句話她都挑不出錯，可她奇怪的是，蘇容華為什麼這麼瞭解李蓉。

蘇容華聳聳肩：「不是我說的，別人告訴我的。」

「誰？」

「這妳就不必知道了。」蘇容華輕笑：「我告訴妳，也不過就是給上官小姐解惑，裴大人和殿下，其實並不般配。裴大人的感情，殿下要不起，殿下會怕。」

上官雅沒說話，她靜靜看著蘇容華，蘇容華走上前來，嘆了口氣：「所以妳啊，別為他們操心了，隨緣吧。」

聽得這話，上官雅笑起來。

「配不配，不是你說了算。」她甩下這一句，便提步往督查司走去。

蘇容華愣了愣，便見上官雅穿過庭院，疾步走到李蓉房間之中。

李蓉還低頭寫著字，上官雅走到李蓉面前，將李蓉手中的筆猛地抽開，認真道：「殿下，別寫了。」

李蓉頓住動作，就聽上官雅道：「殿下，妳若想和離，就早一點和離。若妳還想留住駙馬，現在就回去。」

「妳怎麼還不走？」李蓉笑起來，抬眼看向上官雅，有些無奈道：「小小年紀管這麼多幹什麼？」

「殿下，您今年也不過十八歲。」上官雅認真看著她：「算來我比殿下還要年長幾分。殿下聽我一句勸，回去吧。」

李蓉不說話，她神色平靜，似乎完全沒聽懂上官雅說什麼一般。

上官雅皺起眉頭：「殿下，您素來行事果決，何必如此逃避呢？您總不能在督查司一直批摺子批到死，總得見他。」

李蓉聽著，片刻後，她笑起來，轉頭看向燈花：「妳覺得我如今優柔寡斷，很不討人喜歡是不是？」

上官雅愣了愣，李蓉將筆從她手中取過來，溫和道：「如果我回去了，裴文宣要見的，就是這樣的我。」

「那又怎麼樣呢？」上官雅忍不住開口：「駙馬心裡有妳，妳也不是不在意他。」

「誰告訴妳我在意他？」李蓉低著頭，一字一字落在紙頁上。

上官雅氣笑了，也顧不上尊卑，直接反問：「殿下，妳給別人餵過湯嗎？」

李蓉頓了頓筆，上官雅繼續道：「妳伺候過任何人嗎？妳小心翼翼在意過其他人的感受嗎？妳關心別人對妳喜歡或者不喜歡嗎？」

「妳對他不上心嗎？那天殺手說要殺妳的時候，妳同我說不用管，可他們刺殺駙馬，妳就要把他們一網打盡，如今明明殺謝蘭清太過冒險，可妳為了警告他們，還是要殺他……」

「妳放肆！」

李蓉大喝出聲，上官雅抿緊唇，她盯著李蓉：「殿下，妳這樣下去，妳想過妳的一輩子要怎麼過嗎？妳這樣下去，妳會活生生把所有妳喜歡的、喜歡妳的人都逼走的！」

「我沒想過嗎？」李蓉冷靜回應著上官雅的詢問，她說得異常認真，「我想得很清楚，我不在乎別人，我也不需要別人在乎我，我這輩子讓我在意的人過得好好的，我自己有錢、有權，想要誰在我身邊就讓誰在我身邊，我一輩子想得清清楚楚，我要怎麼過一輩子，不需要妳來告訴我！」

上官雅聽著李蓉回話，有幾分震驚。

李蓉放下筆，似乎是有些懊惱自己竟然同上官雅說這些。她閉上眼，深吸了一口氣，調整了情緒站起來，讓自己盡量冷靜一些：「我明白，你們覺得所有事都該有個結果，裴文宣要這個結果逼我，妳如今也要逼我，他說得沒錯，我就是不想付出又希望他在我身邊。」李蓉說著，又停了下來，她努力控制了自己的語調，讓自己和平日看上去沒什麼不同，「我知道，這就是自私，不管我對他再好，給不了他想要的，就該把一切說清楚，不該留。」

「今日之事是我的錯。」李蓉說得理智，語調都沒有半分起伏，「是我心裡一直在逃避他的感情，所以凡事都要往不好的地方想。今日但凡我多留幾分心，也不至於傷害他。我應當同他道歉，也應該同他說清楚，我不能自以為是的對他好，覺得這樣就可以彌補他給我的付出。他要什麼，我得給什麼，給不了，我得說清楚。妳不必說了，我回去。」

上官雅愣愣聽著，李蓉果斷摔袖，便出了門，上官雅好半天才反應過來，有些不可思議道：「殿下。」

李蓉頓住腳步，上官雅回頭看她：「為什麼妳從來沒想過要同他在一起呢？」

李蓉沒說話，她背對著上官雅，好久後，她平靜道：「回吧。」

說著，李蓉便提步走了出去，她上了馬車，一個人坐在馬車裡。

一個人的空間將她吞噬的剎那，她捏緊了手掌。

她反覆張合著手心，調勻呼吸，把自己所有湧出來的情緒又逼回去。

這些都是小事，不必在意，她不該為這些事亂了分寸。

該解決的就該解決，不應該拖著。

她所有理智都在控制著她，然而某一瞬間，她就會湧出上官雅那一句詢問——為什麼從來沒想過要同他在一起呢？

為什麼呢？

她也不是沒有想過，可是每一次當她幻想未來時，她就會不經意想，他們會在一起多久，他們會不會分開，在一起後她會變成什麼樣子？分開之後又要如何。

她見過她母親坐在北燕塔裡一坐一夜的時光，她見過宮廷裡無數女人得了許諾又因種種別離的模樣，她牢牢記得十八歲那年她聽見裴文宣說那句「我放不下她」時內心的屈辱和對自己的厭惡自責，也清晰記得她試探著詢問蘇容卿「我可以同他和離」時蘇容卿跪在她身前那一刻的茫然無措。

那些過往都刻在了她的骨子裡，她從不肯將這樣屈辱的一面拉扯出來給其他人看。

她只願所有人眼裡的李蓉，哪怕傲慢，也絕不低頭。

她在回顧過往時一寸一寸冷卻自己的內心，讓自己平靜下來。

過了許久後，馬車停下來，她聽見靜蘭在外恭敬出聲：「殿下，到了。」

李蓉在馬車裡緩了緩，才應了聲，她伸出手去，由靜蘭攙扶著下了馬車。

冷風輕輕吹來，有一陣無端的寒意捲席了她，她站在公主府門口，揚起頭來看著那塊金字牌匾，她不知道怎麼，就想起上一世的公主府。

她記憶裡的公主府，一直陰冷、安靜，哪怕有蘇容卿跟在她身後，像影子一樣悄無聲息陪她走過所有角落，可她也會覺得有徹骨的冷翻湧上來，滲進她的骨子裡。

可這一世的公主府，她從來沒這麼感覺過。

蘇容卿在她身後時，像是她的影子、另一個她，他們太像，一起埋在這公主府裡，死氣沉沉，沒有人比蘇容卿更瞭解她，可正也是如此，他們一起淪於黑暗時，誰也救不了誰，只能一起沉淪。

而裴文宣不一樣，他和她是完全不同的人，他站在她背後，她就知道他的存在，她能清晰感知到，有一個人，無論她淪於任何境地，他都能伸出手，將她拉出來。

這樣的感覺讓她害怕又無可抑制地渴望，所以明知自己身處於爛泥，她還是會忍不住朝他伸出手。

可她清楚知道，自己的感情就是一灘沼澤，她向裴文宣伸出手，不過就是把一個岸上的人拉到沼澤中和自己一起溺死。

她會毀了裴文宣。

她的敏感、她的多疑、她的自私，都消磨這個在感情上懷以最美好期盼的人，然後讓他一點點變成和她相似的人。

李蓉一步一步走到院子裡，然後她就看見站在長廊上的青年。

他身著單衫，外面披了一件純白色的狐裘大衣，靜靜抬頭看著天上的月亮。

銀霜揮灑而落，李蓉停在長廊入口，她沒敢上前。

裴文宣輕輕側頭，便看見李蓉，他們隔著一條長廊，靜靜凝望。

看見李蓉那一刻，裴文宣也說不出是怎麼的，就覺得心上有種難言的刺痛泛開。

他覺得自己好像見到上一世的李蓉，她每一次出現在他面前，冷漠又孤傲的模樣。

他們倆誰都沒有開口，就這麼靜靜看著對方。

好久後，裴文宣先笑起來：「殿下回來了。」

「嗯。」李蓉應了聲：「還沒睡啊。」

「有事放在心上，想等殿下回來問，便一直等著了。」

「你問吧。」李蓉彷彿答得坦誠，彷彿已經做下決定，便無所畏懼。

裴文宣看出她的情緒不對，他頓了頓，還是道：「今日殿下最後提及上一世同我發火，我見殿下似乎是傷心了。殿下性子向來內斂，能說那樣的話，應當是因上一世的事傷殿下太深。我知道問這樣的話不應該，可我還是想問一問殿下。」說著，裴文宣認真問她：「上一世我傷了殿下，是不是無論我如何解釋，殿下都難以釋懷？」

「不是，上一世的事情，你解釋得很清楚，我也放下了。」李蓉垂眸。

「那殿下今日說，不是我一個人覺得感情被踐踏過，也不是我一個人覺得自己可憐過，又什麼意思？」

「我只是想告訴你，無論何時都應保持理智。」

就像她當年一樣。

聽到這話，裴文宣動作僵了僵，片刻後，他深吸了一口氣，似是覺得有些荒唐，想說什麼又克制住自己，最後輕笑出聲來：「殿下始終還是殿下，是微臣多想了。」說著，裴文宣抬手行禮，恭敬道：「殿下，微臣近日早出晚歸，頗為繁忙，為免叨擾殿下，微臣打算近來夜宿書房，還望殿下應允。」

李蓉低著頭，應了一聲：「嗯。」

「謝殿下。」裴文宣直起身來，平淡道，「夜深露重，殿下早些安歇吧。」說著，裴文宣便轉身離開。

看著裴文宣的背影，李蓉終於開口：「對不起。」

裴文宣頓住步子，李蓉低下頭，盯著地面，輕聲道：「以前不曾和你說清楚，一直躲著你，是我不對。辜負了你的心意，也是我不對。」

裴文宣聽著她的話，有些想笑，又覺得難以開口。

好久後，他吐出一口濁氣，淡道：「殿下不必在意，一切是我自己的決定。接受不接受，本就是殿下的事，沒有對錯可言。今日是我冒昧，還望殿下見諒。」

李蓉不說話，裴文宣不動，他也不知道自己在等什麼，可他總覺得，若是此刻他走了，或許就回不了頭。

所以他不敢挪步，而身後人也沒有離開。

兩人僵持著，李蓉在這樣的沉默裡，緩慢抬頭。

她靜靜看著裴文宣的背影，燈光在他身上籠了一層光暈。

他這個人，身上無一處是不好看的，哪怕是個背影，也高挑修長，似如修竹利刃，一看就極為漂亮。

這麼好的人，此刻只要挪了步子，應當就和她再也不會有交集。

裴文宣這個人，想要什麼，能伏低做小，但其實骨子裡傲得很，拒了他這一次，就不會再有第二次。

她不曾擁有過他，便要失去他。

這個人不在的公主府，會像上輩子一樣陰冷；這個人不在的人生，或許也會像上輩子一樣，除了權勢，再無其他。

其實路上她做好了所有的準備，但在這一刻，她卻發現，什麼準備都是不夠的。

她也不知道為什麼，就想起上官雅問她的話：『殿下，妳這樣下去，妳想過妳的一輩子要怎麼過嗎？』

這話之後對應的，是成婚那一晚，裴文宣靜坐在她面前，認真告訴她：『因為妳想要過很好的一生。』

『妳不想像上一輩子一樣過。』

『你想要太子殿下好好的，想要一個美好的家庭，想要一個人愛妳且妳愛著，想要孩子承歡膝下，想要晚年的時候，有一個互相依靠著的人，一起共赴黃泉，不是麼？』

不是麼？

李蓉的手微微發顫，她靜靜注視著那個人的背影。

她看著那人一直站在那裡，似乎是一直等著她，她也不知道為什麼，突然就生出了幾分微弱的勇氣。

裴文宣等了好久，終於有些倦了，他疲憊開口：「殿下，微臣累了，先告退了。」

「裴文宣。」李蓉驟然叫住他，她聲音有些發抖。

裴文宣疑惑回頭，就看見李蓉站在長廊盡頭，她注視著他，眼裡滿是認真：「你能不能，再等一等我？」

其實他不知道她在想什麼，可當李蓉出口那一瞬，他便覺得，她像一個跋山涉水的人，撕開刮得她鮮血淋漓的荊棘，湊在他身前，奮力出聲。

「裴文宣，」李蓉似乎是疲憊極了，「我不是個討人喜歡的人，我知道感情這件事上，我讓人討厭，我也很不值得，我不好，我沒法相信你，也沒法相信我自己。我知道無數道理，可我做不到這些。」

「但我縱有千萬不是，」李蓉勉強笑起來，「你能不能看在咱們好不容易兩輩子都被上天撮合在一起的份上，等一等我？」

裴文宣沒說話。

短暫的沉默耗盡了她的勇氣，李蓉尷尬笑了笑，她低下頭來，似有些不好意思：「我就隨便一說，你大概也聽不懂，覺得荒唐就算了。你順著自己心意走就是，難過了，離開也沒什麼，咱們也很熟了……」

李蓉說著這些，裴文宣覺得輕微的疼泛開來，在他心上蔓延，細細密密落在軟肉上，看得人難過又酸澀。

他看著李蓉，打斷她那些自貶的話，低聲開口：「蓉蓉。」

李蓉聽得這聲稱呼，緩慢抬起頭來，就看裴文宣站在燈光下，面上浮起笑容來，他神色溫柔又包容，像是拂過細柳的春風，輕輕纏繞在人心上，撫平所有苦痛。

「妳不要怕，」他溫柔開口，「妳慢一點沒關係。」

「我在的，一直都在。」

「妳知道嗎？」裴文宣笑出聲來，「上一世，我等了妳三十年呢。」

裴文宣緩步走到她面前，伸手輕輕放在她的面容上：「我很有耐心，我可以等很久很久，蓉蓉。」

他垂眸看著她，聲音低啞裡帶了幾分繾綣：「我喜歡妳，喜歡好久了。」

李蓉聽著他的話，也不知道怎麼的。

這一生再難過都未曾落過眼淚，卻就在那一剎那，讓眼淚奔湧而出，落在他的手掌上。這份遲了三十年的告白，終於在這樣狼狽又平凡的時刻，送到她面前。

「你……」李蓉聲音低啞，她似乎想笑，又笑不起來，「怎麼不早點說啊。」

「都三十年了，」李蓉抬起頭來，紅著眼看著他，「告訴我，又想做什麼呢？」

「想同妳在一起。」裴文宣神色平靜，他果斷開口，注視著她，「想不放手，想在妳哭的時候擁抱妳，在妳笑的時候陪著妳，想在下雨的時候為妳打每一次傘，想在妳每一次狼狽、歡喜、榮耀、低谷、生死、黃泉，都與妳在一起。」

「你看上我什麼了？我脾氣又不好，又老欺負你。」

李蓉笑起來，裴文宣也笑了。

「大概我瞎了吧。」他聲音裡含著春日一樣帶著溫度的笑意：「所以覺得這個世界上，沒有比妳更好的人了。」

「李蓉。」他手指輕輕摩挲過她的面容，「我會等著妳，妳只管往前走就是。」

「我一直都在。」

第八十四章　戰術

李蓉沒說話。

她聽著這些話，覺得有種無言的柔軟，將她輕輕裹挾。

這樣的溫和讓她難以理解，又格外安心，有那麼片刻，她覺得自己好像是在十八歲。只有十八歲的自己，才有這樣的資格，把情緒毫無遮掩的釋放出去，還能有人體諒與安撫。

她低著頭，緩了很久，終於抬起頭來，有些不好意思道：「讓你見笑了。」

「怎麼會。」裴文宣笑起來，「看見殿下狼狽的樣子，我才高興。」

李蓉聽到這話，用還紅著的眼瞪他：「你一日不被罵，就皮癢是不是？」

「殿下。」裴文宣雙手攏在袖中，「今日是妳對不住我，妳是不是該做出些表現來？妳知道今天妳炸掉的花多貴嗎？」

「多貴還不是我的錢？你怕是忘了你錢哪兒來的。」李蓉冷笑出聲來，「一天把錢花在這種有的沒的的地方，我不找你麻煩就算好的了，你還敢要我賠錢？」

「殿下。」裴文宣撣了撣衣袖，頗為驕傲道，「您怕是忘了，我可是繼承了我爹財產的人。」

李蓉被裴文宣這麼一懟，這才想起來，打從裴家鬧了那一次後，裴文宣就把他爹留下來的錢都攥到了手裡來。

李蓉挑了眉來：「我還小看你了？」

裴文宣矜雅點頭：「殿下知道就好。」

李蓉一時語塞，擺了擺手，便往前走去：「算了，不同你說，冷死了。」說著，李蓉便往房間急急走去，走了沒有兩步，就感覺帶著裴文宣暖意的披風蓋了下來。

李蓉轉眼瞧他，裴文宣身著單衫，走在長廊上，唇邊帶著笑，也沒說話。

李蓉迅速挪開視線，低頭往前。

她也不知道為什麼，說話的時候不覺得什麼，等一番話說完，裴文宣這麼一打岔，就感覺有種難言的尷尬湧上來，讓她整張臉都熱了起來。

裴文宣用餘光看向李蓉，便見得她面上浮現的薄紅，他壓著唇邊笑意，也沒在這時候添油加醋。

兩人進了房間，裴文宣送著李蓉進了屋中，李蓉一想到夜裡還要和裴文宣面對面再睡在一起，她更覺得有些緊張。

可她又不想在好不容易說好的時候又把人推出去，她就只能裝什麼都沒發生過一樣，背對著裴文宣去淨手忙活。

裴文宣看著李蓉故意忙些有的沒的，就是不回頭看他，他也不進門，雙手攏在袖中，斜斜往門邊一依，笑著看李蓉忙活了一會兒。

李蓉聽見身後沒動靜，終於有些奇怪回頭，就看見站在門口的青年，她不由得道：「你怎麼不進來？」

「殿下不是允了我在書房睡了嗎？」裴文宣回得理直氣壯。

李蓉愣了愣，她不知道怎麼，緊張突然就消下去許多，與此同時升騰起來的，是對裴文宣是不是還在生氣的擔心，可這個念頭一上來，她又生生制止，覺得自己在意他生氣與否有些彆扭。

一時之間她思緒翻來覆去，裴文宣就瞧著她眼神變來變去，最後聽李蓉道：「那你還站在門口做什麼？」說完，李蓉似乎又覺得話語太過生硬，軟了調子道：「早些休息吧，明天還要上朝。」

裴文宣聽著她說這些，當即笑出聲來，他直起身來，朝李蓉行了個禮，恭敬道：「謹遵殿下吩咐，微臣先告退了。」

李蓉硬邦邦應了一聲，就看裴文宣轉身悠然而去。

她在屋裡靜靜站著，一時有些摸不透裴文宣的意思，方才還說得好好的，怎麼又要睡書房呢。

她正想著，又聽外面傳來腳步聲，隨後便見裴文宣折了回來，他來了門口，笑道：「差點忘了件事。」

「什……」

話還沒說完，就見裴文宣到了她身前來，微微彎腰在她臉上輕輕一吻，柔聲道：「殿下，晚安。」

而後不等李蓉反應過來，他便直起身，轉身走了出去。

李蓉站在原地，面無表情，過了片刻，她抬起手來擦了擦臉，嘀咕道：「花裡胡哨。」

說完，她終於才真正放鬆下來，將裴文宣的外衣脫了下來，掛在了一邊，隨後自己走到床邊，輕輕坐下。

她在床邊坐了沒多久，就聽靜蘭進來，打量著李蓉，克制著道：「殿下，奴婢聽聞駙馬今日要睡書房。」

「嗯。」李蓉淡道，「給他加床被子。」

「殿下，」靜蘭艱難道，「夫妻哪兒有隔夜的仇……」

「我們沒仇，別瞎操心了。」李蓉抬了眼皮，淡道，「我和駙馬這叫情趣，別煩我們。」

「啊？」靜蘭詫異出聲。

李蓉站起身來，往淨室走去，吩咐了靜蘭道，「等會兒給駙馬送碗薑湯，讓他別受寒，再讓人去打聽一下，駙馬最近買芍藥這些花了多少錢，從庫房裡支出銀子，給他送過去。」

靜蘭默默聽著李蓉的話，越聽越心驚，連花錢都要還回去，這叫哪門子的情趣？這明明是分居啊。

可李蓉的性子她也明白，此刻她要再多說，李蓉怕是煩她，連帶著她一起不待見，於是靜蘭只能把話都憋回去，一言不發，將李蓉的吩咐都記下來。

裴文宣自己往書房走去，等進了書房門，他將門關上，想著李蓉最後驚詫的神情，便高興得笑出聲來。

他往小榻上一躺，沒了片刻，就聽童業的聲音從外面穿來：「公子，被子拿過來了。」

裴文宣忙坐起身來，揚聲道：「進來吧。」

童業抱著被子，推門擠了進來，裴文宣站起身，看著童業鋪被子，童業一面鋪被，一面忍不住道：「公子，您和殿下置什麼氣啊？您這麼主動搬過來睡，殿下怕是被您氣死了。」

「唉，你懂什麼。」裴文宣嫌棄道，「我這叫以退為進，欲迎還拒，這是戰術。」

「您的戰術我不懂。」童業鋪著床，嘀咕道：「奴才就知道，書房這小榻硬死了，您要真想分床，不如找個客房睡去，睡書房，不是自個兒折騰自個兒嗎？」

「去去去。」裴文宣見童業把床鋪得差不多，揮手道，「書房和客房能一樣嗎？睡書房，是為了等著殿下召我回去。睡客房，我還有理由回去嗎？」

「那您怎麼不直接留下呢？」

童業問得理直氣壯，裴文宣被他問得語塞，片刻後，他反應過來，「嘶」了一聲道：「我說你膽子怎麼越來越大了？是不是不想幹了？」

「我這是操心您。」童業語重心長，「公子，感情經不起折騰，您既然把殿下放在心上，就該直接一點，死皮賴臉，烈女怕纏郎，您本來近水樓臺先得月，現在給自己搬到書房來，又冷又硬又寂寞，圖個什麼啊？」

「圖什麼？」裴文宣挑眉，「當然是圖公主啊。別說了，」裴文宣走過來，揮了揮手，「下去吧，我要睡了。」

童業見裴文宣不聽自己的，他嘆了口氣，轉身離開。

等童業離開後，裴文宣熄了燈，自己躺到床上來。

他先是平躺著，等一會兒便翻了個身，想著李蓉此刻大概是在做什麼，在想什麼。

他看出來，李蓉對他今日說完這些，大約是很尷尬的，她或許需要很長一段的時間來接受自己，所以他便退開，給李蓉這一段時間，也給自己一段時間。

他沒想過李蓉會同他說這些，然而李蓉說出口時，他才第一次清楚看到，原來上一世留給李蓉的，是這麼深切的傷口。

他以為時光讓這些傷口癒合了，可如今卻才知道，沒有憑空癒合的傷口，它只是被人藏在了更深的角落裡，彷彿不見了。

可它一直存在，那它就會在人生無數次選擇裡，悄無聲息發揮著作用。

李蓉害怕感情。

她驕傲一輩子，卻在感情這件事上，對自己沒有半點信心。因為知道自己是必然的輸家，所以她才會在每一次開始時，就果斷抽身離開。

這才是他們之間的死結，她無法認可自己，他也太過軟弱。

所以上一世，哪怕沒有秦真真、沒有蘇容卿，他們最終也會在其他事情上，將這段感情走向絕路。

他不能逼她。

裴文宣靜靜想著，李蓉就像一個剛剛來到感情世界的貓兒，她害怕一切，他只能讓她去探索，不能一次把所有搬到她面前。

來得由她，去得由她，只有有足夠的決定權，才會有足夠的安全感。

李蓉要的等待，大約就是如此。

他們的距離，該由李蓉來決定，而不是他。

而李蓉願意走出第一步，願意去決定這份距離，就已經是一個很好的開始。

裴文宣在夜裡抿了唇，忍不住笑起來。

兩個人各自想著當夜的事迷迷糊糊睡過去，等到天亮時分，李蓉隱約聽見有人叫她起床。

她下意識想叫裴文宣，才想起來裴文宣去睡書房了。

她迷糊著喚了一聲，靜蘭便掌著燈進來，刺眼的光讓李蓉一時無法適應，隨後她便被喚下床來。

以往裴文宣先起了，會先用一塊帕子蒙住她的眼睛，然後回到窗前，用影子擋住光，一面驟然亮起來的燈光刺了她的眼。然後他會把衣服拿到被子裡幫她穿，確保她不受半點寒氣侵襲。

如今他不在，下人就算盡心盡力，也做不到這樣的體貼。

不過一個細節，李蓉便想起裴文宣的好來，她輕嘆了一聲，轉頭道：「駙馬起了嗎？」

「駙馬已經在飯廳等了。」靜梅伺候著李蓉穿衣，笑道，「殿下要過去一起用膳嗎？」

「自然是要過去的。」李蓉回了話，穿好了衣服，便到了飯廳裡去。

裴文宣已經換好官服坐著看剛送回來的情報，李蓉進了屋來，裴文宣抬頭，笑道：「殿下，早。」

「早。」李蓉笑起來，目光落到剛到的情報上，「今日有什麼特別消息嗎？」

「也沒什麼。」裴文宣放下手裡的情報，打量了李蓉，「殿下昨夜睡得好嗎？」

「挺好的。」李蓉說著，坐到了裴文宣邊上，「你呢？」

「也不錯。」裴文宣說著，李蓉點了頭，想找點話題，但還沒想到，就聽裴文宣道，「昨日刺殺之事，殿下是打算今日朝堂上參，還是打算再觀望一下？」

「再觀望一下吧。」李蓉見裴文宣主動提起正事，應聲道，「說不定咱們沒參，主謀就主動參了他呢？」

「倒也不是不可能。」李蓉點點頭，緩聲道，「靜觀其變吧。」

裴文宣應了一聲，又開始同李蓉說起其他正事來，昨晚上的事，裴文宣一字不提，彷彿都沒發生過一般。

李蓉順著裴文宣的話說正事，但內心總有幾分隱約的不安。

她覺得該說點什麼，又不知說什麼。

一頓飯吃完，兩人便一起上朝，李蓉和裴文宣並肩走在長廊上，平日裴文宣總會找些理由、方法來拉她，然而今日裴文宣卻是十分端正，彷彿與她只是同僚關係，沒有半點旖旎，一直只說朝堂上的事。

裴文宣不拉她，李蓉心上就有些難言的怪異感，她彷彿是把這事當成了習慣，裴文宣突然不做了，她就有些說不出的……不習慣來。

她面上不顯，只是悄無聲息的靠近了裴文宣，同裴文宣肩並肩走在一起。

裴文宣感覺到李蓉靠過來，衣袖與他摩擦在一塊，隨著兩人走動，她的手不經意觸碰過他的手背，就這麼短暫的交錯，就泛起幾分難言的癢，裴文宣不由得抬頭看她一眼，又裝作什麼都不知道一般繼續一本正經說著正事。

他不躲，但也不主動，任憑李蓉衣角摩娑而過，他都只垂著眼眸，低頭同李蓉說著朝堂上的事。

「按照您的說法，如果當真是謝蘭清指使藺飛白幫著陳家來刺殺您，那謝家如今的立場，還願意支持太子嗎？」裴文宣說著，兩人便到了馬車邊上，這時候裴文宣終於伸出手來，由李蓉搭著，扶著李蓉上馬車。

李蓉的手放在他的手背上，兩人的肌膚終於大片交疊在一起，裴文宣面上一派平靜，只當這是一個禮貌性的動作。

李蓉卻在趁著兩人交疊著手的時候，用指尖緩慢在裴文宣手背上輕輕劃過。她覺得自己這番示好，應當足夠明顯了，但裴文宣依舊不為所動。

兩人坐進了馬車，裴文宣給李蓉繼續分析：「而且，以著謝蘭清的心思，今日早朝，他怕會主動參奏陳家，殿下等改日再參，會不會晚了些？」

「先看看吧。」李蓉回得漫不經心。

反正謝蘭清就是秋後的螞蚱，也蹦不了多久。

她如今就關注一件事。

明明昨晚說得好好的，裴文宣怎麼今天就出爾反爾了呢？

裴文宣到底是個什麼意思，若是說昨夜拒了她，便不該又折回來親她一下。若是答應了她，為什麼又要去書房睡，早上還對她這麼愛答不理？

李蓉左思右想，裴文宣的話她左耳進、右耳出，反正都是她昨夜已經想過的問題，她也不想再重複。

她就聽裴文宣在旁邊講，時不時打量他一下。

裴文宣得了她的眼神，心中便有數，自己讓這麼一寸，李蓉果然就咬上鉤了。

他面不改色，繼續扯著朝上的事胡說八道。

李蓉想了一路，等下馬車的時候，裴文宣伸手扶著她下來，李蓉輕咳了一聲，決定示好得再明顯一點：「裴文宣，那個，書房的小榻很小，你不好睡吧？」

「回稟殿下，」裴文宣微笑回聲，「高床軟枕睡久了，小榻也是別有一番風味。」

李蓉見裴文宣還不接招，忍不住笑了，溫柔道：「這麼好睡，你要不在書房睡一輩子得了。」

「殿下說笑了。」裴文宣立刻又道，「微臣總還是要回去的，畢竟微臣和殿下，」裴文宣抬眼看她，似笑非笑，「來日方長嘛。」

李蓉不說話，她盯著裴文宣帶笑的面容，她瞧了好久，終於回過味來。

這次的芍藥果然有點貴。

她算是明白過來了，裴文宣不是要和她分道揚鑣，怕是答應了她的話，又氣不過那滿山的芍藥被毀，決定找個地方出出氣，同她拿翹了。

李蓉想了片刻，用小扇輕敲著自己的手心，善解人意道：「你的意思我明白了。」

裴文宣有些茫然，李蓉抬眼，認真道：「芍藥的錢，我會賠你，但你日後，不可如此驕縱。」

裴文宣：「……」

明明每個字都認識，怎麼合在一起就聽不懂了呢？

第八十五章　欲迎還拒（一）

裴文宣正沉默著思索著如何回話，不遠處就傳來了一個老者的喚聲：「殿下。」

兩人一同看過去，便看謝蘭清從不遠處走了過來。

裴文宣和李蓉極快對視了一眼，都從對方眼中看出幾分詫異。

謝蘭清走到兩人面前，朝著李蓉行禮：「殿下。」

「謝尚書。」李蓉點了點頭，算作行禮，隨後笑起來道，「謝尚書平日都與本宮不說話，今日怎的主動問好？」

這話極下人臉面，尤其是對於在刑部尚書這種關鍵位置上待了多年的謝蘭清來說，更是難見的事情。

但謝蘭清面色不動，平靜道：「聽聞昨日殿下遇到刺殺，老臣頗為擔憂，怕殿下年輕人辦案沒有經驗，所以特來問問，需不需要刑部幫忙。」

「人我都抓到了，也審得差不多了，」李蓉看著謝蘭清的眼睛，「不勞謝大人費心。」

「那殿下如今是知道主謀了？」

謝蘭清問的頗為直接，李蓉雙手在前，看著謝蘭清笑而不語。

謝蘭清皺起眉頭：「殿下為何不答？」

「謝大人為何要問呢？」裴文宣適時插嘴，謝蘭清看向裴文宣，就見裴文宣似笑非笑道，「莫非謝大人有什麼擔心的事情，所以特意需要來和殿下確認？」

「老臣只是擔心殿下隨口一問罷了，裴大人想得太多了些。」

謝蘭清冷著臉，頗為不滿，裴文宣雙手在前，行了個禮，當做抱歉。

「既然關心多了還討殿下懷疑，老臣也就不問了，」謝蘭清直接轉身，冷聲道，「殿下自己查吧。」

謝蘭清說著，便回了自己的位置。

裴文宣看了李蓉一眼，隨後笑起來：「殿下，微臣先告退回去。」

裴文宣說完行禮，也退回了自己位置。

沒多久李明便到了大殿，照例開始早朝，李明看上去有些疲憊，似乎很是煩躁，他上朝後先詢問了各地的天氣，隨後轉頭看向李蓉，僵著聲道：「平樂。」

「父皇。」

李蓉聽到李明的聲音似乎有所克制，便知李明今日情緒不是很好，她忙跪上前去，已是請罪姿態，李明見她的動作，緩了幾分道：「聽聞妳昨日被人刺殺，可當真有此事？」

「稟告父皇，確有此事。」

「混帳東西！」李明猛地站起身，大喝出聲：「連妳都敢刺殺，是誰，不要命了嗎！」

「稟父皇，如今抓到的凶手招供說，是原倉部主事陳廣家中之人，為報仇而來。」

「報仇？」李明聽得這話，氣笑了，「他人還沒死，報什麼仇？而且他私吞軍餉犯下如此滔天大罪，不該死嗎？他家人還有臉報仇？」

「稟告陛下，微臣有本要奏。」御史臺佇列中，一個御史站了出來。

李明抬眼，冷聲道，「朕同公主說話，你要奏什麼不會等等？」

「陛下。」那御史沒有退回去，繼續道，「微臣要奏之事，正與公主相關。」

李明皺起眉頭，李蓉也轉頭看了過去，看了片刻，終於認出人來，是陳廣的表兄王煥。

李蓉挑了挑眉頭，看見李明不耐煩揮了揮手，王煥行了個禮，隨後道：「微臣還請陛下召見民婦陳王氏。」

「陳王氏？」

李明有些疑惑，王煥恭敬道：「正是陳廣之母，陳王氏。」

李明猶豫了片刻，隨後似乎是想起什麼，不耐煩道：「宣吧。」

李蓉觀察著李明的神色，心裡有了幾分思量，沒了一會兒，門口便傳來了急促的腳步聲，一個滿頭白髮的老婦人走了進來，恭敬道：「見過陛下，陛下萬歲萬歲萬萬歲。」

所有人看過去，李明似乎是想了片刻，隨後猶豫道：「您……似乎是……」

「陛下，」那婦人抬起頭來，恭敬道，「民婦原在宮中擔任女官，殿下年幼時還曾照看過陛下一些時日，不想陛下竟還記得。」

「我想起來了。」李明面色稍緩，點頭道，「妳原先在太后宮裡當差過一段時間。」

陳王氏聽到這話，趕緊又磕頭，眼中已經帶了淚意。

李明看見陳王氏滿頭白髮，低聲道：「陳夫人年紀也不小了，先賜座吧。今日上朝堂，

明鑒啊！」

「陛下，民婦今日前來，是為我兒討個公道。」陳王氏說著，抬起頭來，哭道：「民婦今日，就是來朝堂之上，控告平樂公主殿下，刑訊逼供我兒陳廣，將他屈打成招，還望陛下明鑒啊！」

所為何事啊？」

李明皺著眉頭，看了一眼李蓉。

李蓉才告完陳家刺殺她，這陳王氏就來告李蓉屈打成招，所有人看熱鬧一般看著李蓉，李明猶豫了片刻後，才道：「妳說平樂打陳廣，妳一個婦道人家，又如何知道的？」

「陛下，民婦雖為婦道人家，但思兒心切，便讓下人四處打點，終於得了一個機會，見到我兒。民婦知道自己所行有罪，也願一力承擔，但民婦所言，句句屬實，還望陛下再命其他大人，重審軍餉一案，還我兒一個清白啊。」

「這事除了妳，還有其他人證嗎？」

「此事除了民婦，還有與民婦一道探望的家奴，以及督查司中其他侍衛，只是他們願不願意說真話，民婦就不知道了。」

「妳家家奴是妳陳姓之人，理當避嫌，督查司中的侍衛，妳又找不出人來，也就是說，妳所說之言，並無實證。」李明思索著，緩聲道：「而今日平樂控告妳陳家刺殺於她，卻有人證、物證，妳可承認？」

「我陳家刺殺公主？」陳王氏睜大了眼，隨後急促道：「不，不可能。陛下，我陳家百年來忠於君上，對天家不敢有半點忤逆，就算殿下把我兒斬了，陳氏滅族，我等也不敢刺殺殿下啊！」

「那妳可有證據？」李明冷靜反問。

陳王氏臉色變得煞白，她呆呆跪著，許久後，她叩首道：「稟陛下，老身沒有。民婦不過後宅女子，傾盡家財，也只能見我兒一面，不能刑訊逼供，也不能賄賂他人，更無高手偽造證據，顛倒黑白。但民婦相信，這世上天理昭昭，舉頭三尺有神明，民婦沒有證據，但民婦，」陳王氏冷靜出聲，「願以死證一個清白！」

說完，陳王氏一頭就朝著地面砸了下去。

李蓉猛地起身，大喝道：「攔住她！」

在她起身那一刻，裴文宣已經一個箭步衝了出去，其他人都震驚看著，等裴文宣衝到陳王氏身前時，這老婦人保持著叩首在地上的姿勢，地上已經是一灘血跡湧了出來。

裴文宣急急將人翻過來，將手搭在婦人的鼻尖，李蓉冷靜傳召：「御醫，快將御醫叫過來！」

說著，李蓉便到了陳王氏身前，她的手微微顫抖，裴文宣抬起頭來，沉著臉搖了搖頭。

他站起身來，御醫衝了進來，給陳王氏診脈，片刻後，御醫抬起頭來，惶恐道：「陛下，這位夫人……已經去了。」

李明臉色極為難看，他似乎是努力讓自己控制了許久，才出聲道：「先抬下去吧。」侍衛領了命令，趕緊上前，將陳王氏送了下去。

朝堂上一片死寂，過了許久後，李明端著茶喝了一口，才道：「先退朝吧。」

眾人行禮，隨後便沉默著離開，裴文宣走到李蓉身邊來，低低喚了一聲：「殿下。」

「我無事。」

李蓉緩了緩情緒，這時候，福來便走了過來，小聲道：「殿下，陛下叫您過去。」

李蓉應了一聲，轉頭同裴文宣道：「你先回去吧。」

裴文宣沒說話，朝著李蓉和福來行了個禮，猶豫了片刻，才道：「我在御書房外等殿下。」

李蓉無心回應他，點了點頭便跟著福來離開。

她由福來領著，一路行到御書房，進了房內，李明背對著她站著，她剛一進去，跪下行禮道：「叩見父……」

「妳看看妳幹的好事！」

李明一摺子砸到李蓉的頭上，摺子瞬間將李蓉額頭砸了個淤青。

李明見李蓉頭上砸出傷來，他頓了頓，隨後還是強硬著語調，冷聲道：「我和妳說過多少次，要穩重，不要冒進。妳看看妳如今，妳審這樣大的案子，怎可如此肆意妄為？是真當朕寵著妳就無法無天了嗎！」

「兒臣不知父皇是在責備什麼。」李蓉跪在地上，平靜道：「父皇是覺得，兒臣不該審秦氏案和軍餉案嗎？」

「妳這什麼態度？」李明見李蓉的模樣，怒從中起，「妳是威脅我？我讓妳辦這兩個案子，不是讓妳給我惹事！刑不上士族妳不知道，居然還去嚴刑逼供官員……」

「我沒有。」

李蓉果斷開口，李明看了看周遭，他抬手揮了揮，讓人都趕了出去，隨後走到李蓉面前，蹲下身來：「妳以為朕是在惱怒妳對他們用刑嗎？妳要查案，妳用妳的方式，朕只要結果。朕惱的是妳顧頭不顧尾，沒有收拾乾淨！」

「我沒有。」李蓉抬起頭來，擲地有聲道，「父皇你為什麼就不信我沒有刑訊逼供他們？是他們要想害我，要刺殺我，你不怪他們就罷了，你今日竟然怪我？這兩個案子阻力多大，父皇心裡不清楚嗎？我為了父皇，為了心裡那點公正承受了多大壓力，父皇不明白嗎？」李蓉說著，便紅了眼眶，她盯著李明：「他們多少人要想害我您明明知道啊，可您還要信他們……」

「平樂……」李明見李蓉一哭，頓時有幾分心虛，「父皇也不是不信妳。只是妳的脾氣……」

「我脾氣怎麼了？」李蓉也顧不上儀態，乾脆跪坐在地上，大哭著道，「我脾氣不好是不是？我配不上當個公主、當個女兒是不是？他們一天天要殺我，你還要我脾氣怎麼好？你是我父皇，你不護著我就算了，你還要同他們一起欺負我。」

「妳怎麼扯到這些來。」李明有些頭疼，「什麼欺負不欺負？妳如今也是個朝廷命官，怎麼還像個小孩子一樣，成什麼體統？」

「我不要體統了。」李蓉哭著道，「這官我不當了，你讓我回去吧。長樂、華樂都過得好好的，我憑什麼要淌這攤渾水啊？我為什麼呀？父皇你說，我圖的是什麼啊？」李蓉說著，抬起頭來，抓著自己胸口的衣衫：「我這麼生死來去，難道不都是為了父皇嗎？我不忍看那些世家逼著父皇，我做錯了嗎？」

這話一瞬砸到李明心上，他看著腳下哭得狼狽的李蓉，一時竟是什麼都說不出口了。他心裡有幾分酸脹，李蓉痛苦哭著，李明猶豫了許久後，竟是什麼都說不出來，嘆了口氣，終於道：「妳先回去吧，軍餉案和秦氏案妳別管了。」

「我不管了，誰管呢？」李蓉低啞出聲：「父皇嗎？還是太子？或者其他人？誰管這件事誰倒楣。付出這麼多努力，父皇是想再一次低頭了，是嗎？」

李明沉默著，李蓉撐著自己，慢慢爬起來：「父皇決定吧，兒臣什麼都不管了。」

「蓉兒。」李明看著李蓉似是失落的背影，猶豫出聲，好久後，他終於道，「那，讓裴文宣定吧。他來定罪，妳總該放心了吧？」

李蓉背對著李明，好久之後，恭敬道：「謝父皇。」說著，李蓉行了個禮：「兒臣告退。」

李明應了一聲，李蓉便擦著眼淚出了門。

等出門之後，福來端著茶送上去，笑道：「陛下，殿下終究還是個孩子，還小。」

「以為她長大了，」李明嘆了口氣，「始終還是年少啊。」

李蓉擦著眼淚，一路走出御書房，剛出了長廊，她就冷下神色來。

今日李明情緒不對，明顯對她不滿，而陳王氏之事也是早有準備，估計是昨天她剛設伏，那些暗處的人就想出了今日這一齣戲。

只是是誰影響了李明？

李蓉思索著，跨門出去，剛出院子，就看見一個青年站在長廊上，他穿著玄色、紅色壓邊官服，手持笏板，正靜靜看著庭院裡的枯枝。

聽見周邊傳來聲音，他轉過頭去看向李蓉，見是李蓉，他笑了笑，恭敬道：「殿下。」

李蓉沒想到裴文宣竟然是在這裡一直等著，她頓時有些慌亂起來，低頭想去遮掩方才哭過的痕跡，走到他邊上去，啞聲道：「你怎麼沒去官署？」

「方才殿下沒好好聽微臣說話。」裴文宣說著，彷彿什麼都沒看到一般，嘆息道，「微臣說了要等殿下，殿下根本不放在心上，看來微臣在殿下心中的分量，還是不夠重啊。」

李蓉聽他的話，不由得笑起來：「你想要多重？」

「不多不少，」裴文宣用笏板輕輕點在心口，「整顆心就好。」

「你胃口也太大了些。」李蓉嗤笑，「白日做夢。」

裴文宣輕輕頷首：「謝殿下誇讚，微臣最大的優點就是，胃口好，野心大，夜裡失眠多夢，平日運氣上佳。」

不過三兩句話，李蓉便被他逗笑了，她輕輕瞟他一眼，挑眉道：「昨個兒不是還要同我分床睡嗎？今日不生氣了？」

「殿下說笑了，我什麼時候生過殿下氣啊？」裴文宣說得平和：「微臣不過就是覺得，要和殿下保持一下距離而已，感情沒到那一步，不能白白讓殿下玷汙了微臣的清白，占了微臣的便宜。」

李蓉：「……」

好得很，脾氣大得很。

裴文宣看李蓉面上表情緩過來，他覺得氣氛差不多，見周邊無人，便輕輕靠了過來，小聲道：「我方才去查了，昨夜陛下在柔妃那裡留宿，華樂殿下和陛下耍性子，被罰抄了女戒十遍。」

李蓉看了一眼裴文宣，裴文宣笑起來：「想必能解殿下之惑。」

李蓉沒說話，她和裴文宣一起走在長廊上，她的確是瞭解了。

昨日她設伏在蝴蝶峽，陳家有了這一次刺殺行動，按理今日應該就可以接著這次刺殺作為談判籌碼，逼著把軍餉案和秦氏案定下來。

而那些背後的人必然也是想到了這一點，他們不願意讓這兩個案子定下來，一旦定下來，不僅僅是大批官員變動的問題，最重要的是，這批變動的官員裡必然又許多李蓉的人要推舉上來，李蓉在朝堂上的位置，也就澈底穩固了。

他們怕李蓉站穩腳跟，同時也怕李蓉深查此事，參與刺殺的人也十分惶恐，所以連夜應該達成了什麼協定，至少和柔妃達成協議，所以柔妃讓華樂作為傳聲筒說了什麼，以至於李明今日惱怒於她。

以李明今日的態度來看，華樂估計也就是說點她辦事不利，刑訊逼供官員，太過猖狂之類的話，所以李明罰了華樂，但這些不過腦子的話，李明放在了心上，故而來找她麻煩。

在李明對她有意見時，讓陳王氏朝堂上來一出自證清白，刺殺這個案子便再難查下去，畢竟目前的「主謀」已經死了，而李蓉手裡過的這些案子，再多的證據，在普通百姓的認知裡也都會多了幾分懷疑。

無論是為了民意還是為了安撫世家，陳王氏以這樣的方式一死，軍餉案和秦氏案大機率都無法重判。

李蓉緊皺著眉頭，低頭往前，沒走兩步，就聽裴文宣恭敬道：「謝尚書。」

李蓉聽到這話，抬起頭來，便見謝蘭清站在她面前。

謝蘭清看上去頗為高興，抬手朝著李蓉行禮：「平樂殿下。」

「謝尚書這是要往哪裡去？」

李蓉一開口，聲音就有些啞，謝蘭清輕輕一笑：「老臣正要去找陛下，殿下這是怎麼了，眼睛紅紅的，似是哭過了？」

「風沙迷眼。」李蓉假作沒有聽出謝蘭清話語裡的嘲笑，回道，「既然謝大人還有事，那本宮先行一步。」

「殿下慢一步，」謝蘭清叫住李蓉，李蓉回頭看他。謝蘭清笑了笑，「殿下，苦海無邊，回頭是岸。」

李蓉盯著謝蘭清，許久之後，她笑起來：「謝過尚書大人指教，本宮也送一句話給謝大人吧。」

「哦？」謝蘭清抬手，「洗耳恭聽。」

「少管閒事，頤養天年。」說完，李蓉便摔袖離開，裴文宣朝著謝蘭清行了個禮，跟著李蓉走上去。

裴文宣追在李蓉身後，小聲道：「妳別生氣，妳同這老不修生什麼氣呢？他反正也是活不長的。」

上一世謝蘭清在李川登基後，就是第一個被砍的世家高官。

李蓉冷眼看了謝蘭清背影一眼，湊到裴文宣邊上，裴文宣微微彎了腰，聽李蓉在他耳邊低聲道：「我算是知道川兒為什麼要砍他。」

「嗯？」

李蓉咬牙：「這老匹夫，忒氣人。」

裴文宣想了想，其實方才謝蘭清也沒說什麼，李蓉生這麼大的氣，怕也是自己哭這事被謝蘭清瞧見了。

裴文宣不著痕跡看了一眼謝蘭清離開的方向，笑道：「殿下說的是，這老匹夫不好。」

李蓉聽裴文宣站在她這邊，她心裡舒服了許多。等裴文宣送著她上馬車，她才想起來，頗有幾分不滿道：「你怎麼都不安慰我？」

裴文宣施施然坐在她對面，抬頭微笑：「殿下是指什麼？」

「你別揣著明白裝糊塗。」李蓉抬手用扇子敲他：「你現在膽子怎麼越來越大？」

裴文宣知道她是指他看見她哭都不說話的事，裴文宣心裡覺得好笑，面上卻是不顯，低頭拉開摺子，淡道：「殿下不要面子，我可還要面子。」

李蓉皺眉，隨後就聽裴文宣悠然道：「您還沒賠錢呢，就想要我安慰了？」

李蓉一時語塞，心裡不由得有些發虛。她想好了，她回去就把這芍藥錢賠給裴文宣，等把帳清了，他們就能好好說話了。

裴文宣偷偷看了一眼李蓉的表情，壓著唇角的笑，假作專注。

他突然覺得，這樣的李蓉有意思極了。

像一隻努力想伸出爪子掏掏你又覺得丟了臉面的貓，撓心撓肝想著怎麼吸引你的注意。他以前都沒見李蓉這模樣，如今見到，又新鮮又有趣，便將一切打算壓在心口，並不開口。

李蓉想好還錢的事，看見裴文宣低著頭，唇角瘋狂上揚的模樣，她停住了原本要開口的話，一時有些無言。

這都高興成什麼樣了，要是有條尾巴都能甩起來，怎麼還能裝成這麼無動於衷、十動然拒、若即若離的模樣的？

她拿裴文宣有些無奈，想了片刻後，她決定不說話。裝。

她想，她把錢賠給他，等她不欠他了，還這麼拿翹，就別怪她不客氣。

第八十六章　欲迎還拒（二）

李蓉心裡惦念著賠錢的事情，無意識就摀上自己的額頭。

她看了一眼裴文宣，又轉過頭來，也不知道怎麼的，無端端就覺得有幾分委屈。

裴文宣彷彿是什麼都不知道一般，低頭翻看著手裡的摺子，一言不發。

兩個人沉默著到了公主府，李蓉一跳下馬車，就看見守在公主府前的上官雅，上官雅見到李蓉，詫異道：「殿下，妳這額頭怎麼了？」

李蓉一聽這話，轉頭就看了一眼後面的裴文宣。

上官雅這心大的都能看出來，裴文宣果然是瞎了。

「沒事，先進去再說吧。妳可是聽到消息了？」

李蓉目光從裴文宣臉上收回去，領著上官雅就進了府中。

裴文宣看著兩人結伴回了書房，他在庭院裡站了站，轉頭去吩咐了旁人：「去把玉肌膏和紗布給我拿過來。」

李蓉同上官雅進了屋子，上官雅便立刻開口道：「我聽說，陳廣她娘今天撞死在朝堂上了。」

「嗯。」李蓉坐下來，將事情說了一遍：「謝蘭清早上就來同我打聽情況，然後朝堂上他們就把陳王氏帶了出來，陳王氏咬死說咱們刑訊逼供陳廣，又說自己沒行刺過，要以死證明清白，就一頭撞死了。」

「夠狠啊。」上官雅感慨著坐到李蓉對面，「秦真真給了他們靈感啊。您拿秦真真撞死的事逼著秦家案重審，他們如今就拿陳王氏逼著這案子結束。殿下，」上官雅靠在椅子上，「這案子還歸咱們嗎？」

「妳以為我腦袋怎麼開的花？」李蓉瞪了上官雅一眼，隨後道：「父皇同我說好了，案子歸裴文宣管。」

上官雅點了點頭，面上表情緩了許多。她正準備說話，就聽有人敲了房門，李蓉喊了聲「進來」，然後就看裴文宣手裡拿著藥膏和繃帶施施然走了進來。

他笑著朝著上官雅行了禮，李蓉有些奇怪：「你來做什麼？」

「沒什麼。」裴文宣笑著走到她邊上，平和道，「我來給殿下上藥，您繼續說，不必管我。」說著，裴文宣便捏著李蓉下巴抬起來，抬手就將藥膏往她頭上一抹，然後在兩人還未來得及反應之前，用紗布包了一層又一層，最後打了個大的蝴蝶結，似乎砸她額頭的不是摺子，是個硯臺，她也不是破了皮，而是被砸出個血窟窿來。

做完之後，他也沒多說，取了藥罐子和剩下的東西，拿著就走了，走之前還不忘給李蓉合上大門。

等出門之後，上官雅才喃喃道：「他這是怎麼了，陰陽怪氣的？」

「大概是我還沒賠錢。」李蓉回過神來，頂著腦袋上的蝴蝶結，繼續道：「不必管他，繼續說方才的事。如今案子歸裴文宣管，倒可以放下心來，但我覺得陳王氏這件事怕是不會這麼簡單結束。」

「那殿下打算如何做？」上官雅立刻回聲。

李蓉想了想，沉聲道：「今晚就把藺飛白放出去。」

「今晚？」上官雅詫異出聲，她想了想，終於還是道，「殿下，如今這種風頭浪口，您還要讓藺飛白出去刺殺謝蘭清，太冒險了。」

「無妨。」李蓉平靜道，「妳偷偷放他出去，和他說清楚，記得和我的約定。」

「殿下……」

「照做就是，妳放心。」李蓉抬眼，「我有把握。」

上官雅見李蓉的神情，她猶豫片刻後，恭敬道：「是。」

「還有一件事，」上官雅見陳王氏的事說完，不由得說起另一件事來，「昨夜晨妃去了明樂宮。」

李蓉聽到這話，她頓了頓，隨後應聲道：「我知道了。」

「殿下，」上官雅頗有幾分不安，「我們是不是該緩緩，逼得太緊了，世家中許多人，怕是就要倒戈到肅王那邊去了。」

聽到這話，李蓉笑起來。

「阿雅，妳知道父皇為什麼寵愛柔妃嗎？」

上官雅不言，李蓉撥弄著茶碗：「他給她無條件的殊榮與愛，個個說著他盛寵柔妃，柔妃妖姬禍國。妳說要他當真對柔妃這麼上心，怎麼可能讓她擔負著這樣的名聲？」

「殿下的意思是，陛下愛的不是柔妃這個人，而是柔妃所代表的某種東西？」

「柔妃的盛寵，是制衡母后的手段。」李蓉聲音平淡：「只要她是籌碼一日，無論她犯任何的錯，肅王有多大的罪，父王都不可能真正放棄他們。他若放棄他們，只可能有一個理由。」說著，李蓉抬眼，看向上官雅，笑得意味深長：「他們再也不是籌碼了。」

上官雅不說話，她瞧著李蓉，許久後，她板著臉抬手，指了李蓉腦袋上的蝴蝶結道：「殿下，您把您的頭認真處理一下，再同我說這些話，不然我怕我笑出來，顯得對您不太尊敬。」

李蓉面色變了變，隨後低喝了一聲：「趕緊滾出去辦事。」

上官雅笑出聲來，她站起身，抬手行禮：「殿下，那我先回去放耗子出籠，您好好休息。」

李蓉點了點頭，上官雅往外走去，走了兩步，她突然想起什麼，探回半個身子，瞧著李蓉，笑彎了眼道：「話說您這腦袋被砸了，不生氣嗎？要不要我為您出個氣？」

「這種小事不必妳出手了。」李蓉揮了揮手：「趕緊走。」

上官雅笑了笑：「那我走啦。」說完，上官雅便收回身子，消失在門口。

李蓉想了想，撫上自己的額頭，抬眼看向靜蘭：「話說，我這腦袋真這麼醜？」

「要不，我給您看看鏡子？」

靜蘭遲疑著開口，李蓉猶豫了片刻，擺了擺手道：「罷了，也不是什麼大事。」說著，李蓉便站起身來，吩咐靜蘭道：「去找帳房，問問駙馬買芍藥給了多少錢，把錢還給他，我先睡一會兒。」

「殿下……」靜蘭看了一眼李蓉，小聲道，「這事要不您還是別想了。」

李蓉頓了頓動作，抬眼道：「怎的了呢？」

「那花我問過了，公主府半年的開支呢，現在帳房一時半會兒拿不出這麼多錢來的。」

聽到這話，李蓉一時差點背過氣去。

打從重生以來，錢這件事上她一直勤儉節約，就是為了多扣點銀子出來，發展一下自己的實力。

養暗衛、養情報組織、養官場人脈，如今還要養個督查司，哪樣不是錢？裴文宣出手就是公主府半年的開支，她一聽這話，什麼浪漫情懷都沒有了，氣得馬上就想去罵人。

但是剛提步往前，她便快速冷靜了下來，這件事上她和裴文宣已經有過一次衝突，事情已經過了，她再多說無益。

裴文宣不是一個不知輕重的人，他願意廢這樣的心思，是他用心，她把人家花弄沒了，如今若還要說他鋪張浪費，怕是又起矛盾。

李蓉緩了緩，便意識到，她的帳目裴文宣清楚，裴文宣自己花了多少錢也知道，他怕是早就知道她賠不起這個錢。

如今她賠不起這花錢，裴文宣又在氣頭上，現下不待見她，也就正常了。

她又盛怒轉為心虛，也不過片刻之間，可想起這幾日裴文宣這若即若離的態度，尤其是今日，她不滿便又上來。

靜蘭打量著變幻莫測的表情，小心翼翼道：「殿下，這夫妻之間也不用分得這麼清楚，您當真把錢給駙馬送過去了，他說不定還要生氣。我看您不如就對駙馬好一點，駙馬脾氣好，您說幾句好話，服個軟，駙馬說不定就高興了呢？」

「服軟，我還要怎麼服軟？」李蓉冷淡出聲：「我還不夠軟？」

「殿下，」靜蘭頗有些無奈，「駙馬還在書房睡著呢，您這叫軟嗎？」

「那要怎樣？還要我八抬大轎給他抬回去？」

李蓉脾氣上來，走到旁邊小榻上，往小榻上一倒，靜蘭趕緊給她蓋了毯子，柔聲道：「您就和駙馬好好說說。」

「有什麼好說。」李蓉閉著眼睛，「我賠不起他這個錢，他心裡又不舒坦，我何必找這個軟釘子受？今個兒我受了委屈，他不安慰我，見著我受傷，也當沒看見，還給我包了個這麼醜的頭，可見他現下的心思，我才不去他那兒受氣。」

李蓉這麼一通說出來，靜蘭無言。她也不知道怎麼的，竟就從李蓉這話語裡聽出了幾分委屈，但她又想，李蓉不是一個這麼嬌氣的人，倒也不至於為這麼點事出聲。

她勸不下來，嘆了口氣，只能道：「殿下先歇息吧。」

李蓉應了一聲，閉眼休息。

等靜蘭走出去，李蓉心裡煩得很，起身從旁邊抽了本平日裡裴文宣最喜歡看的書一砸，隨後又倒頭去睡。

折騰大半日，沒一件事順心的，煩死了。

她朦朦朧朧睡過去，一覺睡到入夜，她起身來，便聽裴文宣還在官署，沒有回來。

她自己吃了飯，回了書房處理督查司的事，沒了一會兒，靜蘭就捧著一堆小紙捲進了門來，恭敬放到李蓉身前：「殿下，這是今日送來的各處情報。」

每一日，李蓉養的那些線人就會將京中大小事務有價值的整理出來並送回來，李蓉應了聲，開始看這些紙條。

昨日李明去柔妃那裡罰了華樂這事她早上已經知道，看著不痛不癢，等拆到下一張，她便看到：「華樂公主與帝共膳，因戴白玉蘭簪被訓，公主欺君，君怒而摑之」。

李蓉看了這紙條，不由得有些發愣。華樂作為柔妃的女兒，又是個見風使舵的脾氣，慣來受到盛寵，一個簪子而已，怎麼會被李明打呢？

李蓉思索著，抬手將所有消息讀了一遍，也沒找到華樂被打的原因，她想了想，又將李明的行程看了一遍，這才看見，李明晚膳之前，召見了裴文宣。

李明見了裴文宣，然後見了華樂，接著就教訓了華樂，李蓉想了片刻，不由得猜想，是不是裴文宣做了什麼？

裴文宣向來是不管後宮事的，怎麼就今日插手華樂的事情？

這個問題出來，李蓉隨即就有了一個隱約的答案，這個答案讓她愣神片刻，直到靜蘭問她：「殿下發什麼呆？」

她才反應過來，忙道：「無事。」

她說著，重新整理起手裡的東西來，她其實有些想去問問裴文宣是怎麼回事，又覺得這樣的小事，問出口來有些尷尬，便乾脆裝作不知道，繼續幹正事。

她一路坐著熬到裴文宣回來，裴文宣剛進府，靜梅就跑了回來，高興道：「殿下，駙馬回來了。」

李蓉面色不動，繼續看著摺子，只道：「回來就回來了，咋咋呼呼做什麼？」

「殿下，」靜梅跪到李蓉面前來，「您不去看看呀？」

「他不來拜見我，還要我去看他？」李蓉嘲諷開口：「好大的官威。」

靜梅和靜蘭對視了一眼，李蓉低著頭，只道：「妳們下去吧，我一會兒睡了。」

裴文宣回來得晚，也沒來拜見李蓉，李蓉自己洗漱完畢，便熄燈睡下。

燈熄了之後，李蓉在床上躺了一會，忍不住又翻了個身。

裴文宣不在這裡，床便大了許多，可這麼大的床，不知道怎麼，她卻覺得睡不著了。

一個人成了習慣，就似乎覺得一切理所當然，比如說看見她受傷要問候是理所當然，讓著她是理所當然，陪她笑鬧是理所當然，不管發生什麼，夜裡躺在她身側，也是理所當然。

而當理所當然的事情無聲拿去，縱使理智知道這也是裴文宣的權力，她卻也會覺得有幾分無理取鬧的難受。

她不喜歡這種情緒被他人操控著的感覺，又不得不去接受這一件事。

無論是長廊裡表露的心意，還是在看到裴文宣在華樂被罰這件事裡的痕跡時那無端的愣神和暗中的歡愉，都昭示著這段感情的失控。

李蓉努力讓自己閉上眼睛，又覺得腦子裡亂亂的，許久後，她不知道怎麼的，一遍一遍想起華樂被摑的事情，她終是忍不住，掀了被子翻身起來。

她得去找裴文宣問清楚。

她心裡想著，把事問清楚，要是裴文宣態度好，她再順勢和裴文宣提回房的事情；要是裴文宣態度不好，就讓他在書房孤獨終老。

畢竟她也答應了他，會努力改一改自己的性子。

裴文宣說他等，她不能總和以前一樣，凡事都強著，要等裴文宣低頭。

李蓉暗暗想著，這個念頭湧上來，她就有點克制不住了。她好像找到了什麼合理化她所有行為的理由，這理由像是有魔力一般，誘著她起身來，悄悄到了窗戶邊。

就算主動去找裴文宣，她也不想讓其他人看到，於是她推開了窗戶探出頭去，左右看了一圈，見窗戶外沒人，她便只穿了一件單衣，就從跳了窗戶出去，一路小跑著去了裴文宣的書房。

等到了書房外，她觀察了一圈，看見裴文宣書房門口只有兩個人在守著，還有些打盹，她繞到了房屋後面，到了窗戶邊上。

如今是夜裡，房間裡燒了炭盆，裴文宣就開著窗戶通風，李蓉輕輕推開了窗，便翻了窗戶進去。

進屋之後是一片漆黑，李蓉尋著記憶，小心翼翼往小榻邊上走，走著沒兩步，就用袖子帶下來幾本書，她趕忙接住，一時也不知道有沒有驚醒裴文宣。

她握著書在屋中僵了片刻，見沒有動靜，才緩了口氣，繼續往前。

此時她也適應屋裡的光線，大概看清了裴文宣的方向，她貓兒一樣來到裴文宣床邊，還沒來得及想自己是來幹什麼的，就被床上人驟然伸手一拉，隨後整個人就被他拖進了被窩。

溫暖捲席而來，裴文宣一手捣住她的嘴，一手抱住她的腰，兩條腿圈在她身上，將她整個人都抱在懷裡。

李蓉心跳得飛快，就聽裴文宣附在她耳邊，輕聲道：「公主夜探微臣床榻，所求為何呀？」

裴文宣湊近了幾分，唇幾乎碰到她的耳廓，聲音裡帶了幾分笑意，薄唇隨著他說話張合，若有似無刮在她耳廓之上，一貫清朗的聲音裡帶了幾分低啞，像是寶石劃過雲錦綢緞，摩擦出來的華麗聲線：「想我了？」

第八十七章 欲迎還拒（三）

裴文宣人長得好看，聲音也好聽，李蓉瞧不見他的臉，光聽著這聲音，竟就有幾分意動。

裴文宣說著放了捣著李蓉嘴的手，李蓉故作鎮定開口：「你故意等著我？」

「殿下多想了。」裴文宣退開半寸，似乎十分有禮，李蓉翻過身來，瞧著裴文宣側著身子，將一隻手枕在耳下，白色衣襟敞開，露出大片胸膛，懶洋洋瞧著她，笑道：「微臣只是聽見有貓兒推了窗戶，便想睜眼瞧瞧，結果就看見有隻大貓進來了。」

裴文宣的話與其說是調笑，倒不如說是調情，李蓉聽著他低啞撩人的聲音，想了片刻，抿唇笑了笑，將手往身前一枕，整個人便湊了過去，柔軟中帶了幾分妖媚，靠在裴文宣胸前，仰頭瞧著裴文宣，眨巴著眼道：「那哥哥要不要教訓一下這貓兒？」

這話讓裴文宣瞬間有了反應，動了真格，他當即就尷尬起來，進也不是、退也不是。

李蓉見他窘迫，立刻高興了起來，裴文宣見她笑得得意，不由得嘆了口氣，抬手壓了壓李蓉身上的被子，確保她被被子裹緊，才道：「這麼冷的天，殿下怎麼穿這麼一件單衣就過來了？」

「你又不回去，」李蓉說起這事來就有些氣悶，「我不就只能過來？」

「殿下想要我回去，說句話就是了。」裴文宣笑了笑，「把自己凍著怎麼成？」

「芍藥的錢我賠不起，」李蓉將頭往被子裡埋了進去，「你不還生著氣嗎？」

「我哪裡是生氣？」

裴文宣聲音溫和，李蓉抬眼瞪他，「那你不理我？」

「我哪裡有不理妳？」

「你都和我分床睡。」

李蓉悶聲開口，裴文宣一時哭笑不得：「殿下，是妳說要我等等，我分床睡，也不過只是想給殿下一個時間罷了。」

李蓉不說話，裴文宣抬手為李蓉撥了頭髮，將她凌亂的髮絲撥弄到耳後。

李蓉臉埋在被子裡，她不怕裴文宣同她說孟浪話、做混帳事，就怕裴文宣這麼一本正經、溫情脈脈的碰她。

她大約就是見不得好人，不知道怎麼應對這種床上的正人君子。

裴文宣解釋著道：「我知道殿下那日說完那些話，心裡窘迫，便想著，妳我之間的關係放在殿下手中更為合適。殿下若是想要我搬回去，那我就搬回去。殿下若是不想，那我睡著書房也行。」

「別說得這麼一本正經，好像什麼都為我好一樣。」李蓉抬眼瞪他，「要你真這麼想，怎麼不去睡客房？睡這又小又硬的小榻，不就是想著要我來哄你，同我拿翹嗎？」

李蓉好像變聰明了。

裴文宣一時語塞，有了幾分被看穿的尷尬，他漫不經心轉過眼去，輕咳了一聲：「殿下把我想得太壞了。」

「是我想你想得壞嗎？」李蓉見裴文宣還不承認，乾脆披著被窩就坐了起來，用手拍著小榻道：「你這老匹夫就是這麼壞心眼兒！你現下來同我說什麼你不是不理我，只是如何如何的裝好人，白日裡就和我保持分寸故意晾我，我受傷了你不問我，我眼睛都是紅的你不心疼我哭過了，來給我上藥還要給我綁成這樣讓人家笑話我！」

李蓉抬手指著自己腦袋上搖晃著的蝴蝶結，不滿道：「你分明就是把我當十八歲什麼不懂的女娃來打整，搞什麼欲擒故縱、欲迎還拒，自己一個人唱完白臉、唱紅臉的把戲，想來套我！」

裴文宣被李蓉澈底揭穿，貴公子也裝不下去，在夜裡臉紅一陣、白一陣，憋了半天，只能是去扯李蓉的被子道：「妳說話就說話，別搶被子。」

「你需要什麼被子？」李蓉裹緊了被子，瞪著裴文宣道，「你不是狐狸毛嗎？自己取暖去！」

「大半夜的冷，」裴文宣皺起眉頭，「冷病了明天還上朝呢，被窩裡吵。」

李蓉猶豫了片刻，覺得裴文宣說的也有點道理，她不能為這種事耽擱了正事。

於是她把被子分給他，和裴文宣一起進了被窩。

書房的小榻本是一個人的，兩個人躺下來，連躺平都不行，只能側著身子面對面。這樣狹小的空間裡，只著了單衫的青年男女，按理說本該有點衝動，可裴文宣抬眼看見李蓉的眼睛在夜裡亮得駭人，滿是譴責，他頓時就什麼感覺都沒了，下意識就想回嘴，又在張口前冷靜幾分，覺得感情能進展到這一步不容易，萬萬不可嘴賤。

於是兩人經歷了漫長的沉默，裴文宣才低低出聲道：「殿下留點面子嘛。」

「那你給我留面子了？」李蓉不依不饒，「老不修。」

「不是。」裴文宣忍不住了，「李蓉妳怎麼給臺階都不下的，妳一定要這麼吵下去嗎？我是心裡打了點小算盤，想讓妳哄哄我，妳敢說妳不是配合我妳不知道？非得我把話挑明瞭說出來讓大家都難堪是吧？」

「我有什麼難堪的？」李蓉冷笑，「我可不像你，明著一套、暗著一套。」

「喲，您是不像我，」裴文宣笑了，帶了幾分嘲諷，「我明著說喜歡您暗著也喜歡您，哪兒像您啊，明著說要留著我，暗地裡知道我睡書房心裡不知道多高興呢。」

「你小人之心度君子之腹。」李蓉抬手戳他胸口：「我要高興我還到這兒來？」

「妳不是想要我回去，」裴文宣直接道，「妳這是怕我跑了。」

李蓉動作僵了僵，裴文宣見她僵住動作，自覺失言，他心裡軟了幾分，嘆了口氣，伸手握住李蓉的手：「妳別擔心，我都明白。」

「你明白什麼？」

李蓉垂了眼眸，裴文宣放低了聲音：「我說的話倒也不是真的騙妳。我和妳分房睡，是真的想給妳點時間。妳那日同我說的話，我心裡明白，妳讓我等妳，是因為妳自己知道，妳心裡要放下以往那些事，不是一朝一夕的事情。在那之前，妳給不了我我想要的感情。」

「我不是……」

「別說話。」裴文宣抬手搭在她的唇上，溫和道，「妳能同我說那些話，就是妳在意我的表現，我不埋怨。妳如今對我的感情，放不下，又要不起，所以妳拚命想對我好，其實骨子裡只是為了留住我。可感情沒到這一步，妳做這些，都是勉強妳自己。」

「你這些話我聽不明白，」李蓉笑起來，「比如呢？」

「比如說……殿下，」裴文宣抬手滑到她腰間的衣結上，「若微臣想侍奉殿下，殿下允嗎？」

「裴大人精於此道，這是你我都開心的事，」李蓉挑眉，「我為何不允。」

「這就是了。」裴文宣收回手來，「可我若在這是與殿下行魚水之歡，那我一輩子，可能都走不進殿下心裡了。因為我忽略了殿下感情上真正想要的，殿下與我的感情裡，殿下委屈了。」

「感情一事，殿下受過太多委屈，我若不能讓殿下覺得這事是一件不必委屈自己，它在殿下掌握之中的事，殿下永遠不能將心交到我手裡。」

李蓉沒說話，她靜靜看著裴文宣。

她突然覺得，裴文宣這個人像是住在她心裡，他能看到的，甚至比她自己都要清晰。

許多事情她也會茫然，比如為什麼她一面想要裴文宣回房來，一面又怕他回來。

一面在他對自己好的時候高興，一面又惶恐。

歸根到底，不過就是她給不了裴文宣所期望的感情，又怕他離開。

她自己都沒察覺，在隱約討好著裴文宣，抗拒著一切讓她覺得裴文宣可能離開的事。

「我可以與殿下開玩笑，讓殿下給我點甜頭，殿下今夜能偷偷跑來找我，我心裡高興極了。可我不能真的枉顧殿下內心真正的情緒。那日殿下與我袒露真心之後，就一直很緊張，我若不走，殿下怕會一直這麼緊張下去。殿下放心，我不是同您置氣，我是在等您。」

「那你還是回去的吧？」李蓉抬頭看他。

裴文宣笑起來，「那是自然，我睡在書房，不就是想讓殿下心疼麼？等殿下真心想要我回去，就給殿下一個臺階，方便殿下召我。殿下是愛面子的人，」裴文宣抿唇，不想在這時候讓李蓉羞惱，克制著自己的笑道，「我是在給殿下鋪路呢。」

「老奸巨猾。」

李蓉嘀咕，裴文宣笑而不言。

緩了片刻後，李蓉遲疑著伸出手去，抬手環住了裴文宣的脖子。

她柔軟的身子貼在他身上，將頭輕輕靠在他胸口，小聲道：「那你回去吧。」

「殿下是真心說這話嗎？微臣回去，殿下會不會覺得太過親密，覺得緊張？」說著，裴文宣又加了句：「無論殿下如何決定，微臣都不會不高興。」

李蓉靠著裴文宣，她認認真真想了很久，她聽著裴文宣的心跳，感覺有一種無聲的安全在她周身環繞。

她很少覺得這樣平穩，就靠著這個人，好似風雨都不存於此世了。

好久後，她低聲道：「現在不會了。」

裴文宣聽到這話，抬起手來，他將人攬進懷裡，平和道：「那就睡吧，明天我就回去。」

「不行。」李蓉聽到這話，立刻披著被窩起身，認真道，「我不能睡這兒，不然明天他們就知道了。」

「那殿下的意思是……」

「你跟我回去。」李蓉一本正經：「咱們原路返回，別驚動任何人。」

這樣就沒有人知道她主動來找裴文宣的事了。

裴文宣看著李蓉的樣子，露出一言難盡的表情。

李蓉神色堅決，兩人對壘片刻，裴文宣看了看自己的小榻，終於點頭道：「好好好，那這就回吧。」

說著，裴文宣便同李蓉一起下床，他把自己的衣服給李蓉披上，隨後道：「趕緊走。」

兩人商議好，就從窗戶又悄悄爬了出去，然後一路提心吊膽躲避著家丁，偷偷摸摸回了李蓉的屋子，又回了床上。

到了李蓉的大床以後，兩個人終於放下心來，躺在床上對視一笑，裴文宣拉了被子，給李蓉蓋上：「睡吧。」

裴文宣回來了，床頓時小了不少，可李蓉也不知道怎麼的，卻就覺得床似乎更暖和了點，更軟了點，總之就是更舒服了點。

裴文宣睡到她邊上，她忍不住翻了身，笑著趴在床上，瞧著裴文宣道：「裴文宣。」

「嗯？」裴文宣一手正在腦後，斜眼看她，李蓉笑咪咪道：「照你的說法，要是時候不到，」李蓉說著，抬手輕輕點在裴文宣胸口，「你是不是就是坐懷不亂，任爾東西南北風的床上君子呀？」

「這詩是這麼用的嗎？」裴文宣面上含笑，任憑李蓉在他胸口畫著圈。

李蓉在趴在床上，撐著下巴，腳有一搭、沒一搭晃在空中，手指輕輕滑過裴文宣胸口：「這重要嗎？我就是問你嘛。」

「我答應了殿下，自然會做到。」裴文宣說著，撐著自己起身來，靠近李蓉：「不過殿下您要是主動撩我，那可都是債，我一筆一筆都記著，等日後都是要還的。」說著，他湊到了李蓉耳邊：「咱們新婚燕爾，殿下幾日不出門的時候，微臣記得清楚得很。」

李蓉得了這話，動作僵了僵，片刻後，她嗤笑出聲：「欺負我年少罷了。」

但口頭這麼說，她還是老實了，自己躺了回去，閉上眼睛，拉了被子道：「睡覺！」

裴文宣低笑出聲來，但也沒有再多說。

李蓉背對著裴文宣，她在夜裡睜著眼睛。

那天晚上她很高興，她也不知道自己在高興什麼，等後來很多年裴文宣問起來，她想了很久，才明白。

那是她人生裡第一次感覺到，她被人寵愛著。

被人寵很容易，就像她的父皇，偶爾也會給她盛寵。

被人愛也並不難，就像她的母親，在宮裡小心翼翼保護著她的時刻。

可被人寵愛，就是有一個人，無條件的包容著你，允許你犯錯，允許你不講究平等，允許你去作天作地還覺得你很可愛，他不求什麼，也沒有想要從你身上得到什麼。

他愛你，只為你這個人。

只是那時候李蓉也並不明白這麼多，她就是蓋上被子，閉著眼睛，睡覺的時候，都忍不住揚起了嘴角。

兩人一覺睡到早朝前，靜蘭先在外面敲了門，低聲道：「殿下，當起了。」

李蓉迷迷糊糊醒過來，還沒起身，就感覺裴文宣用什麼蒙住了她的眼睛，溫和道：「妳再睡睡。」

她一聽這話，本就不那麼堅強的起床信念瞬間崩塌，立刻又昏睡過去，隱約就聽裴文宣起了身，招呼了外面人進來：「進來吧。」

外面的靜蘭愣了愣，隨後面露喜色，同靜梅對視了一眼，遮著笑意推門進了屋中。等進屋之後，便看見裴文宣正在給李蓉穿衣服，李蓉靠在裴文宣肩頭，還在閉著眼睛爭取著多睡一會兒。

裴文宣給李蓉穿好衣服後，輕聲道：「起來洗漱了。」

李蓉終於才起身，由靜蘭伺候著洗漱。

裴文宣看了一眼旁邊的侍從，揚了揚下巴，洗著臉道：「去書房把我的官服拿來。」

聽到這話，所有人都低低笑了，似乎是知道了昨夜發生什麼。

裴文宣不著痕跡看了李蓉一眼，李蓉輕咳了一聲，尋道：「笑什麼笑？主子的事也敢笑話。」

這話出來，眾人連忙笑著道歉，卻沒有半點害怕的模樣，李蓉不知道為什麼，也罵不出重話，或許是因著心情好，她只說了聲：「沒規矩。」

說完之後，侍從又趕忙道歉，李蓉便裝沒看到。

等洗漱完了，裴文宣和李蓉一起出去，裴文宣嘆了口氣：「今日微臣為殿下背鍋，可要記功啊？」

「先記上吧。」李蓉笑著瞧了裴文宣一眼，裴文宣看著李蓉腦袋上重新綁的白布，又見她神色靈動，這模樣讓他忍不住有些想笑。

李蓉見他忍笑低頭，她突然想起來：「話說，昨天華樂被打，是你幹的？」

「妳昨晚就是為了這個過來的？」

裴文宣一聽就知道李蓉昨晚來書房的原因，李蓉輕咳一聲：「問你話呢。」

「是呀。」裴文宣悠然道，「妳不喜歡計較這些事我知道，可我小氣得很。」裴文宣嗤笑出聲：「妳挨了一摺子，她想就抄十遍女戒蒙混過關？想得美。」

「話說你是同陛下說了什麼，他見了你一面就回去搧了華樂？」

李蓉有些好奇，裴文宣笑了笑：「我只是給了陛下的摺子裡提到昆州白玉價格暴漲的事，給陛下舉例說了一下買一支昆州白玉簪的價格，以及謝家和這玉簪的關係。」

李蓉聽得這話，想到昨日消息裡說華樂戴了白蘭玉簪，立刻便明白了。

昆州白玉是謝家的產業，謝家名下有玉鋪，盛產各種首飾，在華京頗有盛名，其中最受追捧的就是白蘭玉簪。想買到這白玉蘭簪不是容易的事，它不僅價格昂貴，還要講究身分，以柔妃這樣的出身，華樂別說沒錢，就算有錢，謝家也未必會賣簪子給她。

可華樂卻有了一根白玉蘭簪。

這白玉蘭簪從何而來，聯繫著華樂前日說她壞話，昨日朝堂上陳王氏這一出逼她交出秦氏案和軍餉案，也就不難猜出來了。

一個簪子不是大事，但是柔妃作為李明用來砍世家的一把刀，居然和謝家搞到了一起，還為此打壓幫著李明辦事的李蓉，加上李明白日估計又被謝蘭清等人氣著，裴文宣稍稍提點，回去追問，華樂必然也不會說實話，這麼一番糟心事連著下來，李明搧華樂一耳光，都算是克制的了。

李蓉把前後聯繫一想，不由得覺得裴文宣這人果真心思太深，手段了得。

他都沒有直接說過華樂一句不好的話，只是談朝政之事，輕描淡寫，就直接讓華樂這樣受盛寵的公主被皇帝親手掌摑，這一巴掌打得不僅僅是華樂，也是柔妃，最重要的是，還在李明心裡，徹底種下了對柔妃的懷疑。

李明的偏愛是柔妃最大的依仗，裴文宣不僅是在為她出氣，還是打蛇七寸，一步一步算計著柔妃。

如今裴文宣不過一個御史，便能這樣四兩撥千斤，他上一世能做到尚書令，也是應當。

裴文宣見李蓉久不說話，他轉頭看她，笑道：「殿下又在想些什麼？」

「我在想，」李蓉嘆了口氣，「裴大人智多近妖，令人不安。」

李蓉說得這樣坦然，裴文宣不由得笑了：「我以為妳又會哄我呢。」

「哄你什麼？」

李蓉挑眉，裴文宣主動抬手挽住李蓉，李蓉還沒反應過來，就聽裴文宣捏著嗓子道：「裴文宣你好聰明哦，本宮太崇拜了。」

李蓉被他逗笑了，推他一把道：「胡說八道，我是這樣的人嗎？」

「差不多吧。」裴文宣恢復常色，攤了攤手，「妳如今與我是盟友，放在以往，妳不會同我說實話。」

「那如今也算是一種進步了。」李蓉說得語重心長，「你得知足。」

「謝殿下。」裴文宣一副承蒙大恩的模樣，手持笏板恭敬行禮，「給微臣這個機會，讓您罵一罵。」

李蓉同他插科打諢，笑得停不下來，等走到門口，裴文宣扶著她上了馬車，裴文宣才正經低聲道：「您放心吧。您是我妻子一日，我便不會將這些陰謀詭計放在您身上。」

「若我不是了呢？」李蓉側過身來，冷眼看他。

裴文宣輕輕一笑，溫和道：「那到時候千般算計，萬般謀劃，怕都只會繫於殿下一身了。」

「你倒是……」

「只為殿下能回來，再尊稱一聲，裴夫人。」

李蓉愣住，裴文宣抬手挑起車簾，笑著道：「裴夫人請吧，別在外冷到了。」

「叫什麼裴夫人。」李蓉嗤笑，「你是我的駙馬，我可不是你的裴夫人。」說著，李蓉便彎腰進了馬車。

兩人上了馬車，便開始處理各自的公務，他們都是習慣在任何零碎時間裡處理事情的人，這樣才能保證他們生活高效的運轉。

沒了一會兒後，兩人便到了宮裡，兩人各自散開，裴文宣去同他的熟人攀談，李蓉就自己站在自己的位置上，閉目養神。

不一會兒，早朝便開始了，隨著李明那一聲「有事啟奏」，瞬間便有許多官員站了出來。這些官員一個個出聲，不是參要徹查李蓉是否刑訊逼供陳廣的，就是要求軍餉案重審的。

李明面上有幾分不耐煩，但也耐著性子聽著。李蓉老僧坐定，神色泰然，等這些人都參完之後，李明終於開了口：「諸位愛卿所言，都有些道理。平樂是否刑訊逼供一事，的確該查，就讓御史臺的人去負責吧。」說著，李明抬眼看向御史大夫上官敏之：「上官御史，這事你安排吧。」

上官敏之恭敬應下，謝蘭清冷淡開口：「陛下，上官大人乃殿下舅舅，理當避嫌，此案不如交給刑部來查。」

「表舅公。」謝蘭清剛說完，李蓉就開了口，謝蘭清皺起眉頭，就聽李蓉笑道，「按著宗親關係，您也算我表舅公啊。這朝堂之上，大家都是親戚吧？您和親戚談避嫌，這朝堂上的事還做不做了？」

「可是……」

「平樂說得有理。」李明直接截斷謝蘭清，不耐煩道，「就這麼定下了，御史臺查平樂是否刑訊逼供，而平樂手裡的秦氏案和軍餉案，拖了這麼久了，也不必再審，死一個人審一遍，豈不是笑話？有證據再重審，沒證據就擇日宣判。」

「可殿下若是涉及刑訊逼供……」

另一位大臣急急開口，李明直接道：「所以把案子移交給其他人審。」

聽到這話，許多臣子瞬間鬆了口氣，而後就看李明抬手指了裴文宣：「裴文宣，你本就是御史，這個案子一開始也是你幫著的，交給你吧。」

「陛下！」幾個臣子著急出聲，「駙馬和公主乃夫妻，交給他審，和公主審有什麼區別？」

「那就交給公主審？」

裴文宣直接回話，說話的臣子立刻道，「那自是不行的。」

「不能交給公主審，也就是公主審和下官審確有區別，那移案給下官，有什麼問題？」

裴文宣一番話把人問懵了，片刻之後，大臣才反應過來，趕緊道：「你肯定會偏袒他們。」

「為何呢？」

「你和公主夫妻！」

「陳大人，您之前在某青樓裡一擲千金，您夫人帶著人殺上青樓，您和您夫人當街對峙，您與貴夫人不是夫妻嗎？為何一個想打、一個不想呢？」

「你你……」那位被點名的大臣臉一時漲得通紅，又羞又怒，裴文宣趁著他語塞之時，轉過身來，恭敬跪下行禮：「微臣遵旨。」

便算是把此事定了下來。

這件事明顯是李明昨日已經和高層的大臣商議好，這幾個小螞蚱被裴文宣懟回去，也沒有其他人說話。裴文宣領旨之後起身，便回到了自己位置上，此事就算過了。

等早朝完畢後，裴文宣和李蓉一起走出大殿。

裴文宣久不言語，李蓉見他不說話，好奇道：「你在想什麼？」

裴文宣將手背到身後，轉頭瞧她：「刺殺的事，就這麼算了？」

「自然不會這麼算了的。」李蓉笑咪咪道：「你等著瞧就是了。」說著，李蓉拍了拍裴文宣的肩：「這兩個案子的案宗多得很，裴大人不如直接去督查司？」

「這是自然。」裴文宣說著，朝著李蓉行禮：「殿下請。」

李蓉提步下了臺階，裴文宣跟在他身後，兩人一起出了宮。

上馬車後，李蓉便將案子細節同裴文宣大概說了一下。

裴文宣點著頭，隨後想起來：「話說這中間蘇容華沒攔著你們？」

「攔是稍稍攔了一下，」李蓉笑起來，「但他心裡有數，關鍵的事他也是不會攔的。」

「他心中有數？」裴文宣挑眉，「妳對他倒是信任得很。」

「蘇家人不會亂來，哪怕他是蘇容華。」

李蓉說得平淡，裴文宣面上表情一如既往，他垂下眉眼，給自己倒茶，平和道：「其實我一直不明白，殿下為何對蘇家有如此信心？世家之弊端，殿下還看不出來嗎？」

李蓉不言，她張合著小扇，好久後，她緩聲道：「凡事有利有弊，世家是有弊端，可你別忘了，大夏的盛世，就起源於這些世家。邊疆貪墨者是世家子弟，可廝殺於疆場也是世家子弟。朝中鑽營的是世家，可修《大夏律》，心懷儒道自律為君子的，也是世家。」

「那妳怎知，蘇家是那個弊，還是利？」

裴文宣聲音冷然，李蓉想了很久，她看著車外簾子忽起忽落，神色有些悠遠。

「你知道我和蘇容卿第一次見面是什麼時候嗎？」

裴文宣沒想到她會提起這個，他有些奇怪抬頭，聽李蓉平和道：「那時候我很小，他也很小，父皇想要北伐，他就和他祖父跪在宮門外。我那時候連字都寫不好，可他已經在朝堂上跟著他父親跪在御書房門口了。」

「然後我去問他，為什麼要跪著，他說因為陛下北伐，他要勸阻。」

「於是我又問了，北伐是打壞人，為什麼要勸阻。他一本正經同我說，君王的功績，是要百姓的血來書寫的。那年是南方大旱第三年，比起北伐外敵，他更希望百姓吃飽肚子。」

「我問他怕不怕父皇會打他板子，還會殺人。他看著我說，蘇家之人，為百姓生，為社稷死。」說著，李蓉笑了，她轉過頭來，看著裴文宣，神色難得溫柔：「裴文宣，其實這種百年名門裡，都有著比普通人更高的原則、更高的道德標準，他們中間有壞的人，可壞的並不是他們，而是人心。蘇林在軍餉案中有牽扯，但也只是其中最微不足道的一環，而蘇家人保他，也不是為了徇私，而是一種世家內部的規則。」

「我不出手找蘇林麻煩，蘇家也會自己出手，只是，不能由外人動手罷了。這樣一個家族縱然有些齷齪之人，但我也心存尊敬。他們有他們的底線，我不越過去，便無妨。」

裴文宣靜靜聽著，說話間，兩人便到了督查司。

李蓉領著裴文宣進去，剛到門口，就聽見蘇容華有些激動的聲音：「妳說他是自己逃的？妳倒不如和我說，妳被他美色所惑把他放了，我更相信！」

「你不信就算囉。」上官雅悠然的聲音響起來，「我也沒求著你信啊。」

裴文宣和李蓉對視一眼，李蓉領著裴文宣走進去，上官雅聽到李蓉進來，她忙恭敬起身，行禮道：「殿下。」

「殿下。」蘇容華臉色極為難看。

李蓉笑著看向上官雅：「又吵？這次吵什麼？」

「稟告殿下，昨夜上官大人私放重犯藺飛白，還請殿下即刻下令全城搜捕，捉拿藺飛白！」蘇容華明顯怒極，根本不給上官雅說話的機會，徑直開口。

李蓉面色不變，轉頭看向上官雅：「妳私放重犯？」

「冤枉啊。」上官雅拉扯出一副淒慘的語調，「昨夜我就只是比較忙，沒回府，藺飛白昨夜打傷了人跑了，這也能怪我？」

「是誰給他解開的鐵鍊？」蘇容華立刻回頭，「昨夜怎麼就全換成妳的人？妳糊弄鬼啊！」

「誰覺得被糊弄誰是鬼啊。」上官雅攤攤手，滿臉無辜道：「我怎麼會知道是誰給他開的鐵鍊呢？什麼叫都是我的人？大家都是督查司的人，都是殿下的人，還分你我？」

蘇容華看著上官雅耍無賴，他氣不打一出來，抿緊了唇，忍了半天，終於道：「你們這是要惹禍的！」

裴文宣和李蓉淡淡掃了一眼蘇容華，他明顯是知道些什麼，顯得格外焦急。

李蓉面上不顯，只道：「人都跑了，再追究是誰的責任也沒意義，發出告示去，全城緝拿吧。」

「殿下，告示不夠，」蘇容華見李蓉同意他，趕緊道，「還需全城搜查。」

「蘇大人若是覺得需要，就自己帶人去吧。」李蓉頗有些無奈：「督查司最近比較忙，怕有不了多少人。」

這話倒也不假，蘇容華一時無法確定李蓉到底是說真的，還是搪塞他。他憋了半天，終於只能道：「微臣這就去查。」

「蘇大人辛苦。」李蓉抬手，做出一個「請」的模樣。

蘇容華恭敬行禮，便急急走了出去。

等他出去之後，上官雅上前來，小聲道：「晨時放出去的，您放心。」

李蓉應了一聲，轉身看向裴文宣：「走吧，我帶你去看卷宗。」說著，李蓉吩咐上官雅道：「去把最近兩個案子的卷宗都拿過來，人也準備好，裴大人提審。」

上官雅行禮應下，便退了下去。

李蓉帶著裴文宣往卷宗室走去，裴文宣雙手攏在袖中，冷淡道：「藺飛白是妳故意放出去的？」

「對。」

「他是七星堂副堂主，又和謝蘭清千絲萬縷，妳還放他出去，是圖謀什麼？」

「明天你就知道了。」

李蓉轉著扇子，十分自信，裴文宣猶豫片刻，終於還是道：「蘇容華知道什麼。」

「他知道的，我大概也知道。」李蓉說著，轉頭道：「你等看好戲就是。」

裴文宣不說話了。他低垂眼眸，似在思索，兩人剛走到卷宗室，外面便傳來了急促的腳步聲。

片刻後，上官雅的身影就露了出來，她徑直走到李蓉面前，緊皺著眉頭道：「殿下，謝蘭清出事了。」

裴文宣豁然回頭，李蓉神色從容：「嗯？活著還是死了？」

「活著。」上官雅簡潔道，「藺飛白當街刺殺未遂，如今已經被生擒了。」

「真可惜。」李蓉「嘖」了一聲。

裴文宣皺起眉頭，想說什麼，一時又不好說，憋了半天，終於只能道：「太胡鬧了！」

第八十八章　誣告

李蓉聽著裴文宣的話，笑意盈盈瞧過去：「裴大人急什麼？」

上官雅見李蓉這不急不慢的樣子，還是沉不住氣，哪怕猜著李蓉或許早有準備，還是忍不住勸阻道：「殿下，要早做準備了。謝家如今生擒藺飛白，他怕是會把殿下招供出來。」

「是妳讓他去刺殺謝蘭清的？」

裴文宣震驚回頭，李蓉沒有搭理裴文宣，手裡轉著扇子，吩咐上官雅道：「去把他們之前刺殺我的證據都準備好，之前藺飛白的口供還在？」

「還在。」上官雅皺著眉頭，「可如今能指向謝蘭清的證據裡只有藺飛白的口供，蝴蝶峽刺殺一事所有殺手都是陳家收買，從銀錢的流向到對接的人都是陳家的人，藺飛白若是翻供，只怕……」

「怕什麼怕？」李蓉笑了，「有什麼證據準備什麼證據，妳只管把陳家按死，其他妳不需要管了。」

上官雅得了這話，猶豫了很久，終於還是應下聲來，退了下去。

上官雅剛走，裴文宣便直接開口：「妳是怎麼打算的？」

「嗯？」

李蓉轉頭看向裴文宣，就見裴文宣皺著眉頭道，「妳怎麼會讓藺飛白去刺殺謝蘭清？謝蘭清乃刑部尚書，有這麼好刺殺的嗎？如今藺飛白被生擒，他將妳招出來，妳身上又一堆的事，我怕陛下想保都保不住妳！」

裴文宣說完，又覺得自己話說重了，李蓉不應該是這麼蠢的人。

他左思右想，分析著道：「七星堂的老巢建在謝家族人居住之地，與謝家關係千絲萬縷，妳要殺謝蘭清，因為這是他派出來的人？」

李蓉沒說話，她在房間裡找著所有要交給裴文宣的卷宗，裴文宣跟在她身後，繼續道：「七星堂出了名的嘴嚴實，他們就算是死都不可能把雇主招出來，妳怎麼讓藺飛白招了謝蘭清還留下口供的？」

說著，不等李蓉回話，裴文宣立刻道：「妳用知道他們據點所在威脅他了？但不應該，藺飛白應該知道望族在當地的權勢，妳就算馬上出兵，他們在謝家幫助下也能及時全身而退，藺飛白不是傻子，他不可能受到這種威脅，可他還是把謝蘭清招了出來……」

「他把我當傻子，」李蓉笑著回身，將一卷案宗交到裴文宣手上，「同謝蘭清一起，算計著我呢。」

「刺殺一事有諸多可能性。」李蓉說著，繼續從牆上抽著卷宗，放到裴文宣手裡，裴文宣捧著卷宗，跟著李蓉，聽她道，「以謝蘭清這種老狐狸的想法，不可能不做失敗後的備用計畫。藺飛白這麼容易招了，也就是早有準備，按著謝蘭清的想法，藺飛白招了，我大機率會去追究他的責任，可我找不到除了藺飛白口供之外的其他任何證據，那麼我當庭告他，藺飛白臨時翻供，說被我嚴刑拷打，加上陳廣刑訊逼供一事，誣告和刑訊逼供這兩大頂帽子，就在我腦袋上扣定了。」

「妳既然知道，那妳放他出去刺殺謝蘭清是什麼意思？送菜嗎？」

「所以啊，那我就兩個選擇，信他的話，就中他們的全套。不採納藺飛白的話，我就套不到謝蘭清這頭老狼。所以他們要給我下套，我就將計就計，不僅往下跳，還跳得更深一些。我讓藺飛白去刺殺謝蘭清，明日謝蘭清必然就要在朝堂上告我，他把自己從暗處暴露出來，我才有機會咬死他。」

裴文宣聽李蓉算得清楚，心下稍安，他捧著卷宗，恭敬道：「那殿下的獠牙在哪裡？」

李蓉轉過身來，朝他招了招手，裴文宣捧著卷宗，低頭側耳，就聽李蓉附言了幾句。

裴文宣震驚抬頭，只道：「當真？」

李蓉壓低了聲：「千真萬確，當年這個案子是蘇容卿查的，這件事畢竟不是什麼好事，所以他只報給了我，但這事是三方確認過。」

「那藺飛白知道嗎？」

裴文宣皺起眉頭，李蓉搖頭：「他到死前才知道。」

「謝蘭清呢？」

「至少現在不知道。」

裴文宣不說話了，他想了許久，緩聲道：「若當真如殿下所說，那謝蘭清這一次，的確是偷雞不成蝕把米。」

「所以你別擔心了。」李蓉抬手拍了拍裴文宣的肩膀，「想想刑部尚書沒了，換誰比較好？」李蓉湊到裴文宣邊上去，小聲道：「芍藥花我賠不起你，賠你個刑部尚書吧？」

「那這芍藥可太值錢了。」裴文宣笑起來，他捧著卷宗走到桌邊，思索著道，「可以我的資歷，殿下想把我推上去不容易吧？」

「你家裡選個人唄。」李蓉跟著他到了桌邊，靠在桌子邊緣，用小扇輕敲著肩膀，溫和道，「錢從你二叔手裡搶回了一部分，權，他也該還了吧？」

裴文宣動作頓了頓，片刻後，他緩緩抬起頭來，看著李蓉暗示性的眼神，他輕輕一笑：「看來殿下是瞧不上微臣現下手裡這點東西了。」

「唉，我可沒這麼說。」李蓉抬手指了裴文宣，趕緊道，「別給我潑汙水。」

「我不是給殿下潑汙水，我是表忠心。」裴文宣說著，雙手撐在桌上，湊到李蓉面前，「殿下放心，我是殿下的，裴家，也是殿下的。」

「裴大公子不做虧本買賣，」李蓉說著，坐到桌上，雙手交疊著放到身前，笑咪咪道，「裴大公子重禮相許，是要本宮還什麼呢？」

「殿下猜一猜？」

「榮華富貴？」李蓉挑眉，故意往偏的地方猜。

裴文宣知道她使壞，繼續道：「還有呢？」

「高官厚祿？」

「不和方才一樣嗎？看來殿下沒有其他東西能給微臣了呀。」

李蓉坐在桌上，比站著的裴文宣稍稍高著一點點。她笑意盈盈看著裴文宣，就覺得眼前的人目光彷彿是有了實質，他的目光和李蓉交錯在一起，兩人面上都是與平日無異的笑容，卻有種無聲的對抗蔓延開來。

這種對抗像是交織的藤蔓，一面廝殺一面蔓延交纏，互相把對方裹緊，絞殺。

誰都不肯讓一步，可正是這種不讓步的激烈感，讓李蓉有種難言的感覺升騰上來。

她心跳快了幾分，手心也有了汗，裴文宣這個人，在這種時候，尤為讓人充滿了某種不可言說的欲望。

是引誘，可這引誘之間，又帶了幾分調笑，似乎就等著李蓉低頭。

她若是接了這人的勾引，她便輸了。

男女之情，最動情不是在於直接往床上被子一蓋翻雲覆雨，而是這種欲說又休、欲迎還拒，兩相吸引時又不能往前的時刻。

她不能輸，故而她不能碰這個人。

可她明明知道這朵開得正好的嬌花已經探出了牆來，在風中迎風招展，搖曳生姿，又心生攀花之意。

她唯一能做的，也只是和這個人一樣，讓這個人拜倒在她石榴裙下，主動來尋她。

李蓉便也壓低了身往前，靠近了裴文宣，放軟聲音，慣來高冷的聲音裡多了幾分嬌媚：

「那裴大人到底想要什麼呀？」

裴文宣得了這話，覺得整個人酥了半邊骨頭，他倒吸了一口涼氣，直起身來：「不與殿下說了，我去找我堂叔，妳讓人將卷宗送回公主府，我夜裡來看。」

裴文宣匆匆提步出去，他走得雖然平穩，但瞧著背影，卻有了幾分落荒而逃的味道。

李蓉坐在桌上，悠然從桌上端了茶，笑著看著裴文宣走遠的背影。

上官雅領著人抱著卷宗從外面走來，進來就看見李蓉端茶坐在桌上，面上表情十分愉悅，像一隻酒足飯飽的大貓，懶洋洋舔著爪子。

上官雅愣了愣，下意識便道：「你們玩得挺開啊？」

李蓉動作頓了頓，隨後她冷眼挑眉看了過來：「妳平時都在看些什麼東西？」

「殿下既然知道，看來是同道中人。」上官雅認真拱手：「幸會幸會。」

「還沒出閣，一整天的胡說八道。」李蓉拽了手邊一本書就砸了過去，上官雅笑嘻嘻往旁邊一躲，聽李蓉叱道，「看誰娶妳。」

「這個不勞殿下操心了。」上官雅笑著到了李蓉身邊，讓人將之前審核出來的口供全都給李蓉放在桌上，靠在李蓉邊上的桌沿上道：「我同我爹說了，我要在上官家養老，當個老姑婆。」

「老姑婆？」李蓉笑起來，「妳爹也願意？」

「這自然是說笑的。」上官雅正經起來，「我爹自然容不得我在上官家養老，但是若我真的成了上官家的主事人，」上官雅抬眼看向李蓉，「就由不得他了。」

「不過最近兩年他還需要我，」上官雅靠著桌子，緩聲道，「我暫時還能拖幾年。」

「妳就這麼怕成親？」

李蓉有些好奇，她記得上一世的上官雅，其實是個端正無比的世家女，一切都按著規矩辦事，冷漠、克制，律己，也律人。

哪怕在上官家被李川砍得七七八八的時候，她都挑不出半點錯處，甚至還於李川對世家如此厭惡之時，都維護著自己的皇后之位。

她注視著上官雅，上官雅想了想，只道：「殿下如果有得選，在不認識駙馬之前，會選擇成婚嗎？」

李蓉一時被上官雅問住，上官雅緩聲道：「成婚有什麼好？我不成婚，我就是上官家的大小姐，誰都欺負不得我。是我爹的掌上明珠，我想讀書讀書，想做事做事，還能在殿下這裡討個一官半職，手裡攢點小錢，賭場有個消遣。」

「成婚之後呢？」上官雅神色平靜：「嫁給普通人家，上有姑婆，旁有丈夫，時時刻刻都是規矩，做錯事就是丟了上官家的顏面，丈夫好一些或許還能相敬如賓，丈夫若是喜歡尋花問柳，再有甚者再對我動個手，我能怎麼辦？」

「縱有千般能耐，」上官雅嘆了口氣，苦笑，「嫁了人，便也就不是人了。不說其他，到時候若我丈夫說一句不讓我回娘家，上官家我就管不住。不讓我來殿下這裡辦事，我做這麼多事也就保不住。」

「妳可不是會這麼聽話的人吧？」李蓉挑眉。

上官雅微微一笑：「那當然，我要真遇到這麼一個丈夫，我在外面找個野男人懷個孩子毒死他，然後用這個孩子的名義做上當家主母，多好？」

李蓉心裡涼了一下，她小心翼翼道：「要妳嫁進皇宮呢？」

「嫁進宮裡，」上官雅神色平靜，「那我嫁的就不是一個男人，而是一個皇位。我也不僅僅是上官雅，而是上官氏的榮辱。」

李蓉還想開口詢話，可是話到嘴邊，她突然覺得失去了意思。

上一世的事，問得再多再透，又做什麼？徒傷感情。

李蓉沉默不言，上官雅笑起來：「殿下，您怎麼突然問這些？」

「就是想多瞭解一下妳。」李蓉從桌子上下來，抬手搭在上官雅肩膀上，「咱們好姐妹，多談談心嘛。」說著，李蓉就引著上官雅坐下，撐了下巴翻著卷宗道：「妳把具體情況給我說一遍吧。」

李蓉和上官雅商量著明日朝堂上如何應對謝蘭清的事時，裴文宣則乘著馬車，一路行到裴府。

他先去看了溫氏，然後便去拜見了裴玄清，裴玄清身體不好，早早便辭了官，在家頤養天年，平日裡兒孫事務繁忙，倒很少有人來見他。

裴文宣見到裴玄清時，裴玄清正讓人煮著茶，自己下著棋，裴文宣上前來，恭敬道：「祖父。」

「我聽聞你如今是大紅人，想必很忙。」裴玄清平和道，「怎麼今日來見我這老頭子，可是有事要幫忙？」

「許久不見，今日得了空，」裴文宣跪坐到裴玄清對面，笑道，「便來見見家裡人。」

裴玄清聽得這話，抬頭看了裴文宣一眼。

裴文宣和他父親長得極像，裴玄清目光在裴文宣臉上停留了片刻，低笑道：「你像你父親，性格也像。」裴玄清抬手指了旁邊的棋子道：「我一個人下棋煩悶，你同我一起吧。」

裴文宣恭敬應聲，同裴玄清下了會兒棋。過程中絕口不提正事，反倒是裴玄清問了幾句裴文宣和李蓉的婚事。

這樣愜意的氣氛讓裴玄清放鬆下來，他笑著道：「你也二十有一了，是時候要個孩子。平日別總忙於公事，冷落了公主，早些抱個娃娃回來，我有個重孫，也高興。」

「這也不是能急得來的。」裴文宣笑著應和道，「如今殿下事務繁忙，孩子也不是時候。」

裴玄清聽裴文宣的口吻不是很想接孩子這個問題，他也沒有繼續多說，兩人安安穩穩下了一局棋。

裴文宣看了看天色，平和道：「時辰也不早了，祖父，孫兒先告退了。」

裴玄清點了點頭，裴文宣站起身來，朝著裴玄清行過禮，便打算退下。

裴玄清見裴文宣往外走去，皺起眉頭：「你當真無事？」

「祖父，」裴文宣嘆了一口氣，「我過來，不過是因為我是裴家人罷了，終歸是一家人。」說著，裴文宣行了禮，裴玄清靜靜看著裴文宣，裴文宣便退了下去。

旁邊侍從上前來，給裴玄清倒了茶，恭敬道：「大公子帶了您最喜歡的茶葉過來，這麼多公子裡，就他知道這個，大公子對老爺還是孝順。」

裴玄清沉默著，他轉眼看了茶湯，好久後，輕輕應了一聲「嗯」。

裴文宣去裴玄清這裡走了一趟，想了想，便折回督查司去。

裴文宣到了督查司時，李蓉還沒忙完，她和上官雅確認了殺手的口供和從陳家銀錢往來流水帳目，之後便開始確認上官雅主持的上官家自查的事情。

李蓉心裡的想法，是想在李明動手之前先把上官家裡清理乾淨，免得李川像上一世一樣，被上官家一堆破事所牽連。

李川是個再穩妥不過的太子，以太子的身分而言，他身上幾乎挑不出任何錯處，廢立太子是大事，只要李川不犯錯，李明要動他，就很難。

把上官家清理乾淨，也就是提前解決李川的後顧之憂。

裴文宣到了督查司，聽到李蓉還在忙，他也沒有多言，自己讓人端了茶來，坐在前堂，拿了一本閒書，就翻看起來。

看了沒有一會兒，就見外面一個侍衛急急走了進來，裴文宣抬眼看過去，就聽侍衛急道：「殿下，不好了、殿下。」

李蓉在內間裡聽到這話，和上官雅對視了一眼，隨後便直起身來，走了出去，侍衛見李蓉出來，跪在地上，急道：「殿下，謝蘭清進宮告了御狀，陛下現在急宣殿下入宮。」

「這麼急著來送死的嗎？」

李蓉笑出聲來，侍衛不敢應話，裴文宣站起身來，走到李蓉身後，低聲道：「我隨殿下入宮。」

「殿下，」上官雅皺起眉頭，「謝蘭清怕是來者不善。」

「妳莫擔心，」李蓉笑了笑，「本宮這就去送他上路。」說著，李蓉便轉了身，廣袖一甩，背在身後，領著人就往前，高興道：「走。」

李蓉領著人出了督查司，直接趕往了宮中，等到了御書房，李蓉就見謝蘭清摀著肚子，虛弱著身子躺在椅子上。

李蓉笑著進屋來，恭敬道：「兒臣見過父皇。」

裴文宣也跟著李蓉叩首：「微臣見過陛下。」

房間裡站著許多人，蘇閔之、上官旭、蘇容卿等人都在，謝蘭清的椅子放在一邊，他腳邊跪著滿身是傷的藺飛白。

李明看著李蓉，似乎有些疲倦，抬手讓李蓉站起來後，直接道：「平樂，謝大人說妳指使這個殺手來殺他，妳可認罪。」

李蓉聽到這話，似笑非笑看向藺飛白：「我指使這位公子殺謝大人？」

李蓉走到藺飛白邊上，單膝扣地蹲下，雙手搭在立著的一隻腿的膝蓋上，笑道：「我想請教一下這位公子，我是如何識得你，如何指使你的呢？」

「草民乃一名江湖殺手，半月前，殿下讓人找到草民，要草民殺一個人。當時殿下用面紗蒙面，草民雖然不能看到殿下，但記住了殿下的聲音。」

「那你耳力挺好的。」李蓉點點頭，「然後呢？」

「殿下問這麼多做什麼？」謝蘭清徑直打斷李蓉，「莫非是殿下心虛，想先確認一下證人說的話裡有沒有什麼可以讓妳狡辯的內容？」

「謝尚書，注意用詞。」裴文宣冷眼掃過去，淡道，「如今事情還沒弄清楚，你就說殿下是狡辯，怎麼，謝大人把這裡當刑部，自己已經將案子定下了？」

「裴大人真是巧舌如簧，」謝蘭清冷笑出聲，「我的意思在座都明白，裴大人不必這樣咬文嚼字。」

「然後呢？」李蓉盯著藺飛白，藺飛白不說話。

李明冷聲道：「藺公子，說話。」

「然後草民按照雇主要求，來到蝴蝶峽刺殺畫上之人，而後便被人埋伏，被捕入獄，進了督查司。到了督查司後，草民面見公主，公主出聲草民便知，這就是之前讓我刺殺公主的雇主。公主知我才能，便讓我直接殺了謝大人，否則就要以刺殺公主的罪名斬了草民！」

藺飛白語調雖冷，但配合著沉靜中帶了幾分氣憤的模樣，倒令人忍不住多了幾分信任。

李蓉笑著聽完藺飛白說話，接道：「然後你就刺殺謝尚書了？」

藺飛白不理她，跪在地上，腰背挺得筆直。

李蓉見他說完了，站起身來，李明見她胸有成竹，只道：「他說的可屬實？」

「父皇。」李蓉笑著回身，直接道，「他這故事漏洞百出，好似幾個窮苦百姓討論皇帝該用金扁擔挑東西，還是銀扁擔挑東西，這種皇帝用扁擔挑土的事，可能屬實嗎？」

這話出來，謝蘭清臉色立刻變得不太好看起來：「是不是殿下說清楚，不必說這些有的沒的。」

「好，謝尚書經歷一番刺殺，腦子不太好用了，本宮可以理解，那本宮就給你捋一捋，他這話裡的漏洞。其一，他說我是他的雇主，那請問一下，我是手下沒人了還是我仰慕他藺公子美名一定要拜見，所以堂堂公主不使喚可靠的人去雇殺手，要自己親自去？」

「殿下說的是。」裴文宣補充道，「微臣也不願殿下這麼私下會見外男。」

李蓉暗中瞪了裴文宣一眼，裴文宣假作不知，面無表情。

「萬一殿下行事慎重，不願意將這種醜事讓別人知道呢？」謝蘭清冷聲回覆。

李蓉輕輕一笑，圍著藺飛白轉圈道：「行吧，我讓謝大人一次，就當我行事慎重又無能，只能自己去找殺手。那按照這位公子所說，我雇了殺手殺我自己，本宮自編自演自己被刺殺的戲碼，我既然明知要和這位公子再見，我去見他蒙了面紗，連聲音都不變的嗎？」

「草民自幼習武，對聲音極為敏感。」藺飛白冷聲開口。

裴文宣輕聲道：「好靈的狗耳。」

「行吧。」李蓉低頭笑了一聲，「就算是藺大俠武功高強，我誤算了。可我既然策劃了有人謀害我一事，為什麼還要逼著你去殺謝尚書，而不是直接讓你作偽證指認謝尚書讓你謀害於我呢？」

這話讓藺飛白頓住，只是他面上看不出什麼表情，也就不知道他具體情緒如何。

李蓉看他沉默不言，謝蘭清緩聲道：「這就要問殿下了，也許殿下是覺得，陳王氏死之後，再提妳被刺殺一事得不到殿下想要的效果，於是就直接讓他刺殺我了呢？」

「那這裡就有一個很關鍵的問題了。」李蓉扇子敲打在手心，她彎下腰，看著坐在椅子上的謝蘭清：「我會讓兒子去殺他的父親嗎？」

聽到這話，眾人都是一驚，謝蘭清面色大變，藺飛白豁然抬頭。

李蓉笑著直起腰來，扇子輕敲著手心：「這個故事我們換個角度想想吧。」

「各位覺得，是一個公主，在一次又一次腦子有問題的情況下，最終讓兒子去刺殺自己親生父親的可能性大一些，還是父子竄供，誣告公主的可能性大一些？」

「藺公子，」李蓉打量著滿臉震驚的藺飛白，笑著道，「您如何以為？」

第八十九章　驗親

「這不可能！」謝蘭清最先反應過來，他急急起身：「我怎麼可能讓我的兒子去當殺手？陛下明鑒！」

「喲。」裴文宣看謝蘭清站起來，頓時笑了，「謝大人身體不錯啊，這就站起來了？」

「駙馬說笑了。」李蓉回頭看了裴文宣一眼，「謝大人傷的是肚子又不是腿，這麼就站不起來了呢？謝大人，您別急，您且聽我慢慢說。」

李蓉說著，用扇子挑起藺飛白的臉，同眾人道：「大家仔細看看，這位公子和謝大人的眉目，是不是有些相似？」

沒有人敢說話，李明認真看了一圈，發現藺飛白的眼睛，倒的確和謝蘭清如出一轍。

謝蘭清年輕時也是華京出名的美男子，如今老了看不出模樣，但李蓉這麼一提醒，眾人想了想謝蘭清年輕的模樣，又仔細看了看藺飛白，一時竟有些不敢接話了。

「殿下就是因為這個，所以說這殺手和謝尚書是父子？」

蘇容卿突然出聲，李蓉有些詫異，她沒想到蘇容卿竟然會在這種時候插話，她回過頭去，迎向蘇容卿的目光。

蘇容卿目光很冷，他似乎在竭力克制什麼，那冰冷的眼睛像漩渦一樣，似乎藏著種種情緒，李蓉不由得在那雙眼睛上停頓了片刻，直到裴文宣輕咳了一聲，她才反應過來，笑起來道：「自然不可能只因為如此。這事要從半個多月前駙馬被刺殺說起。」

「駙馬被刺殺當時，我司副司主蘇容華便與我有一些衝突，他質疑我司另一位副司主上官大人對陳廣刑訊逼供，於是當天我在蘇副司主監督下親審陳廣，陳廣招供之後，我便收到了一個用朱砂寫著『停』字的恐嚇風箏，當天下午，就有人刺殺了駙馬。他們傷了駙馬，但刀上沒有塗毒藥，明顯只是為了恐嚇兒臣，兒臣深感不安，於是讓人徹查。」

李蓉說著，轉手一揮，上官雅便捧著當初收到的風箏上前，恭敬接道：「微臣奉殿下之令徹查此物，發現這上方所用的朱砂專門出自京中一家賣給貴族的筆墨店匯明軒，微臣將匯明軒半年來的帳目都看過，發現購買之後如今還剩下的人家一共二十戶，其中就有謝府。」

「但是謝大人和此案並沒有什麼關係，」李蓉將話接了下去，「所以我並沒有往謝大人身上想。這些人明顯是要讓兒臣不要審查手裡的東西，尤其是陳廣，可公理良心讓兒臣置生死於度外，兒臣只能咬牙堅持。只是這一日日過去，兒臣心中越發不安，於是決定引蛇出洞，故意和駙馬外遊，將消息放了出去，然後在蝴蝶峽設伏，以自己為餌，活捉了一干殺手，其中就包括了這一位年輕公子，藺飛白。」

李蓉停在藺飛白身邊，所有人將目光看向藺飛白，李蓉平靜道：「經查得知，藺飛白乃江湖上第一殺手組織七星堂副堂主，七星堂在江湖上，素來是出手無敗績，但為了自保和長久發展，他們從不向權貴出手。能把藺堂主請過來，以陳家的能力怕是不行，所以兒臣開始懷疑，陳家身後，另有他人。這時候，兒臣審問藺堂主，然後從藺堂主身上發現了一個東西。」說著，李蓉蹲下身來，用扇子去壓藺飛白的衣角。

藺飛白急急握住李蓉的扇子，怒道：「妳做什麼？」

「藺公子別急啊，你不想知道真相嗎？」

藺飛白猶豫了片刻，就看李蓉將扇子探到他衣衫之內，然後將他脖子上一根墜鏈挑了出來：「這個項鍊，諸位可認得是什麼？」

這項鍊被挑出來，眾人臉上神色各異。每個家族都有自己辨認族人標誌性的物件，用以發生意外時辨認身分。這些物件大多是貼身容易攜帶的東西，有些北方家族會使用紋身，南方家族則常用一些玉佩、項鍊等物件。

這些物件大多是家徽上再帶名字，普通百姓大多不清楚這些東西，但貴族之間要專門學習各族之間的關係，對於家徽卻是極為清楚的。

而此時此刻，這個用昆山白玉所雕刻的縷空玉蘭落入眾人眼中，眾人不由得有了異色。

「你這是哪裡竊來的？」謝蘭清有些驚慌，「你怎麼會有這種東西？」

藺飛白沒說話，他面色發白，李蓉笑著伸手去將那玉墜翻轉過來，露出裡面的「清」字。

「不巧，這樣的墜鏈，我曾在一位謝家妹妹身上見過，我便被這物件吸引了注意。藺飛白與謝大人有幾分相似，又有這玉佩作證，加上那朱砂又與謝大人有關係，兒臣不得不多想啊。於是我便直接讓人查了謝大人的生平過往，發現謝大人年輕時候，也有過一段風月往事，還鬧得滿城風雨，說是謝大人和一位江湖女子相戀，家中並不應允，給謝尚書許了如今的夫人，成婚當日，這位江湖女子手持利劍，砍了謝大人的髮冠，揚長而去。」

「而後我又查了七星堂建立的時間，是在這段風月往事後兩年，剛好也是藺公子出生後一年。所以我就偽作知道七星堂的位置，告訴藺飛白七星堂位於謝家範圍內，藺公子大驚失色，我便知道，我猜對了。」

李蓉放下鏈子，站起身來，笑著看向謝蘭清：「如此一來，從來不摻和權貴之事的七星堂出手也就有了理由。因為七星堂的堂主，正是當年與謝大人相愛的江湖女子。本宮猜想，當年之事，應當是這樣的。」

「謝大人年少與那江湖女子相愛，但因家中阻撓未能在一起，女子懷孕離開，生下藺飛白。而謝大人在婚後又找到這女子，為她提供了庇護，助她成立七星堂。這位堂主因為種種原因，不願意成為謝大人的妾室，也不想讓自己的孩子回到謝家，所以留下了藺飛白，在七星堂中以接班人的方式撫養藺飛白長大，而謝大人也不知道因為什麼原因，同意了此事。」

「妳胡說八道！」謝蘭清怒喝出聲，隨後又急急摀住傷口。

李蓉小扇敲著手心，笑著道，「我是不是胡說八道，一驗便知呀。來人，端清水來！」

李蓉揚聲開口，謝蘭清臉色頓時變得極為難看。

藺飛白發著愣，沒了一會兒，侍從就端著清水走了進來，李蓉轉頭看向謝蘭清：「謝尚書，您是刑部尚書，滴血認親，試試吧。」

謝蘭清不敢說話，盯著那一碗清水，李蓉又看向藺飛白：「藺公子？」

藺飛白有些恍惚，他抬眼看向李蓉。

上官雅嘆了口氣，在旁邊道：「千里奔赴華京，未婚先孕，卻慘遭拋棄，成親當日怒斬新郎髮冠，日後近二十年孤家寡人，這真是可憐、可悲。為人子女，竟然一點都不為母親哀嘆的嗎？」

「謝大人，」李蓉催促著謝蘭清，「您這麼遲疑著，是走過來不方便，還是不敢呢？」

謝蘭清僵著臉不動，藺飛白驟然起身，走到李蓉跟前，抬手用利刃劃破了手指，鮮血滴落進碗裡。他抬眼看向謝蘭清，冷聲道：「你過來。」

謝蘭清不動，藺飛白冷冷看著他：「謝尚書，你過來。」

謝蘭清被藺飛白這麼一喚，他聽出藺飛白語氣中警告，他僵著臉，終於是站了起來。他僵硬著身子走到桌邊，猶豫著伸出手去，藺飛白見謝蘭清猶豫，乾脆一把抓過他，手起刀落，在謝蘭清驚叫之間，直接劃破了謝蘭清的手指，捏著手指就把血滴進了杯中！

兩滴血在水中彌漫，相遇，然後緩慢融合。

看著血滴一滴一滴融合在一起，謝蘭清面露急道：「不可能，有人陷害我，陛下，微臣要求再驗，再……」

「還有什麼好驗。」裴文宣笑起來：「謝大人是覺得，是這塊玉佩是假的，是藺公子這雙眼睛是假的，還是碗裡這兩滴血是假的？謝大人，你刺殺公主在先，串通親子誣陷公主在後，如今不伏法認罪以求陛下和殿下的寬恕，還要在這裡狡辯抗法，我倒是想知道，到底是誰給了謝大人這樣的膽子，置陛下於不顧，王法於不顧，君臣輪綱於不顧，天地道義於不顧！」

「裴文宣，你這信口雌黃的小兒！」謝蘭清怒喝，抬手指了裴文宣，「就是你，慫恿殿下幹這些亂七八糟的事，如今還要串通殺手、買通內侍陷害於老臣，老臣為官三十年，為國為君，鞠躬盡瘁，今日卻要受這兩個小兒誣陷，還望陛下明察啊！」

「父皇。」李蓉聽著謝蘭清的話，她也跪了下來，她彎了脊梁，恭敬叩首，「兒臣向父皇請罪。」

「妳請什麼罪？」

「兒臣知道，其實這些時日來，兒臣一直胡鬧，給父皇添了麻煩。兒臣如今主審這兩個案子，牽扯世家甚多，其中謝家便有兩名死囚牽扯在內，父皇應允兒臣接下此案，必然是承受了極大的壓力。兒臣查辦此案，也應做好生死置之度外的準備。兒臣無數次想過，或許不查此事，於兒臣更好，畢竟兒臣只是一個女兒家，好好在家中相夫教子，受著父皇和丈夫的寵愛，過這平穩富貴的人生，無論是對於兒臣，還是對於父皇，都更好。」

「只是兒臣不忍心，不忍心看著秦家蒙冤，不忍心看著軍餉這樣的國家根基都為蛀蟲所蝕，所以兒臣還是站出來。兒臣為公主，受天下人供養，不能只著雲錦衣，不管養蠶人。此路艱辛，兒臣怕父皇承受壓力太多，遇到的各種刁難，都不曾上報。」

李蓉說著，聲音帶了啞意：「謝大人為肱股之臣，為朝廷也做了不少好事，為難兒臣一二，兒臣也不該與他這麼僵持到底。可兒臣……」李蓉一面說，一面哽咽：「兒臣實在是沒有辦法了，兒臣可以不惜性命，可駙馬是無辜的。今日兒臣不求懲辦謝大人刺殺誣陷一事，只希望諸位大人能為駙馬做個主，刺殺駙馬一事，總該有個說法啊……欺辱兒臣便罷了，畢竟是兒臣招惹了謝大人，可駙馬呢？」

李蓉說到後面，聲淚俱下，彷彿真的是被逼到走投無路的模樣。

「殿下，」謝蘭清聽著這話，便慌了，急道，「您是公主，您查辦秦氏案和軍餉案是為國為民、天經地義，老臣怎敢為難，更不提為此刺殺誣陷。」

「那是她誣陷你嗎！」李明猛地大喝出聲來。

他看著跪在地上啞著聲音請罪的李蓉，這十幾年來被這些老臣壓著的無力感驟然湧了上來。他心裡有火，又想起方才謝蘭清說李蓉串通內侍，想起華樂頭上的白玉蘭簪子，一時就覺得，李蓉被欺負不是欺負在李蓉身上，是謝蘭清把他按在地上踩。

「她是公主，」李明抬手指了李蓉，「是朕的長女，是皇后的嫡女！你一而再、再而三說她誣陷你，說她算計你，她一個十九歲不到的孩子，就算計你這在朝堂上混了三十多年的老油條了？」

「陛下息怒。」謝蘭清跪在地上，急道，「陛下，此事有太多誤會。」

「誤會？什麼誤會？你們就是欺負朕不敢拿你怎麼樣！今日沒有證據就罷了，朕忍你這口氣，如今證據確鑿，你有誤會去大牢裡說清楚去！來人，」李明大喝出聲，「把他拖下去，送御史臺交裴文宣審辦！」

「陛下……」大理寺卿蔣正急急出聲，「裴文宣乃公主駙馬……」

「怎麼，你們辦事的時候，就可以不講是不是誰的親戚，朕辦事就要講避嫌了？就由裴文宣審！」李明怒道：「今日誰敢再多說一句，一起拖下去審！」

聽到這話，眾人面面相覷。

裴文宣站出來，恭敬道：「陛下息怒，此事由微臣主審當然不妥，還是交回刑部吧。」

「交回刑部？」李明冷笑出聲，「刑部誰敢審他？」

「微臣願舉薦一人。」裴文宣平和開口。

李明聽裴文宣說話，緩聲道，「你說。」

「刑部右侍郎，裴禮明。此人為我堂叔，為人中正秉直，剛正不阿，在刑部辦案多年，熟知刑律，微臣舉賢不避親，願舉薦裴侍郎查辦此案。」

李明沉默著，他下意識看了一眼蘇容卿。

按理說，蘇容卿作為刑部左侍郎，查辦此案，比裴禮明要適合很多，但是如今把案子發回刑部，不讓裴文宣的親戚來辦，他又怕謝蘭清的案子又要不了了之。

可直接讓裴禮明辦案，似乎又說不過去，怕蘇家有意見。李明正猶豫著，就看蘇容卿站了出來，恭敬道：「臣附議。微臣也以為，裴侍郎是如今再合適不過的人選了。」

——長公主（三）　完

高寶書版集團
gobooks.com.tw

YE 007
長公主（三）

作　　者　墨書白
責任編輯　高如玫
校　　對　林子鈺
封面設計　張新御
內頁排版　賴姵均
企　　劃　鍾惠鈞

發 行 人　朱凱蕾
出　　版　英屬維京群島商高寶國際有限公司台灣分公司
　　　　　Global Group Holdings, Ltd.
地　　址　台北市內湖區洲子街88號3樓
網　　址　gobooks.com.tw
電　　話　(02) 27992788
電　　郵　readers@gobooks.com.tw（讀者服務部）
傳　　真　出版部　(02) 27990909　行銷部 (02) 27993088
郵政劃撥　19394552
戶　　名　英屬維京群島商高寶國際有限公司台灣分公司
發　　行　英屬維京群島商高寶國際有限公司台灣分公司
初版日期　2022年4月

本著作物《長公主》，作者：墨書白
由北京晉江原創網絡科技有限公司授權出版。

國家圖書館出版品預行編目(CIP)資料

長公主（三）/墨書白著. -- 初版. -- 臺北市：英屬維京群島商高寶國際有限公司臺灣分公司,
2022.04
冊；　公分. --

ISBN 978-986-506-362-7（第3冊：平裝）
ISBN 978-986-506-363-4（第4冊：平裝）

857.7　　　111000191

GOBOOKS & SITAK GROUP ©